JN000567

Bonds of Lupin

Dai Yokozeki

KODANSHA

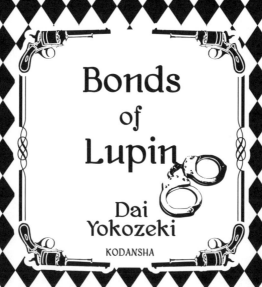

CONTENTS

Photo
Csaba Peterdi/stock.adobe.com

Design
Veia

ルパンの絆

Bonds of Lupin

第一章　ダイヤルLを廻せ

店内にはジャズのピアノ曲が流れている。西新宿《にししんじゅく》の高層ホテルの最上階にあるバーだった。桜庭和馬《さくらばかずま》は手元のグラスを摑《つか》み、一口飲んだ。中に入っているのはウーロン茶だ。仕事中のためアルコールを口にするわけにはいかない。

「桜庭、そっちの様子はどうだ？」

耳に装着したイヤホンから声が聞こえてくる。和馬は襟元に仕込んだ小型マイクに向かって小声で言った。

「動きはなし。対象者《マルタイ》は楽しそうに飲んでますよ」

カウンターに目を向ける。今、カウンターにいるのは一組のカップルだけだ。男の方は四十代くらいの男性で、女性は三十代前半くらいだった。男の方は一見してどこでも見かけるような平凡とした印象なのだが、実はＩＴ企業の若手社長だ。名前は玉木輝喜《たまきてるき》。仕事術を教えるハウツー本を出版するほどのやり手社長らしく、かなり稼いでいるという話だった。

問題は女の方だ。かなり妖艶《ようえん》な美女で、その色香《いろか》は離れて座っている和馬のところまで漂《ただよ》ってくる。今も露出《ろしゅつ》度の高いドレスを着ており、カウンターの内側に立つバーテンダーの視線もずっと女の胸元に釘づけだ。

「フロントに確認したところ、玉木は部屋の予約はしていないようだ」イヤホンから声が聞こえてくる。「移動する可能性もある。引き続き監視を続けてくれ」

「了解」

和馬は今、店の入り口付近のテーブル席に座っている。窓際の席に目を向けると、一人の男がこちらを見てうなずいた。佐藤《さとう》という名の刑事だ。捜査一課の同じ班の後輩に当たる。

半年ほど前のことだった。深夜の環状道路で事故があり、一台のベンツがガードレールに激突して炎上、乗っていた運転手が死亡した。運転していたのは某都市銀行の副頭取《とうどり》だった。体内からアルコールが検出され、運転ミスによる事故であると断定された。

しかし事件はそれだけでは終わらなかった。亡くなった副頭取が一億円近い金を横領していたことが発覚したのだ。しかもその一億円近い金の流出先が特定できず、警視庁は捜査を開始した。メインで捜査に当たるのは経済事件を担当する捜査二課で、そこに和馬ら捜査一課もヘルプにつくことになったのである。

現場周辺の防犯カメラを調べた結果、事故発生前に一人の女が車から降りていたことが明らかになった。事件の影に女あり。その女に目をつけ、行方を追ったのだが、正体はようとして摑めなかった。副頭取がその女に金を貢いでいたのは明らかで、女と一緒に豪遊している姿が都内各所で目撃されていた。しかし女は数々の偽名を使い分けるなどして、慎重に身元を隠していた。

「それにしてもいい女っすね」

イヤホンから佐藤の声が聞こえてくる。対象者は足を組んで座っていた。スリットの間から見える太腿が艶《なま》めかしい。

「ああいうのがタイプなのか」

「彼女に言い寄られて断る男はいませんよ」

事件に大きな動きがあったのは二週間前だった。二課の捜査員がある情報を手に入れたのだ。死んだ副頭取が生前出入りしていた銀座《ぎんざ》のクラブの経営者の証言により、問題の女性の素性が明らかになったのだ。女の名前は双葉美羽《ふたばみう》といい、過去には詐欺罪での前科もあった。その行方も明らかになり、こうして内偵捜査が始まったのである。今、双葉美羽の狙いは玉木というIT企業の社長にあるのは間違いなかった。玉木の会社は昨年一部上場し、業績も好調に伸びている。

「桜庭さん、対象者に動きがあるようです」

カウンターに目を向けると、双葉美羽が立ち上がるのが見えた。玉木の方は座ったままなので、トイレにでも行くのかもしれない。

美羽が通路をこちらに向かって歩いてくる。和馬は膝の上で広げた週刊誌に視線を落とし、意識だけは背中に集中した。コツコツというヒールの足音がこちらに向かって近づいてくる。

「あっ」

小さな叫び声が聞こえ、思わず和馬は振り返っていた。彼女がバランスを崩したらしく、前のめりに倒れかかっていた。和馬は咄嗟《とっさ》に手を伸ばし、その体を何とか支えた。同時にグラスが割れる音がした。彼女がテーブルに手をつき、その拍子にグラスが落ちてしまったようだ。

「ごめんなさい」

彼女が謝ってくる。変に無視するのも疑われそうだったので、和馬は応じた。

「大丈夫ですか？」

「ええ。たまにやるんです」

そういう子、ほかにも知ってますよ。その台詞《せりふ》を和馬は飲み込む。彼女の美しさに圧倒された。もっと妖艶な感じかと思っていたのだが、こうして近くで見ると清純な感じにも見える。男がコロリと騙《だま》されるのもうなずけた。

騒ぎを聞きつけたウェイターが近づいてきて、割れたグラスの破片を片づけている。美羽がウェイターに向かって言った。

「同じものをお願いします。お支払いは私がいたしますので」

「かしこまりました」

「本当にありがとうございました」

そう言って美羽が立ち去っていく。その後ろ姿を見送ってから、和馬は再び椅子に座った。週刊誌を開いて視線を落とすが、当然のことながら内容は頭に入ってこない。

「伸びてますよ」

イヤホンから声が聞こえてくる。窓際に目を向けると後輩の佐藤が口元に笑みを浮かべている。続けて佐藤が言った。

「鼻の下、伸びてますよ」

「うるさい。バレたらどうすんだよ」

ウェイターがウーロン茶を運んできたので、それを一口飲んだ。目頭を押さえて頭を振る。さきほど間近で見た双葉美羽の顔が脳裏から離れなかった。


三雲華《みくもはな》が自宅マンションに到着したのは午後九時過ぎのことだった。すっかり遅くなってしまった。夕方に義母の桜庭美佐子《みさこ》から連絡があり、夕食を食べに来ないかと誘われたのだ。夕食自体は早めに食べ終わったのだけれど、いつものように義父の典和《のりかず》が娘の杏《あん》とともに刑事ドラマの視聴を始めてしまい、こんな時間になってしまったのだ。ちなみに今夜視聴したのは『古畑任三郎《ふるはたにんざぶろう》』だ。典和は孫に刑事ドラマを見せるためにネット動画配信サービスの有料会員になっているらしい。

ポストから郵便物をとる。入っていたのはチラシだけだった。オートロックを解除しようとハンドバッグの中に手を入れる。

「あれ？　おかしいな」

鍵がない。ハンドバッグの中に鍵が入っていないのだ。エントランスのオートロック自体は暗証番号の入力でロックを解除することも可能だが、鍵がなければ肝心の部屋に入れない。さては、もしかして――。

華は後ろに目を向けた。娘の杏が立っている。なぜか杏は素知らぬ振りをしてあらぬ方向に顔を向けているのだが、その口元に浮かぶ笑みを華は見逃さなかった。

「杏、鍵とったでしょ?」

「知らないよ。何のこと?」

桜庭家から出たときは鍵はハンドバッグの中に入っていた。いつの間に杏は鍵をとったのだろうか。まったく気づかなかった。華は軽く落ち込む。私としたことが……。

「杏、本当のこと言いなさい」

「だから知らないって」

華は右手を伸ばし、杏の脇腹をくすぐった。杏は悲鳴を上げて身をよじらせる。その次の瞬間には華の左手には家の鍵が握られている。杏のズボンのポケットから抜きとったのだ。

「まったく油断も隙《すき》もあったもんじゃないわね」

「くすぐりは反則だよ、ママ」

そう抗議の声を上げる娘を残し、華はオートロックを解除して中に入った。ここでずっと遊んでいるわけにはいかない。

杏は小学三年生になる。ちょうど去年の今頃、杏は気づいてしまった。自分の母方の家族が泥棒一家であるという衝撃的な事実に。

三雲家はＬの一族と言われ、先祖代々泥棒を稼業にしている家系だ。華の父の尊《たける》は美術品専門の泥棒、母の悦子《えつこ》は宝飾品を盗むのを得意としており、祖父の巌《いわお》は伝説のスリ師で、祖母のマツは鍵師だった。自分が泥棒一家の血を受け継いでいる。その事実に気づいた杏はショックを受けるどころか、むしろその事実に喜んでしまったのである。しかも父方の桜庭家は警察一家であり、今ではそのギャップすら完全に楽しんでしまっている。まったく子供の順応性というのは恐ろしい。

鍵を開けて部屋の中に入る。買い物袋をテーブルの上に置き、華は杏を呼んだ。

「杏、こっちに来なさい」

「何？　ママ」

「部屋の鍵をとったらいけないの。そういう悪戯《いたずら》はしちゃいけないのよ」

「はーい」

その返事には全然気持ちがこもっていない。杏自身はすでに善悪を理解している年齢であり、盗みがいけない行為であることもわかっているはずだった。学校でそんなことをするような子だとは思っていないが、それでも注意は必要だ。

「杏、ジジやババから変なこと教わっていないでしょうね」

杏に盗みの技術を授けるとしたら、尊と悦子をおいてほかにいない。あの二人は平気でそういうことをやりかねない人たちだから困ったものだ。常日頃から目を光らせているのだが、完全に杏の動向を把握できているとは言い難い。

「変なことって、これ？」

そう言って杏は人差し指をコの字にして、こちらに見せてくる。盗みのことを示すサインだ。まったく何てことを教えてくれたのだ。

「その手はやめなさい」

やめろと言うと逆にやりたがるのが子供の習性だ。杏は両手の人差し指をコの字にして嬉しそうにこちらに見せてくる。

「やめなさいって言ってるでしょ。今度それやったら葉っぱだけご飯にするわよ」

「やだ。絶対やだ。葉っぱだけご飯だけは勘弁してください」

つい先日のことだ。和馬が捜査先から直帰したことがあり、必然的に捜査資料が一晩ここに置かれていた。翌朝、その資料の一部が紛失していた。どこを探しても見つからず、杏を問い詰めると白状した。資料はランドセルの中の国語の教科書に挟まっていた。

怒った華はその日の晩御飯のおかずをキャベツだけにしてやった。何の調理もせず、千切っただけのキャベツの葉っぱだ。さすがにそれはこたえたらしく、杏も珍しく落ち込んでいた。

「葉っぱだけご飯が嫌なら、悪戯はやめなさい」

「あーあ」と杏は不貞腐れたように首の後ろで手を組み合わせる。「つまらないなあ。家出しようかなあ」

「家出ってどこに行くの?」

「ケビンのとこ」

ケビンというのは華の兄の三雲渉《わたる》だ。引き籠もりのハッカーである渉に杏は妙に懐いている。

「それは家出とは言わないの。ただのお泊まり。家出っていうのは苛酷なものよ。杏にできっこないんだから」

「できるよ。私はもう九歳になるんだからね」

九歳。厳密に言えば杏は早生まれなので、九歳になるのは来年だ。あれからもうそんなに経ったのかと考えると感慨深いものがある。付き合っていた男性が警察一家の長男と知り、一度は諦めた恋だった。それがこうして和馬と一緒になり、八歳の娘もいるのだ。しかし今は感慨に耽《ふけ》っている場合ではない。

「どうしてママは教えてもらって、私は何も教えてもらえないの？」

華が杏くらいの年齢のとき、すでに祖父の巌の手ほどきを受け、それ相応の技術は習得していた。巌は常々こう言ったものだ。華はわしを超える逸材じゃ、と。その話を尊あたりから聞いたのだろう。孫に変なことを吹き込むのは本当にやめてほしい。

「ズルいよ、ママばっかり。ズルいよ」

こう言われてしまうと反論のしようがない。華は手を叩きながら言った。

「ほら、杏。明日も学校でしょ。お風呂のスイッチ押してきて」

「本当にズルいよ、ママ」

そう言いながらも杏はバスルームの方に向かって歩いていく。今夜は遅くなるようなことを和馬は言っていた。あとでメッセージを入れておこう。華は途中のコンビニで買ってきたドリンクなどを冷蔵庫の中に入れた。

頭が痛い。目を覚ましたとき、和馬が最初に感じたのは割れるような頭痛、その次に肌寒さだった。それもそのはず、和馬はほぼ全裸だった。パンツを一枚、穿《は》いているだけだ。道理で寒いわけだ。

それにしても、いったいここはどこだ？

和馬は周囲を見回した。ホテルの一室のようだ。かなりの広さの部屋で、おそらくスイートルームであろうかと思われた。和馬が寝ているベッドはキングサイズのものだった。窓際に大きめの観葉植物が置かれていて、壁には大画面の液晶テレビが埋め込まれている。テレビの近くに応接セットがあり、テーブルの上にはウィスキーの瓶と、グラスが二つ置かれていた。どちらのグラスにもまだウィスキーが残っている。

和馬は起き上がり、ベッドの下に足を下ろした。衣類のようなものが足の指に触れる。自分の服が脱ぎ捨てられていた。靴や財布も転がっている。和馬はTシャツを着て、バスルームに向かった。

洗面台前の椅子に座る。蛇口《じゃぐち》を捻《ひね》り、冷たい水で顔を洗う。歯ブラシなどのアメニティ用品の隣に、サービスらしきミネラルウォーターのペットボトルが置いてあった。キャップを捻ってミネラルウォーターを飲む。半分ほど飲んでから大きく息を吐いた。少しだけ頭痛が楽になったような気がした。鏡を見ると、うっすらと無精髭を生やした疲れた男の顔が映っている。

歯ブラシの入った袋にホテル名が記されていて、やはり昨日のホテルだと認識した。カーテン越しに洩れてくる光の感じからして、今はおそらく午前中、九時か十時くらいだろう。

昨夜のことを思い出す。ホテルの最上階にあるバーで双葉美羽という女を見張っていた。店の入り口に近いテーブル席に座り、週刊誌を読む振りをしながらカウンターに座る美羽に目を光らせていた。たしか見張っている最中、猛烈な眠気を感じた気がする。そこから先の記憶が曖昧《あいまい》だ。

いずれにしても同僚の佐藤に聞けばわかることだ。調子が悪くなってしまったため、急遽《きゅうきょ》ここに担《かつ》ぎ込まれたのかもしれない。スイートルームというのも妙な話ではあるのだが。

スマートフォンはどこだろうか。そう思って立ち上がったときだった。微かな異臭を嗅ぎとった。

半透明のガラスのドアがある。その向こうはバスルームになっているはずだ。ひんやりと冷たいガラスのドアを開ける。思わず目を疑った。

バスルームの中に女がいた。双葉美羽だ。広めのバスタブに仰向けに横たわっていて、彼女は天井を見上げていた。その目に生気は宿っていない。死んでいるのは明らかだ。耳の後ろから流れた血がバスタブに流れ落ちている。

湯は張られていないが、彼女は全裸だった。その肢体《したい》は眩しいほどに白かった。試しに遺体の肩のあたりに触れてみると、かなり冷たくなっていた。殺されてから時間が経っている証拠だ。少なくとも七、八時間は経過しているとみていいだろう。

バスタブの外にそれは落ちていた。オートマチック式の拳銃だ。ここは殺人現場、落ちているものに手をつけてはならない。刑事としての習性が警告メッセージを発していたが、拾って確かめないわけにはいかなかった。

拾い上げて、確認する。やはり間違いない。和馬が所持していた拳銃だ。普段の捜査では拳銃など持ち歩かないが、今週一杯だけは拳銃の携帯を命じられているのだった。週末にハロウィンを控え、都内には特別警戒態勢が敷かれているためだ。

弾倉を確認する。一発減っていた。和馬は拳銃を片手にバスルームから出た。ベッドの下に脱ぎ捨てられた衣類の中に、ホルスターも見つかった。その中には拳銃は入っていない。これがどれほど大変なことか。和馬はショックで思わずベッドの上に座り込んでいた。

床の片隅に枕が落ちているのが見えた。枕の中央には小さな黒い点があった。確認するまでもなく、それが何を意味しているのかわかった。消音の跡だ。枕を彼女の頭に当て、銃口を押しつけるようにして引き金を引く。狙いは当然、ほかの宿泊者が耳にする銃声を小さくするためだ。実際にこうして遺体は発見されることなく朝を迎えている。誰にも気づかれなかったのだ。

ベッドサイドのデジタル時計を見る。午前十時を過ぎたところだった。遺体を発見し、しかも凶器として使われたのは自分が携帯していた拳銃だった。責任は極めて重いが、通報しないわけにはいかなかった。これはれっきとした殺人事件であり、しかも自分は遺体の第一発見者なのだ。

あたりを見回したが、スマートフォンは見つからなかった。壁際のテーブルの上に電話機が置かれているのが見えた。あれでかけるしかなさそうだ。捜査一課の直通番号くらいは知っている。

受話器を持ち上げたときだった。遠くからパトカーのサイレンが聞こえてきた。窓に駆け寄り、カーテンを開ける。かなりの高さだが、サイレン音は確実に大きくなってくる。パトカーはこちらに向かっているのではないか。

あっという間だった。三台のパトカーが走ってきて、ホテルの真下で停車した。胸が早鐘を打ち始める。あのパトカーに乗る警察官たちの目当てはこの部屋だ。そんな確信があった。

自分の置かれた状況を確認する。目が覚めると遺体があった。明らかに殺人であり、凶器のこともある。これは完全に罠だと考えていい。俺は何者かに嵌《は》められたのだ。

自分がやっていないという自覚もある。俺は殺害に手を染めたりしていない。しかも自分は警察官、捜査一課の刑事なのだ。逃亡するという選択肢など絶対にあってはならないのだ。

しかし和馬は自問する。

果たして、本当に、そうか？

自分が無実であることを俺は証明できるのか。俺がやっていないということを、刑事相手に論理立てて説明できるのか。

考えろ。もっと真剣に考えろ。和馬は自分を鼓舞するために、こめかみのあたりを平手で何度か叩いた。

さきほどグリップを握ってしまったため、凶器である拳銃には指紋が付着してしまっている。その他至るところに俺の指紋が残っていることだろう。ほかにも何か罠が仕込まれていないとも限らない。そういった罠をすべて撥《は》ねのけて、我が身の無実を証明することが本当に可能なのか。

そして和馬は一つの結論に達した。

逃げろ。ここは逃げるべきだ。

今は捕まってはならない。捕まるべき段階ではない。

床に散乱した衣服を大急ぎで身につけていく。ネクタイをしている暇はなかったので、それはポケットに押し込んだ。最後に革靴を履き、部屋の中を見回す。ベッドの上に拳銃が置いてあるのが見えた。あれを持っていくかどうか、悩ましい問題だった。数秒迷った末、置いていくことに決めた。ただし一応グリップのところだけは布団カバーを使って念入りに拭いた。証拠の隠滅に当たるが、このくらいの抵抗はしておいて損はないと思った。

最後にバスルームの入り口から中を窺う。バスタブの中に横たわる双葉美羽の遺体を見る。いったい誰が彼女を殺害し、その罪を俺になすりつけようとしているのか。それを絶対に解き明かさなければならない。

誰の力も借りることなく、自分自身の手で――。


ドアをそっと開ける。廊下は静まり返っている。和馬は足音を忍ばせて外に出た。廊下の一番奥にある部屋だった。

この部屋が一七〇一号室だと知る。多分十七階だろう。廊下の反対側の突き当たりに非常階段を示す緑色の表示が見えたので、そちらに向かって足を進めた。

廊下の突き当たりはTの字になっていた。右に行くとエレベーター、左に向かうと非常階段があるらしい。和馬は迷わず非常階段を選択した。エレベーターを降りたところで警察官と鉢《はち》合《あ》わせになる。そんな事態は避けたかった。

階段室のドアを開けて中に入る。静かだった。この手のホテルで階段を使う宿泊客はほぼいない。和馬は階段を下り始めた。一気に駆け下りるのではなく、できるだけ静かに下りることを心がけた。

十二階まで下りたとき、自分の予想が当たったことを知った。下から足音が聞こえたのだ。階段の隙間から下を覗き見る。二名の警察官が上がってくるのが見えた。

十二階のドアを音を立てぬように開け、階段室から出た。掃除機を持った清掃人の姿が見える。腕時計に目を落とす。彼らが上に到着するのに要する時間は二分くらいだろうか。

二分待ってから階段室のドアをゆっくりと開け、耳を澄ます。階段を上る足音は聞こえない。警察官は十七階に到着したのだ。

階段を下りる。今度は下から上がってくる危険性は薄まったので、勢いよく駆け下りた。

一階に到着した。慎重にドアを開ける。昨日も来たので一階ロビーの造りは何となく憶えている。都内有数のホテルだけあり、一階ロビーも広かった。ちょうどチェックアウトの時間のためか、フロントの前には客の列ができていた。

一人気になる男がフロントの前にいた。グレーのスーツを着た男だ。ホテル関係者らしき黒服と何やら話している。その視線の険しさから、警察関係者であると当たりをつけた。ああして出てくる宿泊者を見張っているのか。だとしたらかなり厄介だ。

男の顔に見覚えはなかった。もしこのホテルの一室に遺体があると一一〇番通報が寄せられた場合、最初に現場に到着するのは所轄の警察官であることが多い。今回の場合では新宿署の捜査員ということになる。

グレーのスーツが刑事でない可能性に賭けて、フロントの前を一気に突っ切ってみるか。いや、そんな無謀な真似は控えるべきだ。和馬はいったん近くにあったトイレに駆け込み、個室に入った。

たしかロビーの奥にはレストランがあり、そこにも出入り口はあったはず。そこから出るのも手だが、見張られていないとも限らない。いや、見張りがいると考えるべきだろう。パトカーが三台も到着したということは、十人程度の警察官が駆けつけたことを意味している。

英語の話し声が聞こえてきた。宿泊客がトイレに入ってきたのだとわかる。会話の内容からして、今日の観光ルートについて語り合っているようだ。和馬は慌ててネクタイを締め、身だしなみを整えた。

話し声が聞こえなくなったタイミングを見計らい、個室から出た。駆け足でトイレから出ると、そこには白人の三人組がいた。結構ガタイのいい三人組で、全員がリュックサックを背負っている。

和馬は英語で彼らに話しかけた。

（何かお困りでしょうか？）

三人組が足を止めた。和馬のことをホテルマンだと思ってくれたようで、彼らは口々に話し出した。今日は東京スカイツリーに行く予定なのだが、そのルートと周辺のグルメスポットを探しているらしい。

(それでしたら、まずは中央線に乗っていただいてから……)

和馬は東向島《ひがしむこうじま》に住んでいるので、東京スカイツリーのある押上《おしあげ》は比較的近い。ほぼ地元と言っても過言ではなく、娘の杏を自転車の後部座席に乗せて何度も足を運んだものだ。

一人の白人が持っている地図を借り、それを広げた。歩きながら話しましょう。そういうジェスチャーをして、白人三人組とともに歩き始める。

(もんじゃ焼きという食べ物を知っていますか？　もし興味があるようなら……)

白人三人組に囲まれる形でフロントの前を通り過ぎる。グレーのスーツの男が一瞬だけこちらを見たが、すぐに別の宿泊客に視線を移した。

難なく外に出ることに成功した。(君もくればいいのに)、と冗談交じりで男の一人が言ったので、和馬は笑顔を浮かべて言った。(できれば私もそうしたいところなんですが、怖い上司に怒られてしまうんですよ)。

路肩にパトカーが停車しているのが見える。さらに一台増えていた。三人組を見送ってから、和馬はパトカーとは反対側に向かって歩き始める。どこに捜査員がいるかわかったものではない。急ぎ足にならないように歩いた。

横断歩道に差しかかる。赤信号で停車していた空車のタクシーが目に入ったので、和馬はそのタクシーに駆け寄った。後部座席に乗り込み、「とりあえず真っ直ぐ進んでください」と言い、周囲の様子を観察する。こちらに注意を払っている者はいないようだ。

やがてタクシーが発進する。和馬はシートに身を沈めて、顔を隠すように下を向いた。

「へえ、あんた、刑事さんなんだ。こんな別嬪《べっぴん》さんが刑事をやってるとは時代も変わったものだねえ」

「ご協力ありがとうございます」

北条《ほうじょう》美雲《みくも》は管理人に礼を言い、エレベーターに乗った。同僚の刑事と、それから二名の制服警官も一緒だった。二十五階で降り、ある部屋のインターホンを押した。しばらく待っていると玄関のドアが開き、男が顔を出した。男は寝ていたらしく、目を擦りながら言う。

「またあんたか。いい加減にしてくれよ」

男は渋谷《しぶや》のホストクラブで働くホストだ。源氏名はリュウといい、こうして渋谷区内のタワーマンションに住んでいることから、かなり金回りがいいことが窺える。美雲は涼しい顔で言った。

「私はしつこいですよ。事件が解決するまで諦めませんから」

「俺はやってねえって何度も言ってるだろ」

二週間前、美雲が勤務する蒲田《かまた》警察署の管内で殺人事件が発生した。現場となったのはアパートの一室で、その部屋の住人である二十二歳の女性が殺されたのだ。死因は鈍器で殴られたことによる脳挫傷《ざしょう》だった。部屋に物色された形跡もあることから、物盗りによる犯行の可能性が高いとして捜査を開始した。

美雲は早い段階からリュウに目をつけていた。リュウと被害者は数年前から交際していて、別れ話がこじれていたという話を耳にしたからだ。下積み時代から交際していた女性がいたのだが、ホストとして人気が出てしまって邪魔になる。よくありそうな話だった。

そのうち決定的な物証が出てくるに違いない。そう楽観していたのだが、思っていた以上に捜査は難航した。リュウにはアリバイがあったのだ。

死亡推定時刻は午後十時から深夜零時までの間だったが、その時間、リュウは渋谷のホストクラブで勤務中だったことが確認されたのだ。彼の同僚や客の証言でアリバイは裏づけられていた。リュウに殺害は不可能。そんな意見が大半を占める中、美雲だけは諦めなかった。

「なあ、刑事さんよ。せっかく来たんだから上がったら？　コーヒーくらいご馳走するぜ」

「ここで結構です。勤務中なので」

「まったく頭が固い姉ちゃんだな。それよりさ、あんた刑事なんて辞めて水商売やらねえか。あんたくらいの器量《きりょう》があればかなり稼げること間違いなしだ。ことによると芸能人になれるかもしれねえぜ」

「興味ないので。それより」美雲は背後を振り返った。後ろに立つ蒲田署の同僚刑事が懐から一枚の書類を出した。それを受けとって美雲は続ける。「あなたに逮捕状が出ています。というわけで、あなたを逮捕します」

「何が逮捕だ。ふざけんじゃねえ。俺はやってねえよ。俺にはアリバイがあるんだよ」

「あなたのアリバイは成立しません。犯行現場は蒲田ではなく、渋谷です。あなたは被害者を店の裏手に呼び出し、そこで殺害したんです。そして閉店後の早朝、蒲田のアパートまで遺体を運び、そこに放置した。物盗りの犯行に見せかけるために室内を荒らし、そのまま立ち去ったんです」

リュウの背後で物音が聞こえる。奥から女が出てきた。慌てているのか、まだ髪がセットされていない。美雲たちの話の内容が耳に入ったようで、女は靴を履いてそそくさと逃げるように出ていった。リュウは溜め息をついて訊《き》いてくる。

「証拠はあるのか？　俺がやったっていう証拠がよ」

「あります。だから逮捕状がとれたんですよ」美雲はこともなげに言い、スマートフォンを出した。あるアプリのメイン画面を開き、それをリュウに見せた。「この『レン太郎』というアプリをご存じですね。従業員の一人があなたからこのアプリを紹介されたと言っていました」

このアプリは掲示板の体裁をとり、ユーザー同士がさまざまなものをレンタルし合うというものだった。アプリの運営会社に捜査協力を依頼したところ、事件発生の前日、掲示板で車を借りたいという書き込みを発見した。書き込んだのはリュウのスマートフォンからであるのはすぐに特定された。

「あなたに車を貸した男性とも連絡がとれました。その男性はあなたのことを憶えていましたよ。渋谷駅近くの路上であなたに車を引き渡したと証言しています」

リュウは黙っている。さきほどまでの威勢はどこかに吹き飛んでいってしまったかのようだ。

「その男性は非常に協力的な方で、我々に車を貸してくださいました。鑑識が調べたところ、後部座席のトランクから発見された毛髪が被害者のものと一致しました。車内にはあなたの指紋も残っていることでしょう。あなたが犯人ですね、リュウさん」

リュウの目が泳いでいる。懸命に言い訳を探しているが、言葉が見つからないのだろう。美雲は一気にとどめを刺した。

「あなたを逮捕します。崖とかで自白したいなら海まで連れていきますけど、どうします？」

リュウは何も答えない。応じる気力も残っていないらしい。背後にいた同僚の刑事が前に出て、彼の手に手錠をかけた。二名の制服警官が両脇から彼を拘束する。リュウの目は虚ろだ。これで観念して素直に取り調べに応じてくれればいいのだけれど。

「今回もお手柄だな、北条」

振り返ると年配の刑事が立っている。扇子片手に年配の刑事が言う。

「大活躍だな。今年に入って何人目だ？　二十人近く逮捕してるんじゃないか？」

「今の男で二十五人目です」

今は十月下旬だ。一ヵ月で最低二人は逮捕していることになる。最近起こった事件だけではなく、今では過去の未解決事件にまで手を出している。このままだと蒲田署の未解決事件はすべて解決されてしまうのではないかと署内では囁《ささや》かれているらしい。

美雲の父は平成のホームズと称された名探偵、北条宗太郎《そうたろう》その人であり、亡き祖父の北条宗《そう》真《しん》は昭和のホームズと謳《うた》われた名探偵だった。探偵一家で英才教育を受けて育った美雲は、より多くの事件を解決したいという一心で五年前に警視庁に入庁した。途中ちょっとしたスランプ――簡単に言うと失恋――があったものの、今はこうしてかつての自分をとり戻していた。

「課長も言ってたけど、来年の春には捜査一課に呼ばれるのは確実だな。あまり無理しないでくれよ。体を壊したら元も子もねえからな」

美雲自身もその気でいる。警視庁捜査一課に戻りたいという希望は課長を通じて上層部にも伝えてある。この一年間、それだけの実績を積んできたつもりだった。

「取り調べは俺たちに任せておけ。お前はゆっくり休めばいい」

「ありがとうございます」

礼を言ったが、休むつもりは毛頭ない。署に戻ったら捜査の続きだ。廊下を歩き始めたところで、バッグの中でスマートフォンが震えていることに気づいた。蒲田署からだった。いったい何事だろうか。美雲はスマートフォンを耳に当てた。


上野《うえの》の書店で働く華は、主にレジに立っていることが多いのだが、児童書のコーナーを担当しているため、売り場のレイアウトを変更したり、新刊を並べたりすることもある。今日は午前中は在庫の整理と新刊の発注、午後から一階のレジに立つことになっていた。

狭い事務室のパソコンの前に座り、在庫の確認をしていたときだった。電話の着信音が聞こえてきた。近くにいた別の店員が受話器を持ち上げた。しばらく話してから華に向かって言った。

「三雲さん、お電話入ってますよ。小学校からみたいです」

またか。華は身構えた。杏には前科がある。かくれんぼをしていて行方知れずになり、学校に呼び出されたことが過去にも一度ならずあった。ただし三年生になってからそういうこともなくなっていたし、そもそも今は授業中のはず。体育の授業中にクラスメイトを怪我させてしまったとか、そんなところか。

気が重いが、待たせるわけにもいかないので電話に出る。

「あ、三雲さん。職場にまでお電話してしまって申し訳ありません」

担任の小林《こばやし》だ。彼は入学以来ずっと杏のクラスの担任をしているため、何度も顔を合わせている若手男性教師だ。

「いえいえ構いませんよ。それより先生、また杏が何か？」

「あれ？　あ、そうですか。すみません、もっと早く電話をするべきでした」

何が起こっているのか、いまいち摑めない。電話の向こうで小林が言った。

「三雲さん、杏ちゃんが学校に来ていないんですよ」

「えっ？　どういうことですか？」

「そのままの意味です。まだ学校に来ていないんですよ。実は九時頃に一度三雲さんの携帯の方に電話をしました。もしかしたら杏ちゃんが熱でも出して病院に行っているんじゃないかと思ったんですが……」

九時頃と言えば電車に乗っている時間だ。着信に気づかぬまま職場まで来てしまい、自分のロッカーの中にバッグごとスマートフォンをしまってしまったのだ。

「三雲さん、杏ちゃんは朝は普通に家を出たんですね」

「え、ええ。普通に出ていきましたけど」

朝の八時少し前、いつものように杏は家から出かけていった。杏は自宅マンションから歩いて五分ほどのところに住んでいる友達の柳田《やなぎだ》いち夏《か》という女の子の家に向かい、そこで彼女と合流してから登校するのだ。

「いち夏ちゃんは？　柳田さんは何て言ってます？　彼女なら何か知ってるかもしれません」

「いち夏ちゃんには僕も話を聞きました。どれだけ待っても来なかったと言っています。遅刻ギリギリの時間まで待っても来なかったので、彼女は一人で登校したそうです」

「そうですか……」

不安が募《つの》る。マンションから出て、いち夏の自宅に向かうまでの間に杏は姿を消してしまったということか。交通事故にでも遭って病院に運び込まれたのか。真っ先にその可能性が頭に浮かんだが、だったら連絡が来ているはずだ。ランドセルには名前や緊急連絡先が書かれている。

「三雲さんの承諾を得ての話ですが」小林がそう前置きしてから言った。「一応警察に連絡をしておいた方がいいかと。ここは不測の事態に備えるべきだと思います」

そういうことか。ようやく華は事態の深刻さを思い知った。小学三年生の女子児童が家を出たまま行方がわからない。何らかの事件に巻き込まれた可能性があるのだ。

「わ、わかりました。お願いします。それで先生、私は何をすれば？」

「ちなみに杏ちゃんにはキッズ携帯を持たせていませんよね？」

「ええ、持たせていません」

そういう話も何度か出たが、杏自身があまり欲しがっている感じではなかったので、見送ったという経緯がある。

「でしたらご自宅を確認するべきかと思います。ご自宅にいないようでしたら、心当たりのある場所を捜してください。僕も協力したいところですが、授業があるので学校を抜けられません。警察には僕から連絡をしておきます。多分付近のお巡りさんが捜索に協力してくれるはずです。三雲さん、今朝の杏ちゃんの服装を教えてください」

憶えている限り、正確に杏の服装を小林に教えた。杏は女の子っぽい格好よりも、動き易いスポーティな服装を好む。今日もてんとう虫の柄のピンクのシャツに黒いズボンという軽装だ。

「わかりました。では僕から警察の方には伝えておきます。まだ大袈裟《おおげさ》なものではなくて、交番への通報にとどめておきますので」

「よろしくお願いします」

通話を切り、すぐに事務室から出た。陳列棚に新刊の補充をしている店長のもとに向かい、事情を説明した。そのままロッカーに向かってエプロンを外してバッグを持ち、書店をあとにした。通りに出て空車のタクシーを拾う。「東向島まで」と短く運転手に告げてから、バッグからスマートフォンを出した。

画面を見ると一件の着信が入っていて、たしかにそれは九時過ぎの小学校からの電話だった。ほかに着信やメッセージは入っていない。すぐに和馬に電話をかけてみたのだが、不在の音声案内が流れるだけだった。電源が入っていないのかもしれない。

昨夜、和馬は帰宅しなかった。遅くなると言っていたので、特に気にすることはなかったのだが、就寝前に一度メッセージを送っていた。メッセージアプリを起ち上げて確認してみたのだが、いまだに既読マークがついていない。スマートフォンを確認する間もないほど忙しいということか。

杏、どうか家にいて。心の底からそう願った。

「あ、運転手さん、このあたりで結構です」

和馬は運転手に声をかけ、料金を払ってタクシーから降りた。そこは四ツ谷《よや》駅の近くだったが、特に目的があるわけではない。これ以上タクシーに乗り続けても料金が上がっていくだけだ。タクシーを尾行している車もなく、これまでのところ追跡の心配はなかった。

大手ファストファッション店の看板が見えたので、店内に足を踏み入れた。このスーツのまま逃亡を続けるのは危険だ。ジーンズとTシャツ、それから黒のジャケットと同じく黒の帽子を買う。ベルトと靴だけはそのまま使うことにした。店員に断りを入れてから、試着室に入って着替えをした。ジーンズの裾が若干長かったが、そこは目をつむることにする。来ていたスーツを紙袋に入れ、試着室から出る。これでしばらくは警察の目を欺くことができるだろう。

目についたコンビニに向かう。可燃物のゴミ箱にスーツの入った紙袋を押し込んだ。それからペットボトルの緑茶を買う。財布の中に残った金はあと八千円ほどしかない。多少心許ない気がしないでもないが、クレジットカードの使用やATMでの金の引き出しは控えたいところだった。

いったい誰が俺を嵌めたのか。

現場から逃げ去ってしまったわけだが、果たしてその選択が正しいものだったのか、それを考えるだけで不安が首をもたげてくる。やはりあの場に待機し、起きたことをありのままに伝えることが賢明な選択ではなかったのか。考えれば考えるほど、自分が愚かな道に足を踏み入れてしまったように思えてならなかった。

それにしても――。

こういう状況に置かれて初めて、自分がいかにデジタル機器に頼って生きているかを実感する。スマートフォンがなければ誰にも連絡をとることができない。そういう事実に和馬は直面していた。当たり前だったはずのものが、当たり前ではなくなる。これだけ多くの人が行き交う街の中に立っていても、なぜか自分だけ疎外されているような孤独を感じた。

しばらく歩き回った末に、ようやく歩道橋の下に電話ボックスを見つけた。幸い誰も使っていなかったので、和馬はボックスの中に駆け込んだ。財布から十円玉を出して何枚か挿入口に入れる。

憶えている電話番号はそれほど多くはない。自分の番号を除けば、職場である警視庁捜査一課直通の番号と、華の番号。それから実家の番号くらいか。まずは華に電話をかけてみようと思ったが、それは思いとどまった。あまり変な心配をかけたくなかったし、もう少し状況が好転してからでもいいだろうと思った。

となるとかける場所は一つだけだ。和馬は実家の番号をプッシュした。

なかなか繋がらなかった。誰もいないのか。そう思って受話器を置こうとしたとき、ようやく電話が繋がった。

「はい、桜庭ですが」

父の典和の声だ。意外だった。今日は休みということか。典和は警視庁で働いている。来年には六十五歳を迎えるため、警視庁を退職して民間の警備会社に再就職する予定らしい。今の身分は嘱託《しょくたく》員であり、こうして平日に休みをとることもあるようだった。

「俺だよ、和馬だ」

「おお、和馬か。珍しいな、こんな時間に連絡してくるなんて」

その口調から父はまだ何も知らないのだと察する。ただし父の耳に入るのも時間の問題のはずだし、場合によっては有力な立ち寄り先として実家に見張りがつく可能性もある。

「ちょっとお祖父ちゃんに確認したいことがあってね。昔の事件のことで」

咄嗟に出た嘘だ。祖父の和一《わいち》は警視庁のOBで、鬼の桜庭と恐れられた警視庁捜査一課長だった。今はのんびりと年金生活を送っている。

「父さんと母さんだったら昨日から旅行に行ってるぞ。しかも三雲さんところのご隠居さんたちと一緒にな。現役世代の苦労も知らないで困ったもんだよ、まったく」

祖父母である和一と伸枝《のぶえ》、その二人と華の祖父に当たる三雲巌は若かりし頃から縁があり、今ではすっかり仲がいい。華の祖母のマツもそこに加わり、四人で旅を楽しんでいるということだろう。

「古参のOBから話を聞きたいってわけだな。どうしても話をしたいようなら携帯にかけてみろ」

「うん、そうさせてもらうよ」

実はね、父さん。その言葉が喉元まで出かかった。今の自分の置かれた状況を話し、アドバイスを仰ぐのだ。いや、アドバイスなどなくてもいい。この状況を誰かに知ってもらうだけでよかった。それほどまでに孤独を感じていた。

しかし和馬は何とか言葉を飲み込んだ。典和に話してしまうことにより、彼が共犯であると勘違いされてしまう可能性もある。それだけは何としてでも避けたかった。

「じゃあね、父さん」

和馬は受話器をフックにかけた。多めに入れた硬貨が落ちる音が聞こえた。硬貨を財布に戻した。

だいぶ頭痛も治まりつつあった。ようやく冷静に物事を考えられるようになっていた。

昨夜のことを思い出す。双葉美羽が席を立ち、トイレに向かったときのこと。あのとき彼女はバランスを崩し、和馬の方に向かって倒れてきた。咄嗟に彼女を支えたのだが、和馬が飲んでいたウーロン茶のグラスが床に落ちるというハプニングがあった。

あのときだ。あのとき、次に運ばれてきたウーロン茶に睡眠薬が仕込まれていたに違いない。多分美羽の息がかかった者の犯行だ。つまり和馬を眠らせたのは双葉美羽の仕業ということになる。しかしその彼女は殺されてしまった。

俺は刑事だ。刑事というのは捜査をする生き物だ。今、自分にできることは一つだけだ。幸いなことに警察手帳は手元にある。これを利用して捜査をするのだ。双葉美羽を殺害した犯人を見つけ出す。それだけだ。

やはり自宅に杏の姿はなかった。すぐに華は家の周りを歩いて捜索した。狭い路地、側溝の下、公園にある遊具の中。目についたところをすべて見たのだが、いまだに発見できずにいた。

もう一度自宅を見てみよう。そう思って華は再び自宅に引き返し、自宅マンションのあらゆる場所を捜している。まだ杏は小さいし、柔軟性もあるので意外なところに隠れていないとも限らない。以前かくれんぼをしていて天井裏でそのまま眠ってしまったこともあるくらいだ。キッチンの狭い収納の中などを覗いてみたりもしたのだが、やはりどこにも杏の姿は見当たらなかった。

スマートフォンに着信が入る。表示された番号で学校からだとわかる。出ると担任の小林の声が聞こえてきた。

「三雲さん、状況はどうですか？」

「まだ見つかりません。そちらはどうですか？」

もしかしたらすでに登校していて、学校の敷地内のどこかにいるのではないか。そういう可能性もあったので、さきほどから教師たちを中心に敷地内を捜索していると聞いていた。

「こっちもまだ見つかっていません。引き続き捜す予定です」

「本当にすみません。ご迷惑をおかけしてしまいまして」

「正式に捜索願を出した方がいいかもしれません。これはご家族が出すべきものなので、三雲さんに警察署に行っていただく必要があります」

「わかりました。そうします」

これだけ捜しても見つからないのだ。警察署に捜索願を出すしかないだろう。

通話を切った。すぐに着信が入る。義父の桜庭典和からだった。

「華さん、すまないね。電話に出られなくて。風呂の掃除をしてたんだ」

さきほど電話をかけたが繋がらなかった。桜庭家はこの近辺で唯一杏が自分の足で行くことができる馴染みのある場所でもある。最後の望みと言ってもいい。

「お義父さん、杏がそちらに行っていませんか?」

「杏ちゃんが? どうしてだい?」

「実は……」

事情を説明する。そうしている間にも電話の向こうで典和がドアを開けたり閉じたりしている音が聞こえてきた。家中を捜し回っていることが想像がつく。

「うちにも来ていないようだ。最後に目撃されたのはいつのことだ?」

現役の警察官だけあり、質問の意図が明確だ。華は答えた。

「午前八時少し前です。私が自宅で見送ったきり、誰も杏の姿を見ていないようです」

「もうすぐ三時間か。そいつは心配だな」

「これから捜索願を出しに行くつもりでした。学校の担任の先生もそうした方がいいとおっしやっていたので」

「そのくらいは私に任せておけ。華さんは引き続き捜索を続けるんだ。あ、そういえばさっき和馬から連絡があったぞ」

「和君から？」

桜庭家の固定電話にかかってきたようだ。祖父の和一に話したいことがあるようなことを言っていたという。

「和馬にも伝えた方がよさそうだな。実の娘が行方不明なんだ。どんな事件を捜査しているのか知らんが、優先順位はこっちの方が断然上だ」

それはそうだと華も思う。それに何より自分一人では心細い。こういうときこそ和馬に一緒にいてほしいと心の底から思った。

捜索願は典和が出してくれることになり、華は通話を切った。すぐに和馬に電話をかけてみたのだが、やはり繋がらない。職場に電話をかけて伝えてもらうべきだろうか。そんなことを考えていると、玄関のドアが開く音が聞こえた。

「杏？」

玄関先に駆けつけたが、そこにいたのは杏ではなかった。父の尊だ。さきほど連絡をして、杏が行方不明になったことを伝えたのだ。

「お父さん、来てくれんだ」

「当然じゃないか。それより杏ちゃんは見つかったのか？」

「それがまだなの。桜庭家のお義父さんが捜索願を出してくれることになった」

「警察なんて頼りになるか。悦子も近所を捜索中だ。それに渉だって……」

低い振動音が聞こえてくる。リビングに向かうと窓の外に浮遊している物体がある。ドローンだ。去年の小学校の運動会のとき、父に命じられて兄の渉が作製したカメラ搭載ドローンだ。

「渉も捜してる。実は俺も偵察用のドローンを持っているんでな、準備が整い次第、それで捜索するつもりだ。あとは防犯カメラだ。ネットに繋がっている防犯カメラは渉がハッキングして中身を見られる。うまく行けば杏ちゃんの足どりが摑めるかもしれん」

やはりこういうときは心強い。こう見えてLの一族の頭領なのだから。

「華、ボケッと突っ立ってても杏ちゃんは見つからんぞ。思い当たる場所を捜してこい」

「わ、わかった」

華はスマートフォンだけを持ち、靴を履いて外に飛び出した。杏、どこにいるの？　無事なんだよね。必ず見つけてあげるから、大人しく待ってるんだよ。


「失礼します」

美雲はそう言って室内に足を踏み入れた。西新宿にある高層ホテル、その二階にある会議室だ。企業などにも貸し出す会議室のようだった。中では二人の男が美雲を待ち受けていた。スーツを着た四十過ぎとおぼしき二人は、警視庁の幹部だった。刑事部長と捜査一課長だ。二人とも名前くらいは知っているが、こうして直接顔を合わせるのは初めてだ。今の美雲は蒲田署の一介の捜査員に過ぎない。

「来たか。座りなさい」

言われるがままに椅子に座る。二人は美雲の前のテーブルの向こうに並んで座っている。捜査一課長が口を開いた。

「本日午前十時少し前、このホテルの十七階にあるスイートルームに女性の遺体があると一一〇番通報が寄せられた。通報してきたのは男女どちらともつかぬ声色で、名前も名乗ろうとしなかったが、その内容が具体的なものであったことから、最寄りの新宿署の警察官が現場に急行した」

いったい何の話だ。美雲は背筋を伸ばす。いきなり内容に入るということは、それだけ状況が切迫しているということだ。

「寄せられた情報通り、このホテルの一七〇一号室、そのバスルームで女性の遺体が発見された。被害者の名前は双葉美羽、都内在住の三十四歳の女性だ。実は某銀行の横領事件に関与している疑いがあるとして、一課と二課が合同でマークしていた女だ。女の遺体は現在解剖に回されているが、一緒に一晩を過ごした男性がおり、その者が殺害に関与している可能性が高いと我々は考えている。事実、現場に拳銃が残されていた。製造番号からその男性の所持していた拳銃と一致した。ちなみにその拳銃は警視庁の備品だ」

つまり被害者と一晩を過ごした相手は警察官ということになる。さらに続く言葉を聞き、美雲は言葉を失った。

「持ち主の名前は桜庭和馬警部補だ。君が警視庁に入庁してすぐに組んだ刑事でもある。知っているね？」

知っているどころではない。それこそ家族ぐるみで付き合っていると言っても過言ではなかった。現在、美雲が交際している三雲渉は、和馬にとって義理の兄に当たる関係だ。もっとも三雲家については和馬も美雲も、一切周囲には洩らしてない。三雲家は泥棒一家であり、普通に考えれば彼らと付き合いを持つのは警察官としてあるまじき行為だ。

「はい。存じ上げております。捜査一課時代にはお世話になりました」

そのくらいしか言えない。しかしこうしてここに呼ばれたからには、何らかの意図があると考えていい。美雲は気を引き締めると同時に、強い衝撃を受けていた。あの桜庭先輩が、どうして……。

「桜庭は現場から逃走したとみられている。ちょうど新宿署の捜査員が現場に到着した直後にな。フロントの防犯カメラに観光客に紛れてホテルから出ていく彼の姿が映っていた」

現場から逃走する。なぜか。後ろめたいことがあると考えるのが自然だ。

「北条美雲巡査長、起立」

「はい」と返事をして立ち上がる。ずっと黙っていた刑事部長が口を開いた。

「少々異例ではあるが、本日付けで君に警視庁捜査一課への異動を命じる。君の活躍は私の耳にも届いていた。来年の春に警視庁に呼び戻す予定だったが、それが早まっただけだ。宗太郎氏には警視庁もお世話になっている。そのご息女をいつまでも所轄に置いておくわけにもいかないからな」

再び捜査一課長が口を開く。

「所属する班については現在調整中だ。蒲田署の引き継ぎについても後日でいい。君には特別専従捜査員として、桜庭和馬の捜索に加わってもらうことになる」

目的はこれか。ここに呼ばれた理由を美雲は察した。美雲が和馬と懇意にしていたことは捜査一課でも有名だった。だったら美雲に和馬を捜させるのが早いのではないか。彼女だったら和馬の行動パターン、潜伏先を先読みできるのではないか。捜査員の誰かが幹部にそう進言しても不思議はない。

「君は自由に動いてもらって構わない。とにかく一刻も早く桜庭の身柄を押さえてくれ。すでに三十人態勢で彼の行方を追っているところだ。あ、そうそう。君にはパートナーを用意してある」

捜査一課長がそう言うと、会議室のドアから一人の女性が入ってくるのが見えた。その女性の姿を見て美雲は驚きを隠せなかった。

「か、香《かおり》さん……」

私服姿の桜庭香だ。和馬の実の妹である。彼女はずっと蒲田署の交通課にいたのだが、この春から警視庁の広報課に異動になっていた。広報なんて柄じゃないんだけどな。一ヵ月ほど前に飲んだとき、いつものように豪快に笑っていた。

「知っているとは思うが、彼女は捜索には最適の人材だ。マスコミに気づかれる前に何としても桜庭を見つけ出してくれ。念のために言っておくが、君たち二人の携帯番号は把握済みだ。GPSで位置情報も特定できている。くれぐれも変な気を起こさんでくれよ」

なるほど。美雲は彼らのもう一つの思惑を知った。和馬の捜索に加えるという名目もあるが、和馬の逃亡に協力しないよう、近くで監視しようという魂胆なのだ。

「私からは以上だ。早速捜索活動を開始してくれ。何かあったら連絡するように」

一礼してから会議室を出る。香と視線が合う。彼女の目にも困惑の色が濃く浮かんでいた。まさに青天の霹靂《へきれき》とはこのことだ。容疑者、桜庭和馬を見つけ出す。それが私たち二人に課せられた任務なのだから。


「へえ、綺麗な人なんですね」

美雲はそう言って写真に目を落とした。まずは現場検証を兼ねて事件があったスイートルームを訪れていた。捜査一課の佐藤という刑事が同行してくれた。彼は昨夜、和馬と行動をともにしていた刑事だという。事情を訊くにはうってつけの相手だった。

バスタブには血痕が残っていた。寝室にはサプレッサー代わりに使用したと思われる枕が転がっている。室内では今もまだ鑑識職員たちが捜査中だ。

「生きていたらもっと綺麗だったんじゃありませんか?」

美雲が訊くと、佐藤が答えた。

「そりゃあもう。歩いているだけで男たちが振り返るほどのフェロモンでしたよ」

「たしか前科があったとか」

「詐欺罪で有罪判決を受けています」佐藤が説明する。「美貌を駆使した女詐欺師です。手口は結婚詐欺に近いですね。ただし奪った金が桁違いで、一人につき数千万円単位で金を奪ってます。泣き寝入りした被害者も多いでしょうから、実質的な被害額は相当なもんですね」

遺体の写真は目を見開いている。透き通るように白い肌だ。遺体でこれだけ綺麗だということは、生きている頃はもっと美しかったに違いない。騙される男も多かったことだろう。写真を覗き込んだ香が言った。

「兄貴のタイプじゃないな。華さんとは正反対だ」

それは美雲もわかる。和馬はこういう女性に騙されるような男ではない。

「一発で仕留めています。かなり銃器の取り扱いに長けた人物の犯行だと思われます。ちなみに桜庭さんは射撃が得意だったそうです」

「佐藤さん、あなたは桜庭先輩が犯人だと思っておいでですか？」

「そ、それは……」

美雲の言葉に佐藤は言葉を詰まらせた。現時点で和馬の犯行だと決めつけるのは早計だ。彼が犯行現場に居合わせた形跡があり、しかも現場から逃走した。彼を疑う根拠はそれだけだ。

「昨夜の双葉美羽、それから桜庭先輩の動きを教えてください」

「このホテルの最上階のバーに双葉美羽が入店したのは午後七時過ぎのことでした」

一緒にいた相手は玉木というＩＴ企業の社長だった。二人でカウンター席に座り、和気あいあいとした雰囲気で飲み始めた。

「二時間後の午後九時過ぎ、二人は店を出ました。そのときに桜庭さんに異変があったんです。何だか凄く眠そうでした。本人は大丈夫だと言ってたんですが、足元も覚束ない様子だったので、桜庭さんだけは店員にお願いして、俺は二課の人たちと尾行を続行しました」

「その後の二人の行動は？」

「ドライブですね。レインボーブリッジ方面をぐるりと回って、双葉美羽は渋谷にある自宅マンションに戻りました。深夜零時くらいです。そこで我々は引き揚げることになったので、桜庭さんに電話をかけてみたんですが、繋がりませんでした」

睡眠薬だろう。それもかなり効き目の高い睡眠薬を盛られたと考えていい。

「桜庭先輩はバーで何を飲んでいたんですか？」

「ウーロン茶です。捜査中だったので」

「お代わりはしましたか？」

「いえ、してないはずです。あ、違いますね。途中で交換してもらったというか……」

通路を歩いてきた双葉美羽がバランスを崩し、近くにいた和馬が彼女を支えた。その際にウーロン茶の入っていたグラスが落ちて割れてしまうというハプニングがあったらしい。

「それですね」美雲は指をパチンと鳴らした。「そのときに運ばれてきたウーロン茶に睡眠薬が仕込まれていたんだと思います。多分そのウーロン茶を運んだ従業員、今日から行方をくらませているはずです」

「ほ、本当ですか？」

半信半疑といった表情で佐藤が訊いてくる。美雲は答えた。

「おそらく。彼は雇われて日が浅い新人でしょうね。ちなみに桜庭先輩はどうやってこの店を出たんですか？」

「タクシーに乗せようという話になったそうです。それでバーの従業員の一人が桜庭さんをおんぶして……。えっ？　もしかしてその従業員というのが……」

「間違いないです。ウーロン茶を運んだ店員のはず」

「この話、上司に報告していいですか？」

「どうぞ」

佐藤が部屋から飛び出していった。ただしその従業員の素性が明らかになることはないだろう。店側に出した履歴書なども出鱈目《でたらめ》のはずだし、偽名を名乗っていた可能性が高い。

「おい、美雲」ずっと黙っていた香が訊いてくる。「その店員が双葉美羽を殺害した犯人ってことなのか？」

「いえ、それはないと思います。彼は顔を晒していますし、金で雇われた小物でしょう。真犯人は別にいると考えてよいかと」

「やっぱり兄貴は嵌められたってことか」

ただしそれを立証するのは現時点では難しい。犯行に協力したバーの従業員もそう簡単に捕まえることはできないだろう。当面の間は和馬が犯人であるとの仮定のもと、捜査は進められていくはずだ。

美雲は改めて遺体の写真を見た。遺体は全裸だったが、浴槽に湯が張られた形跡はないという。つまり入浴中に撃たれたわけではなく、死後バスルームに運ばれたらしい。いったいなぜ犯人はそんな真似をしたのだろうか。

「あの、ちょっといいですか？」

美雲は近くにいた鑑識職員を呼び止めた。彼はカメラ片手に室内のいたるところを撮影していた。

「廊下にある防犯カメラの映像は解析済みですか？」

「角度が変えられていたらしい。一晩中ずっとね。棒のようなもので押したんだろうな。映っていたのは天井だけだったそうだ。朝、モニターをチェックしていた警備員が気づいたようだよ」

「銃声や物音を耳にした宿泊者などは？」

「いなかったみたいだね。この階は全室スイートルームだ。平日ということもあってか、空室が多かったらしいよ。お嬢ちゃん、一課に復帰したのかい？」

そう訊かれて気がついた。過去に何度か現場で会ったことのある鑑識職員だ。マスクをしていたので気づかなかった。

「ええ、今日付けで捜査一課に復帰しました。またお世話になります」

「また転んだりして現場を荒らさないでくれよ」

「気をつけます」

香とともに部屋から出た。一応最上階のバーも見ておこうかと思った。逃亡中の和馬の身になって考えることが大切だ。私が彼ならば、今何を考えているだろうか。


少し足を延ばして駅前の商店街を捜していると、華のスマートフォンが鳴った。桜庭典和からだった。出ると彼の声が聞こえてくる。

「華ちゃん、見つかったか？」

「残念ながら、まだ……」

「そうか。今、向島《むこうじま》署に来てる。捜索願を出したところだ。これで管内の警察官が目を光らせてくれるはずだ」

「ありがとうございます」

「私も捜してみる。アポロと一緒にな」

アポロというのは桜庭家で飼っているシェパードだ。元警察犬で、以前にもかくれんぼ中に行方不明になってしまった杏を見つけてくれたことがある。

「よろしくお願いします、お義父さん」

通話を切った。あたりを見回す。商店街には人が行き交っている。そろそろ正午になろうとしているためか、サラリーマン風の男たちも多くなってきた。

いったい杏はどこに行ってしまったのか。華は目に入ったドラッグストアの店内に入り、中を一周する。杏の姿は見当たらない。念のためにトイレを覗いてみたのだが、そこにもいなかった。

ドラッグストアから出たときだった。再びスマートフォンが鳴った。画面に表示されているのは未登録の番号だった。頭に浮かんだのは警察だ。典和が出した捜索願が受理され、警察が詳しい話を聞きたいと言ってくる可能性がある。華はスマートフォンを耳に当てた。

「三雲華さんの電話で間違いありませんね」

背筋が凍った。明らかに電話の声は機械的に加工されている。ボイスチェンジャーだろうか。華は周囲を見回しながら、恐る恐る言った。

「……は、はい。私が三雲ですが」

「これから大事なことを言います。繰り返さないのでよく聞いてください。あなたの娘さん、三雲杏はこちらでお預かりしております」

やはりか――。悪い想像が当たってしまったことを知る。どれだけ捜しても見つからないはずだ。杏は誘拐されてしまったのだ。

「あ、杏は無事なんですね。お願いします。娘に危害を加えるようなことだけは……」

「娘さんを返してほしいなら、こちらの要求に従ってください。まずは現金で十億円用意してください。十億円に相当する品物でも構いません」

十億円。そんな大金、用意できるわけがない。華の不安をよそに電話の向こうで相手は続けて言う。

「金額の交渉には一切応じないので、ご了承ください。受け渡し方法については、そちらで考えてください。どのように金、もしくは品物を受け渡すのか。それを考えるのはこちらではなく、あなた方です」

テレビや映画などの誘拐事件では、普通身代金の受け渡し方法は犯人側が提示していた。それを誘拐された側が考えろというのだ。まったく意味がわからない。

「六十時間の猶予を与えます。明後日の深夜零時までに十億円、もしくは十億円に相当する品物がこちらの手に渡らなかった場合、あなたは二度と生きた娘さんに会うことはできないでしょう」

「お願いします。どうか娘を……」

「金などの受け渡し方法が決まったら、この電話番号にかけてきてください。ただしそちらの提案を吟味《ぎんみ》し、却下する場合もありますのでご了承ください。チャンスは三回です。四回目以降の電話には出ません」

無理だ、そんなの。華は絶望する。明後日の深夜零時までに十億円を用意し、さらにはそれを相手に渡す方法まで考える。どう考えても難しい。

「私からは以上です。それではあなた方の健闘を祈ります」

「ちょっと待ってください。娘を……」

虚しくも通話は切れてしまう。華はしばらくの間、その場に立ち尽くしていた。杏が誘拐された。しかも誘拐犯の要求金額は十億円。自分が置かれた状況の深刻さに、まったく理解が追いつかない。

前から走ってきた自転車に気づき、ようやく華は我に返る。できれば夢であってほしいが、これは間違いなく現実だ。スマートフォンの通話履歴を見ると、一番上に見知らぬ番号が表示されている。うっかり消去してしまうといけないため、その番号を登録した。登録名は『X』にした。

犯人の要求を反芻《はんすう》する。これを忘れてしまうわけにはいかなかった。

一、身代金は現金で十億円。ただし十億円相当の品物でも可。

二、身代金の受け渡し方法については、こちらが考えなければならない。
三、期限は明後日の深夜零時まで。
四、受け渡し方法などが決まった場合、電話でそれを知らせること。ただし電話をしていいのは三回まで。こちらが提示した方法を犯人がキャンセルする場合もある。

今日は十月二十九日だ。つまり明後日の十月三十一日の深夜までに身代金を渡さなければ杏は帰ってこないのだ。

十月三十一日。ハロウィンだ。その日は友人家族とハロウィンパーティーを開催するつもりだったが、とてもそんなことをしている状況ではない。

とにかく一刻も早く自宅に戻って尊に伝えなければならない。そして和馬にも。これは誘拐事件だ。警察に助けを求める必要がある。

自宅マンションまでは歩いていける距離だが、時間が惜しかった。華は通りかかった空車のタクシーに向かって手を上げた。


三雲杏は目を覚ました。が、目の前は真っ暗だ。目隠しをされているようだ。手も背中の後ろで縛られているみたいだし、足も動かない。

埃っぽい匂いがする。これは人質ってやつだな、と杏は考える。要するに私は悪い奴らに誘拐されてしまったのだ。

朝のことを思い出す。いつもと同じようにマンションを出て、いち夏の自宅に向かって歩いていた。横断歩道で赤信号を待っていると、いきなり目の前に一台の黒い車が停まった。あっという間の出来事だった。後部座席のドアが開き、中に引き摺り込まれた。気がつくと車に乗せられたという感じだった。抵抗しようとしたが、後ろからタオルのようなものを顔に押し当てられた。記憶に残っているのはそこまでだ。

あの薬は何だったのだろうか。クロロホルムではないことはたしかだ。よく映画やドラマでクロロホルムを染み込ませた布などを口元に当て、意識を失わせるという場面があるが、あれは嘘だと杏は知っている。桜庭家に行くと刑事ドラマを見せられて、あれこれと教えてもらうのだが、そのときに教えてもらった。クロロホルムに麻酔効果があるのは事実だが、多少吸引したくらいでは気を失うようなことはないらしい。

今は何時だろうか。昼くらいか。今日の給食、何だったのかな。そういえば今日は日直だった。誰か代わりにやってくれただろうか。

全然怖くない。不思議と恐怖は感じなかった。ほぼ毎日、放課後はケイドロをして遊ぶのだけど、泥棒役は捕まると捕虜になる。捕虜は鉄棒の近くで助けが来るのを待っていなければならないというルールがある。自分が捕虜になったような気がした。遊びではなく、本当の意味でのリアル捕虜だ。

下は硬くない。むしろ柔らかい。スプリングの感じからして、ベッドの上に寝かされているのだと察する。ただしあまりいい匂いはしないことから、多分古びたベッドの上に自分はいるのだろう。

今日の放課後、買い物に行く予定だった。普段は学童に行って宿題を済ませ、それから学校のグラウンドで遊ぶのがいつもの流れだが、今日は友達四人で駅前にある百円ショップに行くことになっていた。

明後日のハロウィンの日、親友の柳田いち夏の家でハロウィンパーティーをすることに決まっていた。集まるのは仲のいい四人組だ。もちろん四人の親たちも来て、そこで料理を作ったりお菓子を作ったりして、最後にそれをみんなで食べるのだ。部屋の飾りつけをする折り紙などを百円ショップに買いに行く予定だった。でも多分このままだと行けない。それがたまらなく悲しかった。

遠くで物音が聞こえたような気がしたので、杏は耳を澄ませる。間違いない。何か聞こえてくる。

杏は音が聞こえる方向に体を動かした。遠くの方からピコピコという電子音が聞こえてくる。ゲームの音のようだ。

しばらく待っていると、ドアが開く音が聞こえた。それから足音が近づいてくる。頭上で声がした。

「おい、起きてるか?」

応えるべきか迷った。杏はその場で硬直した。いずれにしても目隠しをされ、口にもタオルを巻かれている。起きているかどうか、相手にはわからないはずだ。

「まだ寝てるみてえだな。おい、大岩《おおいわ》。お前、ちょっと飯でも買ってこいよ。俺はカップ麵とおにぎりだな」

「押忍《おす》。先輩」

男二人のようだ。杏が寝ていると思っているらしく、二人は会話を続ける。

「おにぎりの具はツナと明太子だ。あと飲み物もな。おい、大岩。そんなのメモってんじゃねえよ。覚えろよ」

「自分、すぐに忘れちゃうんで。この子、何を食べるんですかね」

「知らねえよ。適当でいいだろ」

「でも好き嫌いとかあったらどうしますか。子供って野菜とか苦手じゃないすか。自分、子供の頃ピーマン食えなかったっす」

「お前のことなんてどうでもいいだろ」

乾いた音が聞こえる。片方がもう片方の頭を叩いたらしい。

「早く行け。ガキにはパンでも買ってこい」

「押忍。パン買ってきます」

足音が遠ざかっていく。ドアが閉められ、再び静かになった。そういえばお腹が空いている。今頃、クラスのみんなは給食を食べている頃かもしれない。

絶対にパパが助けてくれるだろうという安心感があった。パパは刑事、しかも警視庁捜査一課の刑事なのだ。絶対にパパが私を見つけてくれるはず。

でもパパは別の事件の捜査で忙しいかもしれない。でも大丈夫。私にはママがいる。ママのほかにも、ジジもババもケビンもいる。そう、三雲家は泥棒一家だ。無敵の泥棒一家なのだ。

だからきっと、私を助けてくれるはずだ。

「十億円だと？　犯人の奴ら、足元を見やがったな」

華が説明を終えると、父の尊が悔しそうに言った。思わず聞き流しそうになったが、足元を見るとはどういう意味だろうか。つまりそれは、無理をすれば十億円は用意できるという意味だろうか。

「お父さん、十億円、用意できるってこと？」

「まあな。だが六十時間以内となると、それだけの現金を用意するのは厳しいかもしれん。お前も知っての通り、俺は現金は必要最低限しか持たない主義だからな。ちなみに今の所持金は」尊は財布を出して紙幣を数え始めた。「ひい、ふう、みい、四千円だ」

「そうね」と母の悦子も同調する。「私たちって基本的に現地調達派だからね。荷物が少な過ぎて税関で止められたこともあるくらいよ」

現地調達というのは、すなわち盗むということだ。そんな派閥など聞いたことがなかった。しかし今は突っ込んでいる場合ではない。

自宅に戻り、尊と悦子にさきほどかかってきた電話の内容を伝えたところだ。さすがの二人も電話の内容に驚いたらしい。

「俺と悦子は盗んだ美術品や宝飾品を世界各地の隠し場所に保管している。いわゆるリスク分散型というやつだな。だから十億円相当の品物をかき集めるには六十時間では全然足りんのだ」

「お父さん、警察に相談した方がいいんじゃないの？」

華の提案を尊はいとも簡単に却下する。

「さっきも言っただろ。警察なんて当てになるか」

とは言っても私は刑事の妻なのだ。こういう場合は警察に通報するのが筋ではないだろうか。それにすでに捜索願は出してしまっている。

「おい、渉。そっちの様子はどうだ？」

いつの間にか尊がスマートフォンを耳に当てている。兄の渉は周囲の防犯カメラの映像をハッキングで盗み出し、杏の行方を追っているのだ。

「……そうか、手がかりなしか。こっちは進展があったぞ。犯人の野郎が身代金を要求してきやがったんだ。金額は十億円だ。ところで渉、お前、九億円くらい都合できんか。残りの一億は俺が何とかする」

もはや突っ込む気にもなれない。息子に九割を用意させ、自分は一割負担する。ただ、国内における資産は渉の方が持っているのかもしれない。

「……そうか。それなら仕方ないな。引き続き捜索を続けてくれ」

通話を切った尊が説明した。

「渉は自分の資産の多くを不動産に換えて持っているらしい。それとは別に仮想通貨も所持しているみたいだが、十億円には遠く及ばないそうだ」

「お父さん、やっぱり警察に言った方が……」

華の言葉を遮るように尊は言った。

「華、心配するな。十億円は必ず用意する。杏ちゃんは絶対に俺が助ける。俺は金の調達をするから、お前たちは引き続き捜索を続けてくれ」

本当にそれでいいのだろうか。華は現実感が湧かなかった。娘を助けるために十億円を支払う。杏のことはもちろん心配だし、絶対に助けてあげたいという気持ちがあるが、十億円という金額が想像の範疇をはるかに超えていた。

「ところで華」母の悦子が訊いてくる。「和馬君とは連絡がとれたの？　実の娘が誘拐されたのよ。いくら捜査中だと言っても、家庭を優先してもいいいんじゃないかしら」

「実は何度も連絡してるんだけど……」

華はそう言いながらスマートフォンを出し、和馬に電話をかけてみたが、やはり不在のメッセージが流れるだけだった。もう十回以上は電話をかけている。それでも出ないということは、もしかして電源を切ったまま捜査をしているのかもしれない。

「気になるな」

そう言ったのは尊だった。尊は窓際に立ち、カーテンの隙間から外を見て言った。

「このマンションは見張られている。多分警察だ」

「警察がどうして、うちのマンションを？」

「知るか。下に二台の車が停まっている。多分二台とも覆面パトカーだ。それに今、向かいのマンションの外廊下からこっちを見てる連中もいる。俺の目は誤魔化されん。奴らは警察だ」

警察に見張られている。杏が誘拐されたことが知られてしまったのか。しかしそれならば見張るよりも、直接何か言ってくるだろう。

「和馬君かもしれんな」

尊の言葉に華は驚いた。

「どういうこと？　和君が関係してるってこと？」

「それはわからん。だがこの状況で和馬君と連絡がとれないってことはやはり妙だ。俺たちが知らないところで何かが起きている。そう考えてもいいのかもしれない」

和馬の身に何かが起きているということか。連絡もとれない状況に陥っているのか。何だか急に怖くなってくる。

「お父さん、やっぱり警察に相談した方がいいんじゃないの？　せめて桜庭家の人たちには……」

「華、考えてもみろ。お前たちはごく普通の家庭だ。夫は公務員で、妻は書店員。さほど収入があるとは思えん。そもそも十億なんて金は用意できるとは考えられない。お前たちの子供を誘拐しても旨味がない。俺が誘拐犯なら、もっと裕福な家庭の子供を狙うだろう。一流企業の社長の御曹司とかな」

それは華も考えたことだ。でも実際に杏は誘拐されてしまったのだ。

「思い出せ、華。誘拐犯はお前に向かってあなた方と言ったんだな。それは間違いないな？」

「う、うん。間違いないと思う」

電話の最後で犯人はこう言った。それではあなた方の健闘を祈ります、と。途中でもあなた方と言われたような気がする。

尊があごに手をやって、考え込むように言った。

「十億円という法外な額の身代金。そして犯人の挑戦的な態度と言葉遣い。それらから総合的に判断して、おそらく犯人は俺たちの正体を知っている。俺たちがLの一族だということをな」

「お父さん、そんなことって……」

尊はうなずいた。その顔はいつになく真剣なものだった。

「間違いない。こいつは挑戦だ。俺たちLの一族に対する挑戦なんだよ」


和馬は腕時計に目を落とす。時刻は午後一時を過ぎたところだった。ここは六本木《ろっぽんぎ》にある高層ビルの地下駐車場だ。

双葉美羽は誰に殺害されたのか。その真相を暴き出すためには、まずは彼女の交友関係を洗うべきだと思ったのだ。昨日まで美羽を尾行していたが、捜査を主に主導していたのは二課の捜査員で、和馬たちはヘルプに過ぎなかった。あまり彼女のことを深く知っているわけではない。

和馬が思いついたのは玉木輝喜という名のＩＴ企業の社長だ。ここ最近、彼女と仲良くしている男性の一人で、昨日も西新宿のホテルのバーで美羽と一緒だった。あれからどうなったのか和馬は知らないが、話を聞いてみる価値はあると思ったのだ。

さきほど正面玄関から入り、玉木への面会を試みたが敢《あ》えなく撃沈した。社長はアポイントメントのない方とは面会しません、の一点張りだった。警察手帳を出そうかと思ったが、神経質そうな受付嬢が警察に問い合わせをしたら困るので、それはやめておいた。ガードマンの目を盗んで強引にエレベーターに乗るのも手だが、万が一失敗したときのことを考え、それもやめにした。

そこで考えたのが地下駐車場だった。ここ数日間玉木を尾行していたため、彼が乗っている車も、いつも停まっている位置も把握している。地下一階の駐車場には外から徒歩で入ることができた。

ここで見張りを始めてかれこれ一時間ほど経とうとしていた。やはりイチかバチかで受付で警察手帳を提示するべきだろうか。そんなことを考えていると、地下駐車場を歩く足音が聞こえてくる。和馬は身構えた。

足音は真っ直ぐこちらに向かってくる。和馬は今、玉木の愛車である黒のレンジローバーの後ろに立っている。ウィンドウ越しに確認すると、歩いてくるのは玉木で間違いなかった。レンジローバーのハザードランプが何度か点滅した。玉木がロックを解除したのだ。

「玉木輝喜さんですね」

そう言いながら和馬は前に出た。玉木が怪訝そうな顔をして立ち止まった。和馬は懐から警察手帳を出し、バッジを見せながら言った。

「警視庁捜査一課の桜庭といいます。お時間よろしいですか?」

「警察の方ですか。何もこんな場所で待ち伏せしなくてもいいのに」

「アポイントメントがないとお会いできない。そう受付で断られてしまったもので」

「そういえばさっきも警察の人が受付に来たよ。居留守を使って断ったけどね」

昨夜、この男は殺された双葉美羽と一緒にいた。彼から事情を訊くため警察の人間が訪ねてきても何ら不思議はなかった。

「双葉美羽という女性をご存じですね」

玉木は一瞬だけ思案するような顔をした。それから前に出て運転席のドアに手を伸ばしながら言った。

「知ってるよ。友達の一人」

「残念ながら彼女はお亡くなりになりました。さきほど西新宿のホテルの一室で遺体となって発見されました」

「はあ? 何言ってんの?」

玉木が訊き返してくる。和馬は冷静な口調で言った。

「事実です。スイートルームのバスルームで遺体となって発見されました。昨夜、あなたが彼女と過ごしたバーのあるホテルです」

「嘘だろ……」

玉木が絶句する。演技しているようには見えなかった。

「昨夜、バーを出たあと、あなたは双葉さんとどのように過ごされましたか?」

「どのようにって、ドライブしただけだ。それから渋谷のマンションの前で彼女を降ろした。嘘じゃないって。そうだ、ドラレコ見てくれよ」そう言って玉木がレンジローバーのフロントガラスを指でさした。たしかにカメラのようなものがついている。「俺のドライブレコーダー、音声も録音できるんだ。彼女を渋谷で降ろして、俺はそのまま真っ直ぐ自宅に帰った。間違いないって」

この男の話を信じるのであれば、彼女は玉木と別れてから、再び西新宿のホテルに戻り、そこで殺害されたということになる。

「彼女を恨んでいた人物に心当たりはありませんか?」

「知らないよ。それほど知らないんだよ、彼女のことは」

「お付き合いされていたわけではないんですね?」

「さっきも言っただろ。友達の一人。二、三回飯食っただけの関係だって」

和馬が知る限り、玉木は先週も一度、双葉美羽と青山《あおやま》にある高級中華料理屋で食事をしていた。そのときも食事をしただけで、その後は店の前で二人は別れ、別々に帰宅した。さほど深い関係でもないのかもしれない。

「ちなみに双葉さんとはどちらでお知り合いになられたんでしょうか?」

美羽は女詐欺師だ。金のある男に接近し、その美貌を使って男の懐に飛び込むのが手口だ。彼女がどんな風にして獲物を狙っているのか。それが気になった。

「それはまあ、あれだよ」

玉木が言葉を濁らせた。ここが攻めどきだと和馬は判断する。

「これは殺人事件の捜査です。どうしてもお答えいただけないようであれば、署でじっくり話を聞くことも可能ですが」

「やめてくれよ。これからエステに行かなきゃいけないんだよ」

玉木は溜め息をついてから話し出した。

「彼女と出会ったのは南麻布《みなみあざぶ》にあるバーだ。三週間くらい前のことだったかな。飲んでたらたまたま隣の席になって、話したら意気投合したっていうか……」

会員制の高級バーらしい。知人の紹介がなければ会員になれない店で、玉木自身も知り合いから紹介されてここ最近通い始めた店だという。落ち着いた感じの店で、男性客の年齢層も高いらしい。

「店の名前は〈コンチネンタル〉だ。でも営業が始まるのは夜遅くからだし、紹介がないと中に入れないよ」

「そうですか。でしたら署の方で……」

「わかった、わかったよ」

玉木がスマートフォンを出し、ある番号を表示させた。和馬はその番号を自分のスマートフォンに入力する。

「森笠《もりがさ》って男の番号だ。コンチネンタルの従業員だよ。頼むから俺の名前は出さないでくれよな」

「ご協力ありがとうございます」

玉木が運転席のドアを開け、レンジローバーに乗り込んだ。低いエンジン音が聞こえ、やがてレンジローバーが発進する。音を鳴らして走り去っていく車を見送ってから、和馬も歩き出した。


「華、少しは落ち着きなさい。ジタバタしてもどうしようもないでしょうに」

「だってお母さん、杏が誘拐されちゃったんだよ」

華は自宅のリビングにいる。母の悦子も一緒だ。父の尊は金を用意すると意気込んで外に出ていった。杏が誘拐されたとわかった今、自宅の周りを捜したところで意味はない。しかし待っているだけというのも我慢ならず、どうしてもそわそわしてしまうのだ。

「杏ちゃんなら大丈夫よ。きっと助かるから心配要らないわ」

「どうして？　どうしてお母さんはそう言い切れるわけ？　杏はまだ八歳なのよ」

「あの子は大丈夫。だってほら」そう言って悦子はスマートフォンの画面をこちらに見せる。

「杏ちゃん、おひつじ座でしょう？　おひつじ座の今日の運勢は第一位なのよ。やることなすことうまくいく。そう書いてあるわよ。だからきっと大丈夫よ」

「……杏はうお座なんだけど」

「えっ？　そうだっけ？」

悦子はスマートフォンを操作した。しばらく画面に目を落としていた悦子だったが、そのまま黙り込んでしまう。華は悦子に訊いた。

「お母さん、何て書いてあったの？」

「占いは所詮占いよ」

「いいから何て書いてあったの？」

「……十二位よ。何をやってもうまくいかないから家から出ない方がいいみたい。ねえ華、どうしよう。もしも杏ちゃんの身に何かあったら……」

「お母さん、落ち着いて。ジタバタしてもしょうがないでしょうに」

溜め息をつく。このままここで杏の無事を祈りながら、待ち続けるしかないのだろうか。そのときスマートフォンが鳴った。兄の渉からだった。

「お兄ちゃん、何かわかったの？」

渉は防犯カメラの画像を解析するなどして、杏の行方を追っている。さきほどまでこの付近にいたが、今は月島《つきしま》のタワーマンションに戻っていた。そちらの方がパソコンの性能がいいので作業が捗るという。

「華、パソコンの電源を入れて」

「わかった」

言われるがまま、リビングにあるパソコンの電源を入れる。華はスピーカー機能をオンにして、スマートフォンをパソコンの隣に置いた。やがてパソコンが勝手に動き始めた。ハッキングした渉が動かしているのだ。渉ならこのくらいは朝飯前だ。

やがて画面に映像が出た。ここから歩いて五十メートルほどのところにある交差点だ。渉が説明してくれる。

「近くの金融機関の防犯カメラの映像だよ。時刻は今朝の八時少し過ぎだ」

向こう側から歩いてくる女の子が見えた。ランドセルを背負った杏だ。杏は交差点の赤信号で立ち止まった。しばらく待っていると、かなりの速度で走ってきた黒い車が杏の前で急停車するのが見えた。

一瞬の出来事だった。車はすぐに走り去ったが、杏の姿は消え失せていた。黒い車に乗せられ、連れ去られてしまったのは明らかだ。

「お兄ちゃん、この車が、杏を……」

再び同じシーンが再生される。黒い車が停まったところで映像が静止し、車を拡大させる。運転席に影が映っていた。画像の粒子は粗いが、男だろうとわかった。

「運転手は動いてない。てことはもう一人、後部座席に乗ってるんだ。そいつが杏ちゃんを後部座席に引き摺り込んだと思う」

「この車がどこに向かったか、わかる？」

「Nシステムをハッキングして追跡してみた。問題の車は都内をグルグル走り回ってから……」

映像が切り替わる。どこかの立体駐車場に黒い車が入っていくシーンが映し出された。

「北千住《きたせんじゅ》にある駐車場だ。この駐車場、かなり車の出入りが激しいんだけど設備が悪くてね。防犯カメラの数が少ないんだ。多分この駐車場の中で別の車に乗り換えて逃げたんだと思う」

「そうなんだ。これ以上は追えないっていうわけなのね」

「まあね。でも僕は諦めたわけじゃないから。ねえ華、多分この黒い車は今も駐車場に乗り捨てられたままだ」

「なるほど。そういうことね」

その車に何か犯人に繋がる証拠が残っていないか。渉はその可能性を示唆しているのだ。

「これは警察に頼むしかないよ」渉の声が聞こえてくる。「僕から美雲ちゃんに頼んでもいいけど、まだ警察には内緒にしてるんだろ。華が自分で判断すべき問題だ」

「わかったわ、お兄ちゃん。考えてみる」

「車は黒いクラウン。ナンバーはこれだ」

画面に表示されたのはナンバープレートの拡大写真だった。華は礼を言ってスマートフォンの通話を切った。

「華、どうするの？　あの子に頼むの？」

悦子が訊いてくる。華は思案した。

北条美雲は身内のようなものだ。それに彼女の捜査能力は折り紙つきだ。渉と再び交際を始めて一年、今ではかつての調子をとり戻して蒲田署で大活躍しているらしい。

それに和馬と連絡がとれないのも気になった。しかもこの自宅はすでに警察の監視下に置かれていると尊も言っていた。そのあたりのことを美雲に訊いてみてもいいかもしれない。

華は美雲に電話をかけてみたが、こちらも生憎《あいにく》繋がらなかった。ただし留守番電話サービスに繋がっただけ、和馬よりも望みがあった。折り返し電話が欲しいと伝え、通話を切った。

時間だけが刻々と過ぎていく。タイムリミットは明後日の深夜零時。それまでに杏を助け出すことができるだろうか。

美雲は六本木に来ていた。低層階はテナントが入っていて、高層階はオフィスが入っているビルの中だ。隣には桜庭香が歩いている。

「何か洒落《しゃれ》た感じだな。こういうとこ歩くと気後《きおく》れしちゃうよ、まったく」

「そうですね。でも香先輩、そのスーツ似合ってますよ」

「そうか。店の人に選んでもらったんだ。今のうちの職場、私服なんだよ。交通課時代は楽でよかったよ」

西新宿のホテルでの聞き込みは終えたが、収穫があったとは言えなかった。別の捜査員が和馬が乗ったタクシーを特定することに成功しており、そのタクシーの運転手の証言によると、ホテル近くで乗車した和馬は四谷あたりで降りたらしい。捜査員の大半が四谷に向かっていったが、今さら行っても何も残ってはいないだろうと美雲は思った。四谷に用事があったから、四谷でタクシーを降りる。美雲の知る桜庭和馬という刑事はそこまで浅はかな男ではない。

やはり鍵を握るのは殺された双葉美羽ではないか。美雲はそう考えていた。和馬の後輩である佐藤という刑事から双葉美羽についての話を詳しく聞いた。金持ちの男をターゲットとする女詐欺師で、半年前にも某銀行の副頭取から金を騙しとった可能性があるそうだ。しかもその副頭取は不慮の事故で死亡した。その内偵捜査の中、彼女は殺害されたというわけだ。

「美雲、あの店じゃないか」

「そうみたいですね。行きましょう」

テナントとして入っているエステサロンの店内に入る。店の壁にはかなり際どいポーズを決めた男性アイドルのポスターが貼られている。ここは男性を対象としたエステサロンだ。脱毛などもおこなっているらしい。

「こんにちは。私どもは警視庁の者です」

香が受付にいた女性に向かって警察手帳を見せる。エステサロンの従業員だけのことはあり、身だしなみが整った女性だ。雑誌のモデルのようでもある。

「こちらに玉木輝喜という方がいらっしゃっていると聞いたんですが」

同じ六本木に本社のあるＩＴ企業の社長だ。ここ最近、双葉美羽が狙っていた男性であり、昨夜も一緒にいたらしい。ただし彼は深夜零時くらいに美羽とは別れており、容疑の対象から外れていると聞いていた。しかし話を聞いてみる価値は十分にあると美雲は踏んでいた。少なくとも四谷を捜索するよりよほど価値がある。

「申し訳ございません。お客様のことはちょっと……」

「緊急だ。中を改めさせてもらうぞ」

香はそう言って店内をズカズカと歩いていく。まったくこういうところは男勝りというか、下手をすれば男性の刑事より強引だ。だが非常に心強い。

通路を奥に進みながら施術室を覗いていく。平日の昼間ということもあってか、ほとんどの部屋が空だった。一番奥の施術室のベッドに、白いガウンを着た男性が仰向けで横たわっていた。ナース服に似た格好をした女性が、男の首のあたりをマッサージしていたが、突然入ってきた闖入者《ちんにゅうしゃ》の姿に驚いたのか、女性は手を止めてこちらを見た。

「あなたたちは、いったい……」

「警察だ」

香が警察手帳を出してバッジを見せる。男が驚いたように顔を上げた。女性の従業員は気を利かせて外に出ていった。美雲は前に出て言った。

「玉木輝喜さんですね。私は警視庁捜査一課の北条と申します。こちらは桜庭」

「また警察かよ」玉木が体を起こし、ベッドの上に胡坐をかいて座った。「いい加減にしてくれよ。こっちは金を払ってエステを受けてんだぜ」

「手短に終わらせます。それよりまた警察とおっしゃられましたが、すでに捜査員とお話しになったのですか？」

「さっきね。会社の駐車場で待ち伏せを食らったんだよ。あ、そういえばさっきの刑事もサクラバって名乗ったな」

やはりか。美雲はバッグの中から写真を出した。和馬の写真だ。数年前に撮られたものらしく、制服を着た和馬が神妙な顔をして写っている。こういう写真が捜査員の間に配られているという事実が、彼が危うい立場に追い込まれていることを示していた。

「この男性刑事で間違いないですか？」

写真を見た玉木が答えた。

「そうだよ。この人だよ。あれ？　どういうこと？　何かまずいことしちゃったの？　俺」

「そういうわけではありません。ということは事情はおわかりですね」

「ああ、聞いたよ。殺されたらしいね、彼女。悪いけど俺は無関係だ。どれだけ調べてもらっても構わないよ」

「あなたを疑っているわけではありません。桜庭という刑事に話したことをそっくりそのまま私たちにも話してください。それだけです」

「やっぱりそうなるよな」

溜め息とともに玉木が話し出す。主に和馬から訊かれたのは昨日のアリバイと、彼女と出会った場所だった。三週間ほど前、南麻布にある高級会員制バーで声をかけられたという。

「店の名前はコンチネンタル。多分まだ営業してないと思うけどね」

男から店の従業員の連絡先を教えてもらった。それをメモしてから玉木に訊いた。

「ちなみに桜庭という刑事と会ったのはどのくらい前のことですか？」

「一時間くらい前かな」

現在の時刻は午後二時過ぎだ。一時間の遅れは大きいが、どうにかして挽回しなければならない。玉木に礼を述べてからエステサロンを飛び出した。エスカレーターで一階まで降り、タクシーに飛び乗った。香がさきほど聞き出したバーの従業員に電話をかけたが、繋がらない様子だった。

美雲も自分のスマートフォンを出した。コンチネンタルという店の情報を調べてみるつもりだったのだが、不在の通知が入っていることに気がついた。相手は三雲華だった。

彼女とはいずれ話さなければいけないと思っていた。美雲はスマートフォンを操作し、耳に当てた。

その店はバーというよりも、高級ホテルのラウンジを思わせる造りだった。天井も高く、置かれている観葉植物などにも金がかかっているのが窺えた。

和馬の目の前には森笠という男が座っている。ダークグレーのスーツを着ており、髪はオールバック。水商売特有の匂いを感じさせる男だった。

「随分ラフな格好をしてるんですね。刑事っていうのはスーツが基本だと思っていたんだけど」

「捜査の一環です。双葉美羽さんはこの店の常連だったと考えて間違いないですね」

「まあね。でも彼女、本当に亡くなったんですか？　何か信じられませんよ」

「間違いありません。明日になればマスコミでも報道されると思います」

双葉美羽が殺害されたことは来る前の電話で話した。そうでもしなければ会ってもらえないと思ったからだ。和馬の予想通り、最初は渋っていた森笠だったが、双葉美羽が殺されたと伝えると態度を変えた。こうして店で落ち合うことを渋々了承してくれたのだ。

「双葉さんとは長いんですか？」

「この店がオープンしたのは五年前なんですけど、その前から彼女のことは知ってました。この店の前は歌舞伎町《かぶきちょう》のホストクラブにいたんですけど、その当時からちょいちょい顔は合わせていましたよ。美羽さん、派手に遊んでいたんで」

彼女は十年前に詐欺罪で起訴されていたが、初犯なので執行猶予がついていた。現在は三十四歳になる。住民票上の住所は渋谷区内のマンションだが、ほかにも住居があるような形跡もあり、とにかく謎に包まれた女だった。

「ちなみにこちらは会員制のようですが、審査条件があるんですか？」

「基本的にはずっと会員になっているお客様からのご紹介がなければ入会できません。また、ある程度の社会的地位と入会金が必要です。芸能関係やスポーツ選手などはお断りしています。スキャンダルとか面倒なものですからね」

半年前に交通事故で死んだ副頭取もこの店の会員だった可能性が高い。店に集まってくる客は社会的地位が高く、しかも全員が金持ち。双葉美羽にとってこの店は格好の狩り場だったことだろう。

「双葉さんについては警視庁で内偵中でした。容疑は詐欺です。彼は某銀行の重役から金を騙しとっていたと思われます。ほかにもかなりの数の被害者がいるかもしれません。森笠さんはそのことをご存じでしたか？」

「やめてくださいよ、刑事さん。私がそんなこと知ってるはずがないじゃないですか」

「本当ですか？　あなたは知ってたんじゃないですか？」

「いい加減にしてください。何なら顧問弁護士を同席させてもいいんですよ、こっちは」

森笠は知っていた、と和馬は睨んでいる。双葉美羽に狩り場を提供する代わりに金品を受けとっていたのではないか。ただしそれを証明するのは難しいし、今は優先すべき事項が別にある。

「では質問を変えましょう。双葉美羽さんを恨んでいた人物に心当たりはありますか？」

「ありませんね。あったとしても教えたくありません。口が軽い店だと思われたら困りますので」

強気な態度だ。あまり使いたくない手だが、今は時間がない。ことによるとこの場所に警察が向かっている可能性も少なからずある。

「これは殺人事件の捜査です。正式な手続きを踏んで、そちらの顧客名簿を提供していただくことも可能です。名簿を手にしたらあとは簡単ですよ。上から順に連絡をすればいいだけの話ですからね。私ども刑事はそういうのが得意なんです」

スキャンダルを嫌う森笠の態度からして、片っ端から調べられるのは何としてでも避けたいはずだ。森笠は足を組み、爪先を揺らしている。こちらが持ちかけた取引を吟味しているのだ。やがて森笠が口を開いた。

「知ってることを話せば顧客名簿を提出しなくていい。刑事さんはそうおっしゃっているんですね」

「知ってることがあれば、の話ですが」

森笠はニヤリと笑い、それから話し出した。

「私どもも客商売ですので、美羽さんが誰と懇意にしていたのか、そういったことをお教えするわけにはいきません。ただしここ最近、彼女のことを嗅ぎ回っていた男がいます。実はその男、かつては美羽さんと親しくしていて、一緒にいた姿も度々見かけていたのですが……」

以前はこのバーの会員だったこともあるらしい。美羽と連絡をとりたいと言い、つい先日もこの店に入ってきて従業員を困らせる一幕もあったようだ。

「広瀬《ひろせ》という男です。広瀬孝《たかし》。練馬《ねりま》の方でデザイン会社を経営している男です。見た目はちょっと怖い感じの男ですね。一見して堅気には見えないっていうか」

美羽の周囲のトラブルとして、森笠が思いつくのはそのくらいのようだった。詳細を知りたいと頼むと、森笠は自分のスマートフォンの地図アプリで調べてくれた。〈ヒロセ・グラフィック〉というのが正式な社名で、練馬駅から徒歩で五分ほどのところにあるようだ。森笠が教えてくれたオフィスの住所を手帳にメモする。

「刑事さん、お願いします。美羽さんを殺した犯人、必ず捕まえてください」

最初に見せていた生意気そうな態度が嘘のように、森笠は殊勝な顔つきで言った。「全力を尽くします」と言い、和馬は立ち上がった。

双葉美羽を殺した犯人は絶対に見つけなければならない。誰のためでもない、俺自身のために。

通話はすぐに繋がった。美雲と香を乗せたタクシーは南麻布に向かって走っている。五分もしないうちに到着するだろう。華の声が聞こえてくる。

「もしもし、三雲です。美雲ちゃん、ありがとね。わざわざ折り返してもらって」

「こちらこそ、さきほどは出られなくて申し訳なかったです」

「仕事中にごめんね」

「お気遣いなく。それより華さん、桜庭先輩は私がきっと見つけ出します。実は私、突然の人事異動で捜査一課に配属になりました。今、桜庭先輩を追跡するチームに属しているんです」

電話の向こうから反応はない。押し黙ってしまったようだ。「華さん？」と呼びかけると、困惑したような声で華が言った。

「どういうこと？　和君がいなくなったってこと？　だから表に警察が……」

しまった。美雲は己の軽率さを悔やむ。まだ華には知らされていなかったのだ。考えればわかることだ。和馬は表面上は独身で通していて、華と結婚していることは公にはしていない。数少ない同僚は和馬が事実婚であることを承知しているが、その詳細を知る者は少なかった。

和馬が殺害現場から失踪し、その逃亡先として事実婚状態にある妻子の住む自宅も候補に挙がったということだ。ただし直接事情を訊くことはせず、和馬が現れた場合に即確保できるよう、自宅を見張っているのだ。おそらく事情を知っているのは捜査に関わる捜査員と、警視庁の上層部だけだろう。

「実は先輩、ちょっとした捜査上のトラブルに巻き込まれて、行方がわからなくなっているんです。だから現在、捜索に当たっています」

当たり障りのないように説明したつもりだった。美雲は疑問に感じた。華が私に電話をかけてきた用件とはいったい何なのか。たまに連絡をとり合うが、向こうもこちらが刑事であることを知っているので、大抵はメッセージアプリを介したものだ。

「ところで華さんの方のご用件は何でしょうか?」

再び沈黙が流れる。逡巡するような息遣いが聞こえてくる。しばらく待っていると華がようやく口を開いた。

「杏が……杏が誘拐されたの」

「何ですって?」

思わず声が裏返ってしまう。怪訝そうな顔つきで運転手がバックミラー越しにこちらを見てきたので、美雲は運転手に警察手帳を見せた。すると彼は事情を察したらしく、耳にイヤホンを入れた。音楽でも聞くのかもしれない。隣に座る香が美雲のスマートフォンに耳を近づけてくる。右手を口に当て、美雲は訊いた。

「華さん、詳しい話を聞かせてください」

「職場に連絡があって、杏が学校に来ていないって言われたの。それでずっと捜し回っていたんだけど……」

正午に華のスマートフォンに犯人からの着信が入った。誘拐犯はボイスチェンジャーで声質を変えていたという。犯人の要求は現金で十億円か、それに相当する品物だった。取引方法の考案は任せるなど、少々奇怪な要求だった。

「今、お父さんは十億円を集めるために奔走《ほんそう》してる。犯人は多分私たちがLの一族であると知った上で杏を誘拐した。それがお父さんの見立て。そうじゃなきゃ十億円も要求したりしないだろうって」

その意見にはうなずけるものがあった。大企業の社長の子息ならまだしも、刑事と書店員の間に生まれた娘を誘拐し、十億円もの大金を要求するのはまったくもって不可解な話だ。三雲家の真の姿を知っている者の犯行と考えるのが当然の帰結といえる。

「それで、私に電話をかけてきた理由というのは？」

「美雲ちゃんにお願いしたいことがあるの。実はお兄ちゃんが杏を連れ去った車を特定して、行方を追ったんだけど、北千住にある駐車場で途絶えてしまったみたいなの。そこで車を乗り換えたっていうのがお兄ちゃんの推測。そこから先は警察の手を借りるしかないと思って」

「わかりました。駐車場の場所と、車の車種とナンバーをあとでメールで送ってください」

本来であれば助手の猿彦《さるひこ》にお願いするところではあるが、さすがの猿彦でも放置された車両から指紋や微細物を採取するのは不可能だ。それに猿彦は人間ドックで検査した何かの数値が悪かったため、昨日から検査入院しているはずだった。

それにしても、と美雲は改めて考える。和馬に殺人の容疑がかけられ、その同日に娘の三雲杏が何者かに誘拐された。二つの災厄が同時に三雲・桜庭家に降りかかったわけだが、たまたま同じタイミングだったとは考えにくい。この二つが連動しているとなると、いったいそれは何を意味しているのだろうか。現時点では皆目見当がつかない。情報量が少な過ぎるのだ。杏の誘拐事件に関してはたった今知らされたばかりなのだから。

「ところで美雲ちゃん」電話の向こうで華が言う。「和君だけど、どんなトラブルに巻き込まれたの？　行方がわからないってどういうこと？」

妻として夫を心配する気持ちはわかる。だがこればかりはそう簡単に教えられるものではない。和馬は殺人事件の容疑者として警察に追われている。そんなことを知ったらかなりのショックを受けるはずだ。しかも娘を誘拐されてしまっているという状況なのだ。

何て答えるのが正解なのだろう。迷っているといきなりスマートフォンを奪われた。香が美雲のスマートフォンを耳に当てて話し始めてしまう。

「私だ、香だ。実は私も兄貴の捜索に駆り出されてるんだ。いいか、華さん。心して聞いてくれ。あんたが強いハートを持つ人だと信じてるから私は言うんだ。兄貴には今、殺人の容疑がかかってる。被害者は女性だ。兄貴はその女性を殺害したとして、警察に行方を追われているんだよ」


華は言葉を失った。和馬は女性を殺害した容疑者として、警察に追われている。和馬はそんなことをするような人ではない。いったい彼に何があったのか。

「おい、華さん。聞こえただろ。何とか言ってくれ」

香の声が聞こえてくる。夫が殺人の容疑で追われている。それを聞かされて何と答えればいいのだろうか。

「か、香さん、今の話、本当なんですか？」

「残念ながら」と香は答えた。それから励ますような口調で続けた。「でもな華さん、少なくとも私と美雲は兄貴が無実であることを信じてる。だから今、私たちは真相を追ってるんだ」

義妹の香は今年から警視庁の広報課に勤務している。一方、渉の恋人である北条美雲は捜査一課の刑事だ。二人がともに行動をしているということ自体、極めて特殊な状況だ。現職刑事が殺人の容疑で追われる。和馬は相当危うい立場に追い込まれているのかもしれない。

「ところで華さん。誘拐の件だが、警察には通報したのか？」

「してない。警察なんて当てにならないって、お父さんが……」

「まあ、あの人の言いそうなことだな」

当然、香も三雲家の事情について知っている。そもそも泥棒一家なのだから警察沙汰になるのはご法度だ。ただし杏が誘拐されたのだ。もしも警察が杏を救出してくれるというなら、喜んで通報するところなのだが――。

「華さん、そっちの事情もわかる。もしも助けが必要なら遠慮なく言ってくれ。私も、私の家族も喜んで協力するはずだ」

「ありがとう、香さん」

「礼には及ばない。まだ何もしちゃいないからな。それで一つ聞いておきたいんだが、双葉美羽という女性に心当たりはないか？」

双葉美羽。それが遺体で発見された女性ということか。少なくとも名前は聞いたことがなかった。そう香に告げると、彼女は言った。

「そうか。ならいい。彼女は詐欺罪の前科があって、兄貴が内偵中だった。昨夜も尾行していたらしい」

ここ最近、和馬は毎晩帰りが遅かった。深夜零時を回ることも多かった。毎日のようにその女性を尾行していたのかもしれない。

「バーで内偵中、兄貴は睡眠薬を盛られたんじゃないか、それが美雲の見立てだ。起きたら朝で、部屋の中で女の遺体を発見したってわけだな。ということだから、つまり、あれだ。兄貴はあんたを裏切ってなんかいないってことだ。わかるな」

香が気を遣っているのがわかった。和馬は不貞行為などしていない。それを伝えようとしているのだ。しかし今は冷静に考える余裕がなかった。杏が誘拐され、和馬が殺人の容疑で追われている。これだけで頭が爆発してしまいそうだ。

「とにかく華さん、落ち着いてくれ。あんたは杏ちゃんのことだけを考えろ。兄貴のことは私と美雲に任せておけ。私はともかくとして、美雲ほど頼りになる刑事はいない」

彼女が優秀な刑事であることは知っている。それに彼女なら和馬が無実であるという前提で捜査をしてくれるはずだ。そこは期待していいのかもしれない。

「華さん、私です」再び美雲に代わったようだ。美雲は言う。「桜庭先輩が姿を消してから、四時間近く経過しています」

現在時刻は午後二時を回ったところだ。和馬がホテルから姿を消したのは午前十時くらいのことだと推測された。

「私と香さんは単独で動いているので、捜索がどの程度進んでいるのか、わかりません。もし現状でも先輩の行方がまったくわからない状況であるなら、警察が痺れを切らす可能性もあるでしょう。華さん、あなたに対する事情聴取がおこなわれるかもしれません」

和馬は警視庁の人事担当にも華とのことを報告していないが、自宅住所まで偽るわけにはいかない。だからこうして外に覆面パトカーが停まっているのだ。

「気をつけてください。Lの一族であることを知られたら、三雲家はそれで終わりです」

「わ、わかった。気をつける」

まだ和馬と一緒になる前、三雲家の素性が警察にバレそうになったことがあり、一年ほど身分を偽り、家族とも会えない生活を強いられた。あのときのようにはなりたくない。

「何かわかったら連絡します。華さんも進展があったら教えてください」

「そうする。ありがとね、美雲ちゃん」

通話を切る。溜め息をつきながら窓際に向かい、カーテンの隙間から外を見た。変化はない。マンションに面した道路脇には二台の車が並んで停まっている。

「華、サンドウィッチを作ったわよ」

その声に振り返るとエプロンをした母の悦子が立っている。

「あんた、何も食べてないでしょ。少しは食べないと駄目。杏ちゃんを助ける前にあんたが倒れたら元も子もないでしょうに。和馬君のことは探偵の小娘に任せておけば大丈夫よ」

「聞いてたの？」

「私を誰だと思ってるの。あの探偵の小娘、可愛い顔して推理力だけは抜群だから、まあ問題ないでしょう」

探偵の小娘というのは美雲のことだ。悦子にとっての北条美雲は、溺愛《できあい》する息子の恋人であり、正直快く思っていない節がある。それでも今の台詞からして、美雲の能力は高く買っているることが窺えた。

キッチンに向かい、手を洗ってから悦子特製のタマゴサンドを手にとった。杏もちゃんとご飯を食べさせてもらっているだろうか、と考えずにはいられなかった。


「遅えよ、大岩。何やってんだよ。一時間もかかってるじゃねえか」

「すみません、先輩。明太子のおにぎりが見つからなくて」

「いいんだよ、そこまでしなくても。機転だよ。機転を利かせろって」

その声は背中の方から聞こえてくる。杏は手足を縛られたまま、横たわっていた。目と口も塞がれているが、耳だけは聞こえる。さきほどからドアが開けっ放しになっていたのか、ずっとゲーム音だけだったが、ようやく声が聞こえてきたのだ。

「ガキを起こしてこい」

「押忍」

足音が近づいてきた。

「起きろ。おい、起きるんだ」

どうしようかと杏は迷う。素直に起きた方がいいのか。それとも無視した方がいいのか。迷った末、杏は体を起こした。縛られたままなので窮屈《きゅうくつ》だ。

「飯だぞ」

声がした方を見上げる。今の状態ではこのくらいしかできなかった。すると遠くから声が聞こえてきた。

「大岩、手筈《てはず》通りやれ」

「押忍」

手や足の拘束が解かれた。口に巻かれていたタオルもとられ、最後に目隠しを剝がされる。さほど明るくはなかったが、長時間視界を塞がれていたからか、眩しかった。

目の前に長身の男が立っている。これまで杏が目にしてきた大人の男性の中で、身長も体重も一番だろうと思われた。頭はツルツルに剃り上げている。スキンヘッドというのだろうか。この男が多分大岩と呼ばれている男だろう。

「騒ぐなよ」

大岩の言葉に杏はうなずくことしかできなかった。さすがにこんなデカい大人に立ち向かうほどの度胸は持ち合わせていない。しかも左手だけは紐で縛られ、近くにあるパイプに結ばれていた。思っていた通り、杏が寝かされていたのは古いベッドだった。ところどころが破けてスポンジのようなものが剝き出しになっていた。

「ご飯だよ。食べな」

大岩が袋を投げ出した。袋の中にはパンが数個と紙パックのコーヒー牛乳が入っている。そういえばお腹が空いている。時計がないので、今が何時がわからない。

「今、何時?」

杏は聞いた。大岩は迷ったような顔をしたが、ポケットからスマートフォンを出し、画面を見て答えた。

「二時過ぎだ」

普通なら五時間目の授業中だ。今日の五時間目は大好きな体育で、内容は跳び箱だった。楽しみにしていたのに、こんなところに閉じ込められてしまっている。

杏は改めて周囲の様子を観察した。埃っぽい場所だった。どの面もコンクリで、潰れてしまった工場のような感じだった。

大岩は壁に寄りかかってこっちを見ている。その向こう側の部屋にもう一人の男がいた。大岩ほど大きくはないが、派手な金髪が印象的だ。男はゲームのコントローラーを手にしている。さきほどから聞こえてくるゲーム音の正体はこれだろう。大岩に先輩と呼ばれていた男に違いない。

ほかに人の姿は見えない。老朽化した建物と埃っぽい感じからして、あまり人が近づかない場所のように思われた。大声で助けを呼ぶという手も考えたが、多分それは無駄だ。そうでなければ口を塞いでいたタオルをとったりはしないはずだから。

袋を膝の上に置く。中に入っていたのはサンドウィッチとメロンパンだった。汚い手でパンを食べるのは嫌だなと思っていると、袋の中に紙ナプキンが入っているのを発見した。まずはそれで手を拭いてから、ストローを挿してコーヒー牛乳を飲む。飲み始めて自分が喉が渇いていたことに気がついた。ゴクゴクと飲んでいたのだが、あることに気がついてハッとした。トイレだ。こんな潰れた工場みたいな場所にトイレはあるだろうか。おしっこに行きたくなったら困る。どうすればいいのだろうか。

大岩を見る。杏の視線に気づいたらしく、大岩が顔を上げた。杏が躊躇《ためら》っていると向こうから聞いてきた。

「どうかしたか？」

「……トイレってあるの？」

「行きたいのか？」

「今は大丈夫だけど、あるのかなって思って」

大岩が壁の方を見て言った。

「小は外だ。木とかたくさん生えてるから見られることはない。トイレットペーパーもあるし。大がしたくなったら一番近い公園のトイレに連れていくから」

外か。まあこの状況なら仕方ないかと杏は自分を納得させた。少なくとも室内でしろと言われるよりはマシだった。

サンドウィッチから食べ始める。ハムのサンドウィッチは驚くほど美味しかった。続いてツナのサンドウィッチを食べながら考える。

どうにかして二人の隙をついて逃げられないものか。縛られているのは左手だけだし、かなりきつく縛られているが、何とかなりそうな感じもする。だが外がどうなっているかわからない。壁とかで囲まれていたら、それこそ絶望的だ。ジジと一緒に観たルパン三世を思い出す。屋敷から逃げたルパンが番犬に追いかけられるシーンがあった。あんな目には遭いたくない。

ママのせいだ。ママがいけないんだ。もっといろいろと教えてくれたらよかったのに。

三雲家は泥棒一家であり、そういう技術を身につけているらしい。ママも普段はただの書店員だが、実は強いということを杏は知っている。一年ほど前、友達の母親が暴漢に襲われたとき、その母親を助け出したのがママだった。男の持つゴルフクラブを手刀で叩き落とし、さらには腕をねじって床に組み伏せたのだ。いつものママの顔ではなかった。

自分は強いくせして、娘の私には何も教えてくれない。そんなママのことを恨めしく思うと同時に、たまらなくママに会いたかった。

何だか悲しくなってくる。その悲しみを紛らわすように、杏はサンドウィッチを食べ、コーヒー牛乳をゴクゴクと飲んだ。


インターホンが鳴った。華はリビングの壁に備え付けられたカメラを見る。スーツ姿の二人の男が映っていた。その雰囲気で彼らの正体を察したが、一応尋ねてみる。

「どちら様でしょうか？」

「警視庁の者です。桜庭和馬さんの件で伺いたいことがあります。少しお時間よろしいでしょうか」

やはりそうか。断って怪しまれてはいけない。華はロック解除のボタンを押した。

しばらく待っているとドアのインターホンが鳴った。玄関に向かい、ドアを開けると二人の男が立っている。一人は四十代くらい、もう片方は二十代後半くらいだと思われた。どちらも目つきが鋭かった。

「突然お邪魔してすみません。私は警視庁捜査一課の永田《ながた》です。桜庭の直属の上司です。こちらは部下の佐藤です」

二人が頭を下げたので、華もお辞儀をした。リビングに案内すると、永田という男が口を開いた。

「奥様、とお呼びしていいのかわかりませんが、うちの桜庭が奥様と事実婚の状態にあることを我々は知っております。実は桜庭ですが、今朝から行方がわからなくなっており、我々はその行方を追っています。奥様なら何かご存じかもしれないと思い、こうしてお伺いした次第です。ちなみに奥様、こちらにご主人が隠れているなんてこと、ありませんよね？」

「昨夜から帰宅しておりませんが」

「一応室内を捜索させていただきます」

有無を言わせぬ口調だった。佐藤という若い刑事が部屋の中を捜し始めた。永田が続けて言った。

「誠に申し上げにくいんですが、桜庭はある殺人事件に関与している疑いがございます。今日の午前中、西新宿のホテルで女性の遺体が発見されました」

「知ってます」と華は口を挟む。美雲と話したことを下手に隠さない方がいいと思った。「実は懇意にしている刑事、北条美雲さんから知らされました。十五分ほど前のことです。その女性の名前も知らされましたが、聞き覚えのないものでした」

「そうですか」

こちらが知っているというのは予想外の展開だったらしく、永田は思案するように室内を見回した。佐藤が戻ってきて、首を横に振った。こんなところを捜しても無駄なのに、と思うのだが、あらゆる可能性を潰していくのが刑事の仕事であるのは華も知っている。

「実は私もずっと主人と連絡をとろうとしているのですが、何度かけても繋がらないので不安に思っていたんです」

「どうして桜庭と連絡を？」

「実は娘が行方不明になってしまいまして……」

行方不明という言葉に反応したのか、二人の刑事は顔を見合わせた。すでに向島署に捜索願を出してしまっているため、隠していても無駄だ。ただし誘拐されたことだけは隠し通すつもりだった。

「詳しい話を聞かせてください」

「はい。職場に連絡があったのは……」

これまでの詳細を話す。二人は身を乗り出すように華の話に耳を傾けている。話すことに集中していたため、いつの間にかリビングに入ってきた人影に気づかなかった。気がつくと母の悦子が華の隣に腰を下ろしていた。

「こ、こちらの方は？」

やや困惑気味に永田が悦子を見ている。仕方ないので華は紹介した。

「私の母です」

「ごきげんよう」と悦子は優雅に頭を下げる。さきほど長丁場になりそうだから家から着替えをとってくると言い、部屋を出ていったのだ。

「刑事さん」と悦子が足を組み直しながら言った。スカートが短いため、真向かいに座る二人の刑事には下着が見えたかもしれない。いや、きっと見えた。母のことだからわざと見せているのだろう。「和馬君の行方を追っているんでしょう。早く見つけてくださいな。あの子は犯罪に関与するような子じゃないわ。何か事情があってのことだと思いますよ」

その通りだ。和馬は人を殺害して、そのまま逃亡するような男ではない。華は隣に座る悦子を見た。たまにはいいことを言うではないか。

「私たちも協力を惜しみません。一刻も早く和馬君を見つけてください。お願いしますよ、刑事さん」

「は、はい」

母にペースを乱され、二人の刑事は戸惑ったように返事をした。もしも目の前にいる女性がLの一族だと知ったら、この刑事たちはどんな顔をするだろうか。

「ほら、名刺寄越しなさい。名刺くらい持ってるんでしょ。何かわかったら連絡してあげるから」

「は、はい」

「ねえあなたたち、お腹空いてない？　さっき作ったサンドウィッチが余ってるのよ。華ったら小食なんだから」

「いえ、奥様。我々は勤務中なので」

「そう？　まったく最近の刑事は遠慮っぽいわね」

最後までペースを乱されたまま、二人の刑事は引き揚げていった。見張りのために一台覆面パトカーを残していくとのことだった。これから向島署に向かい、杏の捜索願の件を確認するつもりのようだ。

「お母さん、ありがとう。お陰で助かった」

「よかったわ。何か嫌な予感がしたのよ。でも警察は完全に和馬君を疑ってかかってるわね。まったくどうなってるのかしら。和馬君は殺人の容疑で追われ、杏ちゃんは誘拐された。三雲家にとって最大のピンチかもしれないわね」

本当にそう思う。娘の杏が誘拐されたという非常事態の中、和馬は警察に追われて逃走しているのだ。いったいこれからどうなってしまうのか。華には予想もつかなかったが、一つだけ確かなことがある。

私は杏を助ける。どんなことがあっても、必ず――。


和馬は切符を挿入口に入れ、改札口を出た。切符で電車に乗るなど久し振りのことだ。普段はスマートフォンの電子マネー決済を使っているが、今日はそういうわけにはいかなかった。西武池袋《いけぶくろ》線の練馬駅だ。北口から外に出るとちょうど案内地図があったので、それを確認する。大体の道順はわかった。

時刻は午後三時になろうとしている。大手ファストフード店の看板を見かけ、和馬は足を止めた。今日はまだ何も食べていない。和馬は店に足を踏み入れた。

キャンペーン中の新作ハンバーガーとポテトとウーロン茶を買い、窓際のカウンター席で貪るように食べ、こんな状況ながらハンバーガーが旨いと感じるのが腹立たしかった。ものの数分で食べ終えた。トレイを片づけてから店を出た。

駅前の交番が見えたので、大きく迂回することにする。変装したつもりだが、すでに顔写真も出回っている可能性があった。ネットで情報を仕入れられないことがこれほど不便だとは思ってもいなかった。わからなかったらスマートフォンで検索する。そういう習慣が体に染みついてしまっている。

目的地に辿り着いた。そこは二階建ての建物だった。一階が店舗、二階が住居になっているようだ。〈ヒロセ・グラフィック〉と書かれた看板が見えるが、デザイン会社というより印刷会社といった感じの外観だった。気どった書体で書かれた看板だけが、やけに周囲から浮いている。

一階はガラス張りになっているため、中の様子が窺えた。応接セットの向こうに事務スペースがあった。見た範囲に人の気配は感じられない。自動ドアは作動しなかった。電源が切られているようだ。中も薄暗いので、誰もいない公算が高そうだ。

外階段を上る。二階に玄関があり、そこには〈広瀬〉という表札がかかっていた。インターホンを押しても中から反応はない。もう一度押しても同様だ。

試しにドアのノブを回してみると、鍵はかかっていなかった。ポケットからハンカチを出し、それをノブに被せるようにしてドアを開けた。

「どなたかいらっしゃいますか」

そう声に出してしばらく待ってみたが、何の反応も返ってこなかった。靴を脱いで中に上がる。キッチンやバスルームなどがあり、その向こうがリビングになっていた。リビングに足を踏み入れ、和馬はそれを発見する。

床に男が倒れていた。後頭部から血を流している。銃創であるのは間違いなかった。和馬は膝をつき、男の手首に指を当てた。脈はなく、見開かれた目にも光は宿っていない。死んでいるのは明らかだ。ただし肌に温かみが残っており、死んで間もないとわかった。

和馬は立ち上がり、室内を探した。まだ犯人がこの場に残っている可能性を考慮したからだ。しかしトイレやバスルーム、クローゼットやベランダにも人が潜んでいる様子はなかった。再び遺体のあるリビングに戻る。

指紋をつけぬように注意しながら、膝をついて遺体を観察した。銃創は後頭部にある。おそらく顔見知りによる犯行だろうと推測できた。玄関で出迎え、中に案内する。リビングに入ったところで背後からズドンというわけだ。

テーブルの上にはテレビのリモコンや書類などが置かれていた。書類は見積書などの仕事関係のものらしい。財布があったので、一応確認する。中に免許証が入っており、その顔写真を遺体と照らし合わせてみる。人相は一致する。殺されたのは広瀬孝だ。免許証の現住所もここ練馬になっていた。

免許証を財布の中に戻し、今度は遺体の所持品を改める。衣服のポケットには何も入っていなかった。さきほど室内を見て回ったとき、荒らされたような形跡はなかった。物盗りの線はないだろう。

さきほど〈コンチネンタル〉という高級会員制バーの従業員、森笠が話していたことを思い出す。ここ最近、広瀬は双葉美羽の周囲を嗅ぎ回っていたという。二人は以前から面識があったようだが、最近は疎遠になっており、広瀬の方が美羽とコンタクトをとろうとしていたらしい。今朝、美羽がホテルの一室で遺体となって発見され、同日に広瀬も殺害される。無関係ではないはずだ。

たまたまソファの下に落ちているスマートフォンが目に入った。おそらく撃たれた際に手に持っていて、そのまま滑り落ちたものと考えられた。和馬はハンカチでくるむようにスマートフォンを手にとった。当然のごとくロックされている。指紋認証、もしくは四桁の暗証番号を入力しなければロックは解除できないらしい。指紋認証は背面にあり、左手の人差し指ではないかと見当をつける。

この中身を見れば、おそらく――。

遺体の左手を持ち上げたときだった。インターホンのチャイムが鳴り響いた。思わず飛び上がりそうになるほど驚いたが、和馬はすぐに平静をとり戻す。

警察の追っ手が迫ってきたと考えるべきだ。玄関のドアの鍵は開いているが、すぐに開けて中に入ってくるようなことはあるまい。和馬は立ち上がり、玄関に向かって自分の靴をとった。ちょうど二度目のインターホンが鳴った。

部屋の奥に引き返し、靴を履きながら窓からベランダに出る。さっと周囲を観察したが、見張りの姿はないようだった。下は砂利が敷かれた駐車場だ。手摺《てす》りを乗り越え、飛び降りる。

足首に痛みが走った。それを和らげるため、前回り受け身の要領で一回転する。すぐに立ち上がった。振り返ることなく、和馬は猛然と走り出した。

第二章　スタアの災難

「留守みたいだな」

美雲は練馬にあるデザイン会社にいた。一階はガラス張りになっているが、外から見た限りでは誰もいないようだった。香は両手で双眼鏡の形を作って中の様子を窺っている。

ＩＴ企業の社長、玉木から聞いたコンチネンタルという会員制バーに向かったところ、森笠という男に会うことができた。彼を問い質した結果、ついさきほど和馬が店を訪れていたことが判明したのだった。二十分ほど前のことらしい。やはり和馬の目的は双葉美羽を殺害する可能性のある人物の特定で、森笠は練馬にあるデザイン会社の社長の名を明かしたという。

「誰もいないようだ。二階が住居になってるんじゃないか」

「行きましょう」

香とともに外階段を上る。香がインターホンを押したが、反応はなかった。もう一度香がインターホンを押した。やはり反応はなかったが、中から物音が聞こえたような気がした。

「香さん、静かに」

人差し指を唇に当て、美雲は耳を澄ます。窓を開けるような音が聞こえた。間違いない。この部屋の中から聞こえてくる。

「中に誰かいます。先輩かも」

「逃がさねえぞ、兄貴」

そう言って香が助走をつけてドアに体当たりをしようとしたので、念のためにノブを摑んでみた。ドアに鍵はかかっていなかった。香と目配せを交わしてから部屋の中に入った。先頭を行くのは香だ。後ろから美雲もあとに続く。

「おい、これは……」

香が言葉を失って呆然と立ち尽くしている。リビングに入ったところに男が倒れているのが見えた。うつ伏せで倒れていて、後頭部のあたりから血が流れていた。

駆け寄った美雲は膝をつき、男の腕をとって脈を確認する。死んでいるようだ。この男性が広瀬という男だろうか。

「香さん、一一〇番通報を」

「わ、わかった……」

香が電話をかけている間、美雲は室内を見て回った。誰かが潜んでいるということはなさそうだ。カーテンが揺れており、ベランダから風が吹き込んでいた。ベランダに出て、外の様子を観察する。人影は見えなかったが、ここから誰かが飛び降りたのは間違いなかった。その証拠に真下にある駐車場には砂利が削れたような跡が残っている。飛び降りた際にできたものだろう。

「美雲、通報したぞ」

「ありがとうございます。香さん、大丈夫ですか？」

香は以前機動捜査隊にいたことがあるが、交通課勤務が長かったと聞いている。遺体を目にする機会はそれほど多くはなかったはずだ。その証拠に香の顔色はやや青ざめている。

「ああ、何とかな。それより美雲、兄貴の仕業じゃないよな？」

「ええ、多分」

絶対に違う。そう言い切れないのがもどかしい。遺体はまだ温かく、殺されて間もないと推測できた。遺体の状況からして顔見知りの犯行と思われた。誰かが部屋を訪れ、中に招き入れる。そしてリビングに入ったところを背後から撃たれたのだ。

これが刑事だったらどうか。警察手帳を見せ、事情を訊かせてほしいと申し出る。被害者の性格次第だが、こんなところではなんだからと中に招き入れるケースもあるかもしれない。しかも和馬は現場から逃走してしまっている。さきほど窓から飛び降りたのが和馬であるという確証は現時点ではないが、あらゆる状況証拠が彼が怪しいと示している。

「まったく兄貴は何やってんだよ」

香が吐き捨てるように言う。美雲も唇を噛んだ。痛恨のミスだ。さきほど玄関の前で物音を聞いたとき、中に向かって呼びかければよかったのだ。先輩、待ってください、と。そうすれば和馬は思い留まった可能性があった。

「香先輩、すみません。私のせいです」

「お前が謝ることはない。おい、美雲。どうすればいい？　捜査をするんだろ。兄貴の無実を証明するんだろ。そのためには何をすればいいか、教えてくれ」

「では無駄骨になるかもしれませんが、この周囲の捜索をお願いします。桜庭先輩が近くに潜んでいる可能性もゼロではありません。あと駅やバス停などは念入りに調べてください」

「お手のものだ。そういう体力を使う仕事は私に任せておけ」

香が部屋から飛び出していく。美雲は改めて遺体を見下ろした。

和馬は双葉美羽の殺害に関与していない。そこを出発点として考えるなら、現在の和馬のとるべき行動はおのずとわかってくる。そう、双葉美羽を殺害した真犯人を捜すこと。それが自分への疑いを晴らす一番の早道だ。

和馬はこの現場で次に繋がる何かを発見したのだろうか。それがわかれば、和馬が次に向かう先が見えてくるというものだ。

美雲はバッグの中からシュシュを出し、髪を後ろで一つに縛ってから、白い手袋を両手に嵌めた。


「邪魔するぜ」

リビングのドアが開き、父の尊が入ってくる。それを見て華は溜め息をつく。母にしろ父にしろ、インターホンを押さずに勝手に鍵を開けて入ってくるのはやめてほしい。しかし今はそれを注意している場合ではないし、注意したところで無駄なのはわかっているので、華は何も言わなかった。

部屋を見回して尊が言う。

「おや？　悦子はいないのか？」

「お母さんなら買い物に帰ったわよ。お父さん、さっき警察が来たのよ」

彼らの話を説明する。和馬が殺人の容疑で警察に追われているらしい。華の話を聞いても尊は驚くことはなかった。

「なるほどな。そう来たか」

「そう来たかってどういうこと？」

「いや、こっちの話だ。まあ和馬君だって一応刑事なわけだし、何とか切り抜けるだろ。それに美雲ちゃんがついてるんだろ。桜庭の娘はともかくとして、あの子がいるなら問題なかろう」

尊は美雲の能力を高く買っている。出会った頃からそうだった。一応Lの一族の頭領だけのことはあり、人を見抜く目は確かのようだ。

「お父さん、警察に言った方がいいんじゃないの？」

やはり警察に告げるべきではないか。そう思い始めていた。誘拐というのは犯罪なのだ。簡単に取引に応じるのではなく、警察に相談したうえで犯人側との交渉に臨むべきではないだろうか。誘拐のような特殊犯罪を専門に扱う部署もあると聞いている。

「どうしてもお前が警察に頼りたいと言うなら、俺は反対はしない。だがな、華。警察は十億円を用意しちゃあくれないぞ」

「じゃあお父さん、十億円を払ったら杏を返してもらえる保証があるわけ？」

「保証なんてないに決まってるだろ。でもな、華。普通は十億円払ったら返してくれると思うぞ」

「じゃあお金を用意できるの？」

「もちろんだ。今、手配中だ。大船に、いや豪華客船に乗った気分で待ってろ」

どこまでも父は自信満々だ。彼にとっては十億用意することなど容易《たやす》いことなのかもしれない。最初に身代金の額を告げたとき、六十時間以内に用意するのは難しいと言っていた。今は午後四時を過ぎたところだ。四時間あまりで十億円を用意する算段が整ったのであれば、さすが父としか言いようがない。

「ところで華、犯人から連絡はあったのか？」

「特にないけど……。ねえ、お父さん、杏は大丈夫かな？」

「心配しなくていいだろう。十億だぞ。十億の人質に危害を加える馬鹿がどこにいる」

「まあ、そうだけど」

頭が麻痺していると自分も実感していた。十億円というのは途方もない大金だ。我が娘にそれだけの身代金がかかっているという事態を、華はうまく受け止められずにいた。犯人から電話がかかってきたとき以来、夢の中にいるかのような気持ちだった。いっそのこと夢であってほしいとさえ思った。

スマートフォンが鳴った。杏の担任である小林からだった。すぐに華は電話に出た。

「はい、三雲です」

「小林です。そちらの様子はどうですか？」

「特に進展はありません。いろいろ捜しているんですが……」

「そうですか。こちらも学校周辺を隈なく捜してみたんですが、やはりいないみたいですね」

話していて心苦しかった。杏は誘拐されているため、捜索したところで意味はないのである。誘拐されたとは言えないし、見つかったと嘘をつくわけにもいかない。華は礼の言葉を述べることしかできなかった。

「先生、本当にありがとうございます」

「いえいえ。杏ちゃんは私の大切な教え子ですから」

あくまでも人の好い小林の対応に罪悪感を覚えつつ、華は通話を切った。するとキッチンから出てくる尊の姿が見えた。右手にはあろうことか缶ビールを持っている。

「お父さん、ビールなんて飲んでる場合じゃないでしょうに」

「仕方ないだろ。これしか入ってなかったんだ」

「嘘よ。牛乳も緑茶もオレンジジュースも入ってるはずだもの」

「華、ビールくらい構わんだろ。平日の真っ昼間からビールを飲む。この稼業の醍醐味だ」

尊はそう言って豪快にビールを飲んだ。その姿を見て華は不安がこみ上げてくる。本当に大丈夫だろうか。本当に杏は助かるのだろうか。


和馬は池袋にいた。雑居ビルの二階にある古びた喫茶店だ。店内は半分ほどの席が埋まっている。駅から近い割に客が少なく、穴場的な店だ。以前、この付近で聞き込みをした際に入ったことがある。

ヒロセ・グラフィックの二階から飛び降りた和馬は、通りに出て通りかかったタクシーに飛び乗った。練馬駅周辺は見張られているかもしれないと考慮し、あえて逆方面に向かった。そして上板橋《かみいたばし》駅から東武東上線に乗り、池袋駅で降りたのだ。

アイスコーヒーを飲む。右足の足首にジンジンとした痛みがある。さきほど二階から飛び降りた際に痛めてしまったようだ。靴下の上から触ってみても、かなり腫れていることがわかる。

あのときのインターホンは警察の追っ手に違いない。そんな確信めいたものがあった。あの状況で踏み込まれていたら、さらに窮地に陥ったことだろう。ただし和馬は今になって自分の判断が正解だったか、迷い始めている。

双葉美羽の遺体を発見したとき、ホテルから逃げ出したりせず、潔く警察の聴取を受けるべきだったのではないか。今となっては遅いが、そんな後悔が頭をよぎる。

すでに二体目の遺体に遭遇してしまっている。二体目の遺体は広瀬孝といい、双葉美羽のことを嗅ぎ回っていた男だ。かつては美羽と懇意にしていた時期もあったというが、詳細は定かではない。広瀬も一発の銃弾で仕留められており、美羽と同じくかなり手練れの者の犯行と考えられた。この短時間で都内で二体の遺体が発見され、しかもどちらも銃殺。同一犯の犯行とみていいだろう。

しかし真犯人に繋がる糸口はない。唯一の手掛かりが広瀬のスマートフォンだ。反射的に持ってきてしまったのだが、ロックが解除できないため、中身を見ることはできずにいた。指紋がなくとも四桁の暗証番号を入力して解除できればいいのだが、いくつかの簡単な番号——七を四つなどのよく使われているもの——を試してみたものの、どれも駄目だった。追跡を警戒し、今は電源を切ってある。

やはり警察に出頭するべきか。しかしこの期に及んで出頭するのには抵抗があった。二件の殺害現場から逃走した。その心証は限りなく悪いはずだ。

アイスコーヒーを飲み干した。やけに喉が渇いている。水の入ったグラスも空だったので、通りかかった店員に水を注いでもらう。それを一口飲んだとき、店に入ってくる一人の男性に気がついた。和馬は驚き、思わずむせてしまった。偶然か。いや、偶然のわけがない。

男は真っ直ぐ和馬の座るテーブル席に向かって歩いてきた。年齢は六十を過ぎているはずだが、まだ若々しい。彼は北条美雲の助手、山本《やまもと》猿彦だ。何度か顔を合わせたことがある。

猿彦は和馬の前の座席に座った。和馬はようやく声を発した。

「猿彦さん、ど、どうして……」

「野暮な質問はなしにしましょう。今回は私が自分の意思で動いておりますので」

「ということは、北条さんは……」

「お嬢は何も知りません。実は私、人間ドックの数値がちょっと悪うござんして、昨日から入院中なんですよ。といっても暇でしてね、これが。時間を持て余していたところ、和馬殿のニュースを小耳に挟みまして、こうしてお助けにあがった次第でございます」

「でもどうして、俺がここにいるってわかったんですか？」

猿彦は答えない。不敵な笑みを浮かべるだけだった。彼が一流の情報屋であることは知っている。昭和、平成の時代を代表する二人の名探偵に仕えてきた助手なのだ。今は美雲のために尽力しており、その情報収集能力は侮ることができなかった。美雲が警視庁にいた頃には何度も彼の情報に助けられたものだ。

「ちなみにお嬢は和馬殿の行方を追っております。妹さんもです」

「香まで？」

「彼女たちが逃亡の手助けをしないよう、警戒しているんでしょうね。お嬢は捜査一課に配属になったようです」

異例の措置と言えよう。だが美雲に関しては遅かれ早かれ捜査一課に復帰していたはずだ。自分と美雲の仲の良さは捜査本部内でも知れ渡っていることなので、彼女を追跡チームに加えるのは悪くない人員配置だと思われた。ただ追われる身としては、これほどまでに怖い存在はない。

「それで和馬殿、現在までの状況は？」

返答に窮した。彼を信じていいか、迷ったのだ。猿彦は美雲の忠実な助手だ。彼にすべてを話してしまうことは、そのまま美雲に筒抜けになってしまうのではないか。だが今回ばかりは違うような気がした。彼が美雲の助手として動いているのであれば、ここに美雲本人がやってくるはずだ。猿彦が独断で動いていると考えてもいいのかもしれない。

和馬は意を決し、これまでの経緯を猿彦に話した。話し終えるまでにアイスコーヒーをおかわりし、猿彦はホットコーヒーを注文した。

「……なるほど。ポイントは広瀬なる男と双葉美羽の関係でしょうな」

説明を聞き終えた猿彦が言った。和馬は自分の推理を言ってみる。

「やはり同一犯の犯行でしょうか?」

「そう決めつけるのは早いでしょうな。二人とも銃殺、しかも同日に遺体が発見されている。同一犯の犯行と考えたくなるのは理解できますが」

それだけの根拠がない、と猿彦は言いたいのだろう。ベテランの探偵助手だけあり、その言葉には重みがあった。

「ところで和馬殿、痛めた右足首は大丈夫ですか?」

「ええ、このくらいはどうってことありませんよ」

和馬はそう答えたが、猿彦は疑うような視線を向けてくる。

「本当でしょうか。立って少し歩いてもらってよろしいですか?」

立ち上がる。実はさきほどから痛みが増していた。ズキンズキンと刺すような痛みが続いているのだ。右足を前に出そうとして、思わずバランスを崩してしまった。いつの間にか立ち上がった猿彦が和馬の脇の下に手を入れ、体を支えてくれる。

「まずは医者に診せることが先決でしょうな」

そうしたいのは山々だが、もし保険証を使って受診してしまえば、診療情報が警察に洩れてしまわないか心配だった。それに使える現金もあと五千円ほどだ。ＡＴＭで金を下ろすのも、クレジットカードを使うのも、どちらも絶対に避けたかった。警察がその気になればいかようにも追跡できるからである。

「虎《とら》ノ門《もん》に懇意にしている病院がございます。先代が倒れたときもその病院に世話になったんです。顔が利くので、秘密が外部に洩れることは一切ございません。ご案内いたしますよ、和馬殿」

猿彦に支えられ、和馬は歩き出した。足を踏み出すたびに右の足首に鋭い痛みが走った。

「本当に私、何も知らないんです。ただの事務っていうか、ここで電話番をやってただけなので……」

美雲の目の前には一人の女性がいる。倉沢優里《くらさわゆうり》という名前で、ヒロセ・グラフィックで働く事務員だった。週に二、三回この事務所を訪れて、電話番や書類の整理などを任されていたようだが、美雲の見た限りでは少々頼りない感じの女性だ。年齢は二十八歳、どこか水商売の匂いを感じさせる。

「ちなみに倉沢さんはどこで広瀬社長と知り合われたんですか?」

「勤め先です。あ、実は私、池袋のキャバクラで働いてるんですよね。そこで広瀬さんと知り合ったんです。彼は常連客だったから」

何となく読めてきた。最初はキャバクラ嬢と客という関係だったが、次第にそれが発展した。やがて事務所の電話番を任せるようになったのだろう。

「広瀬社長に恨みを抱いていたような人物に心当たりはありますか?」

「特にないです」

「双葉美羽という名前に聞き憶えはありませんか？」

「さあ……知りません」

優里は首を横に振った。嘘をついているようには見えない。

遺体発見から二時間が経過していた。ついさきほど遺体が運び出され、監察医のいる病院に搬送されたところだった。今も二階の現場では鑑識職員による捜査がおこなわれている。同時に周辺への聞き込みも始まっていた。

広瀬と双葉美羽が繋がっている決定的な証拠はまだ見つかっていないのだが、両件は同一犯による可能性があるものとして、特別捜査本部の設置が検討されているらしい。

それともう一つ、興味深いというか、捜査員の間に緊張を強いている事実がある。実は殺された広瀬孝であるが、元警察官だったことが判明したのだ。

退職したのは今から十年前、彼が四十二歳のときだった。きっかけは彼自身が飲酒運転で逮捕され、減俸処分を受けたことだった。当時彼は所轄の刑事課にいたようだが、体面を気にしたのか、すぐさま依願退職した。その後、広瀬は実家である練馬の印刷会社を手伝っていたようだ。そして五年ほど前、実父が亡くなったのを機に会社名をヒロセ・グラフィックへと改め、再スタートしたとの話だった。それほど大きな仕事は手がけていなかったようだが、警視庁から受注するポスターなどはヒロセ・グラフィックの仕事のようだった。秋の交通安全週間のポスターや、麻薬撲滅などの各種ポスターだ。去年と、それから二年前にも指名競争入札で仕事を請け負っていたようだ。

「最後に彼と会ったのはいつですか？」

「一昨日だったかな。昼にちょこっと顔を合わせただけだけど」

広瀬は独身だ。彼のプライベートについて、詳しく知っていそうな人物も今のところ浮かび上がっていない。彼女からはこれ以上聞き出せる点はなさそうだった。

「ありがとうございます。もう少々ここでお待ちください」

優里をその場に残し、美雲は二階に上った。鑑識職員たちの捜査は続いている。年配の私服刑事の姿を見かけたので、美雲は彼に声をかけた。

「事務員の倉沢さんですが、帰宅させても大丈夫ですか？」

「俺には判断できん。もうしばらく待機してもらおうかな」

「了解です。何かわかりましたか？」

「めぼしいもんは出てない。被害者の携帯電話が見つからないんだ。犯人が持ち去ったのかもしれんな」

スマートフォンなどの端末は情報の宝庫だ。それさえあれば被害者の交友関係がわかると言っても過言ではない。犯人か、もしくは和馬が意図的に持ち去ったという可能性もある。

その場をあとにする。階段を一階まで下り切ったところでスマートフォンが鳴った。香からだった。香は周辺地域の聞き込みをおこなっている。

「私だ。兄貴の姿が防犯カメラに映ってたぞ」

「場所はどこです？」

「今、場所をメールで送る。駅前にあるファストフードの店だ」

届いたメールを確認し、すぐに店に向かった。テレビＣＭでもよく目にする大手チェーンだった。店の前で香が待っていた。「こっちだ」と店の中に入り、厨房奥の事務室に案内された。制服姿の男性スタッフがパソコンの前に座っていた。「よろしく」と香が声をかけると、男性スタッフがパソコンのマウスを動かした。しばらくして画面に映像が再生される。

レジを斜め上から撮った映像だった。一人の男がやってきて、レジの前に立った。ジーンズに黒いジャケット、被っている帽子も黒だった。俯き加減で支払いを済ませ、商品を受けとる様子が映っていた。

実はさきほど報告があり、和馬が四谷のファストファッション店で服を購入、その場で着替えをしたことが明らかになっていた。顔はそれほど鮮明に映っていないが、報告通りの服装に身を包んでいることから、映像の男性は和馬であると断定してよさそうだ。

「カウンターでハンバーガーを食べ、そのまま店から出ていったみたいだ。店に滞在していた時間はトータルで五分ほどだったらしい」

香の説明に耳を傾けつつ、画面右下にある時刻の表示を見た。和馬がこの店を訪れたのは午後三時ちょうどのことだった。ほんのわずかな差だ。ちょうどその頃、美雲は香とともに西武池袋線に揺られていた。乗る電車があと一本早ければ、和馬に追いついていたかもしれない。

「美雲、どうする？」

やや困惑したような目で香が訊いてくる。香の気持ちもわからなくはないが、私たちは和馬を捜索するチームの一員でもある。

「報告しないわけにはいかないですね」

「そうだよな、やっぱり」

香が肩を落とす。たまたま和馬がこの店に入ったとは考えにくい。この店で食事を済ませたあと、ヒロセ・グラフィックに向かったと考えるのが筋だ。となると必然的に和馬は広瀬殺害の容疑者として浮上してしまうのだ。しかも最有力候補として。

先輩、何やってるんですか。

美雲は心の中で和馬に向かってそう呼びかけた。


目が覚めても、自分がどこにいるのか、和馬は一瞬わからなかった。

猿彦に連れられ、虎ノ門にある総合病院の整形外科を受診したのだ。段取りはすべて猿彦任せだった。レントゲンを撮った結果、骨などに異常は見受けられないが、足首の靭帯《じんたい》を損傷していると診断された。いわゆる重度の捻挫《ねんざ》だ。湿布薬と痛み止めが処方され、そのまま病院の近くのビジネスホテルの一室にチェックインした。痛み止めを飲み、すぐに睡魔に襲われた。

体を起こす。ごく普通のシングルルームだ。時刻は午後七時を回っている。テレビをつけてNHKのニュースにする。しばらく見ていたが、双葉美羽及び広瀬孝の殺害事件のニュースが読まれることはなかった。もう流れてしまったか、それとも警察が記者発表をしていないかのどちらかだ。

猿彦の姿はない。どこに行ってしまったのだろうか。テーブルの上に和馬の財布と警察手帳が置いてある。しばらくニュースを見ていると、ドアが開く音が聞こえた。中に入ってきたのは猿彦だった。

「お目覚めですね」そう言いながら猿彦は白いビニール袋をテーブルの上に置いた。「食料です。よかったらお食べください」

「何から何まですみません。ありがとうございます」

和馬は深々と頭を下げた。そのくらいしかできないのが歯痒い。これほど世話になるとは想像もしていなかった。どれほど頭を下げても足りないくらいだ。

「和馬殿にはお嬢がお世話になりましたからな。この程度のことであれば問題ありません。それよりまだ今回の件はニュースには流れていないようです。警視庁も慎重になっているのかもしれませんな。それと一つ面白いことが判明しました。練馬で死んだ広瀬某という男、元警察官だったそうです」

それが果たして何を意味しているか、和馬にはわからなかった。元警察官と、女詐欺師であった双葉美羽が繋がっていた。そういうことだろうか。二人は過去に結託し、悪事に手を染めていたのかもしれないが、それを調べるのは現状では難しい。今の自分は逃亡中の身の上なのだから。

「これをお返ししておきます」

そう言って猿彦が一台のスマートフォンをテーブルの上に置いた。広瀬の自宅から持ち去ったもので、おそらく死んだ広瀬のものだ。実は何度か着信があったのだが、警察からだろうと思って電源を落とした。それきり電源はオンにしていない。

「暗証番号がわかりました」

「本当ですか？」

　思わず身を乗り出していた。スマートフォンの上に付箋が貼られ、そこには四桁の数字が並んでいる。猿彦が説明する。

「この手のスマホの画面には必ず皮脂や汗といった所有者の分泌物が付着します。特殊な粉を画面に振りかけ、頻繁に触られている部位を特定しました。その結果、四つの数字が判明したんです。あとは簡単です。彼に馴染みのある数字、たとえば電話番号や誕生日などと照らし合わせたんです」

　簡単に説明しているが、並大抵のことではない。北条探偵事務所のレベルの高さを痛感する。助手がこれほど有能であるなら、仕事も捗るというものだ。

「車のナンバーを暗証番号にしていたみたいですね。よくあるパターンですよ」

　和馬がスマートフォンに手を伸ばすと、それを猿彦が制した。

「お気をつけください、和馬殿」

「ＧＰＳですか」

「左様」と猿彦がうなずいた。

　ＧＰＳの捜査利用はプライバシーの侵害に当たるため、令状がなければ違法との判決が最高裁判所で出されている。それに利用者がＧＰＳ機能を無効にしていた場合、そもそも特定が不可能という難点もある。

　しかしこのスマートフォンは広瀬のものであり、所有者は死亡、しかも殺人事件の被害者である。その端末が持ち去られたのであれば、警察は令状なしで網を張っていると考えて間違いない。それこそ電源を入れた途端、こちらの居場所がわかってしまう可能性もある。

「被害者のスマホを調べたいお気持ちはわかりますが、調べるときはそれ相応のご覚悟が必要でしょうな。こちらの潜伏先を教えてしまうことにもなりかねません」

「わかってます」

すぐにでもスマートフォンの中身を見たい。その欲求をどうにか抑え込んだ。今はその段階ではない。

和馬は床に置いてあった革靴を履いた。痛み止めを服用しているせいか、今は右足首の痛みはそれほどない。

「お出かけですか?」

「ええ。ちょっと」

和馬は言葉を濁らせた。この足ではそれほど遠くに行けないが、どうしても電話を一本かけたかった。華の声を聞きたかった。無事であることを伝えたかった。

「そうですか。では私は失礼させていただきます。このホテルの宿泊費は精算済みですので」

「ありがとうございます。代金は必ずお返しします」

「ではこれにて。また何かございましたら、お目にかかることもあるでしょう」

猿彦が部屋から出ていった。猿彦の協力に心の底から感謝した。彼がいなかったら今頃途方に暮れていたことだろう。

備え付けの冷蔵庫の上に封筒が置いてあるのが目に留まった。中身を見ると、一万円札が五枚入っていた。どこまでも気が利く人だ。有り難く受けとっておくことにする。紙幣を財布へと移してから、和馬は立ち上がった。

一時間後、和馬は東京駅の構内を歩いていた。虎ノ門駅から銀座線に乗り、さらに山手線で東京駅までやってきたのだ。猿彦が手配してくれたホテルの一階ロビーにも公衆電話はあったが、念には念を入れて東京駅まで足を運んだ。逆探知を恐れたのだ。

夜八時を過ぎているが、東京駅の構内には多くの人々が行き交っている。出張帰りのサラリーマンが多かった。構内の壁には大きな広告が出ていて、魔女の格好に扮《ふん》した女性アイドルが魔法の杖を持ってポーズをとっている。カボチャのランタンもある。ハロウィンをモチーフにした広告で、この時期限定のチョコレート菓子の紹介らしい。

ねえ、パパ。どうしてハロウィンのときはみんな変な格好をするの？

一週間ほど前のことだったか、杏と一緒に風呂に入ったときにそう訊かれたので、和馬はこう答えた。

それはね、杏。ハロウィンというのはヨーロッパが起源のお祭りなんだけど、先祖の霊が帰ってくると言われてるんだよ。でも先祖の霊と一緒に悪い霊もやってきてしまうことがある。だから悪霊を驚かせるために、仮面を被ったり、仮装をしたりするんだよ。

ふーん、そうなんだ。じゃあパパ、あのカボチャは何？　何で目とか鼻に穴が開いてるの？

あれはランタンといってね、そうだな、懐中電灯みたいなものなんだよ。中に蠟燭を入れて、夜道を歩くときに使うんだ。穴が開いているのは光を外に出すためだよ。

あのさ、パパはハロウィンのパーティーに来る？

うん、行けたら行こうと思ってる。

捜査がなかったら？

そうだね。捜査がなかったらパパもパーティーに行くよ。約束だ。

事件起きなきゃいいね。じゃあ指切りげんまんしよう。

ハロウィン当日の明後日は杏の友達家族とともにパーティーをおこなう予定であり、何もなければ和馬も参加する予定だった。この分ではとてもパーティーどころではない。ごめんな、杏。和馬はそう心の中で詫びた。

八重洲《やえす》口から外に出た。しばらく歩いて、電話ボックスを発見する。中に入り、受話器を持ち上げた。十円玉を数枚入れてから、華の携帯番号を押す。五コール目で通話は繋がった。

「……もしもし？」

警戒するような声が聞こえてくる。おそらく華のスマートフォンの画面には『公衆電話』と表示されているはず。警戒するのは無理もない。和馬は妻に向かって呼びかけた。

「華、俺だ。和馬だ」

「和君……」

そう言ったきり、華は言葉を詰まらせた。やはり華も事情を知っているようだ。ことによると家に警察が訪れた可能性もある。自宅を見張られていることは疑いようがない。

「本当にすまない。俺は何もやっていない。信じてくれ、華」

「違うの、和君……」

「どうにかして俺は自分の無実を証明しようと思ってる。だから華は……」

「ちょっと待って、和君。私の話を聞いてっ」

電話の向こうで華が叫ぶように言った。その口調の強さに和馬はいったん口を閉じた。ただごとではない気配が伝わってくる。やがて華が言った。

「和君、落ち着いて聞いてね。杏がね……杏が……誘拐されたの」

杏が誘拐された。その言葉の意味を和馬は理解できなかった。自分の妻は何を言っているのだろう。今はこんな冗談を言っている場合ではないだろうに。そんな風に思ったが、華は淡々と説明を続けた。

「午前中に学校から電話がかかってきたの。担任の小林先生からだった。先生が言うには杏が学校に来てないみたいで、私は慌てて帰宅した。家にも杏はいなかった。近所を捜し回ったけど杏の姿は発見できなかったわ。桜庭家のお義父さんが捜索願を出してくれた」

華の話はやけにリアルだった。冗談を言っているようには思えなかった。すでに和馬の頭は一部が麻痺していて、華の声が遠くで聞こえるようだった。

「……犯人から電話がかかってきたのはお昼くらい。ボイスチェンジャーっていうの？　機械みたいな声をした犯人ははっきりと言ったわ。娘を預かってるって。いくつかの条件を出したあと、犯人は電話を切った。私はすぐにお父さんにそれを伝えた」

喉がカラカラに渇いていた。唾を飲み込み、和馬は言った。

「ほ、本当なのか？　本当に、杏は……」

「本当よ、和君。この状況で嘘なんて言うわけないじゃない。夢だったら覚めてほしい。私だってそう思ってるわよ」

杏が誘拐された。その事実をなかなか受け入れることができなかった。和馬は震える声で言った。

「す、すまない、華。いったん切らせてもらう。す、すぐにかけ直すから……ごめんな」

受話器を置く。和馬は電話ボックスのガラスに背中をつけたまま、そのまま下へとズルズルと落ちていった。床に尻をつけて座り込み、頭の髪をかきむしった。

風呂で指切りげんまんをしたことを思い出す。杏はハロウィンパーティーを楽しみにしていた。あの杏が誘拐されてしまったというのだ。それなのに、俺は——。

情けなかった。娘の危機に駆けつけることさえできないのだ。父親失格だ。いったい俺は何をやってるんだ。自分で自分を殴り飛ばしたい。そんな気分だった。

しかしいつまでもここで落ち込んでいるわけにもいかなかった。和馬は立ち上がり、再び受話器を持ち上げて硬貨を入れ、華の電話番号をプッシュした。今度はすぐに繋がった。

「すまない、華。で、誘拐した犯人の要求は？　金か？」

「現金で十億円。もしくはそれに相当する品物」

「十億円って、そんな大金用意できるわけないだろ」

「犯人は三雲家の正体を知ってる。それがお父さんの読み。だから十億円なんて大金を要求してきてるのよ」

和馬にとって義理の両親に当たる尊と悦子は現役の泥棒であり、いまだに悪事に手を染めているのだが、和馬はそれを見て見ぬ振りをするという、刑事としてあるまじき特殊な状況にある。悪人からしか盗まない。Ｌの一族にはそういう掟があるのが唯一の救いでもある。

「じゃあお義父さんは、もしかして……」

「十億円を用意するつもりよ。かなり厳しいみたいだけどね。国内には資産を置いてないらしいから」

話のスケールの大きさに言葉が出なかった。十億円もの大金を自前で用意しようという考え自体が理解できない。ただし三雲尊というのはそういう男だ。彼ならば本当に金を用意してしまうかもしれない。そう思わせる何かを持っている。

「ということは、警察に通報してないんだな」

「そうなの。実は桜庭家のご両親にも伝えていないわ」

何らかの犯罪が起きた以上、それを警察に通報し、捜査してもらうというのが当然の考えだし、和馬自身も警察官であるため、それを疑うことはない。ただし誘拐事件というのは厄介なもので、不幸な結末に至るケースもごく稀にある。しかも誘拐されたのは自分の娘なのだ。どうにかして助け出したいと思うのが親として当然の感情で、取引に応じようとする尊らの気持ちも理解できた。金さえ払えば杏が助かるのであれば、そう考えるのも当然だ。

「でもいったい誰が？　三雲家の正体に気づいてる者なんてそうはいないはず」話しながら閃《ひらめ》いた。心当たりがある人物が一人だけいるのだ。「華、もしかしてあの女じゃないか。あの女がまた俺たちにちょっかいを出してきたとは考えられないか」

三雲玲《れい》。華の伯母に当たる女性だ。警察官殺害の罪で長年服役していたが、五年ほど前に仮釈放となり、そのまま行方をくらましていた。犯罪立案者としての能力も高く、天才犯罪者として数々の犯罪に関与していると思われていた。過去に何度か煮え湯を飲まされたことがあり、いつか逮捕しなければならない危険な相手だった。

「それは私も考えた。お父さんにも言ってみたけど、多分違うんじゃないかっていうのがお父さんの意見」

三雲玲なら現金を要求したりはしない。それが尊の言い分らしい。金などその気になればいくらでも盗めるというのだ。Lの一族らしい意見ではあるが、疑問も残る。

「だとすると、じゃあいったい誰が……」

もどかしい。娘が誘拐されたというのに、俺は何もできずに逃げ回っているだけだ。本来であれば一刻も早く華のもとに駆けつけ、一緒に杏の無事を祈りたい。いや、祈るだけではなく、刑事として誘拐犯を見つけ出したい。

「華、やっぱり自宅は監視されているのか?」

一応訊いてみた。華は答える。

「うん。マンションの前に覆面パトカーが停まってるわ」

「そうか……」

和馬は落胆した。やはり自宅に戻るのは控えた方がよさそうだ。思わず溜め息をついてしまいそうになったが、それは何とかこらえた。情けない姿を華に見せるべきではない。華だってきっと大変だろう。

「こっちは何とかする。お父さんもいてくれるしね。それより和君、そっちはどうなの? 美雲ちゃんから連絡があって、大体の話は聞いてるけど」

「俺はやっていない。これは罠だ」

俺が殺人の濡れ衣を着せられた日に、たまたま娘の杏が誘拐される。それを偶然と捉えるほど呑気ではない。両者は繋がっていると考えるべきだ。思っている以上に大きな事件なのかもしれないが、まだ敵の尻尾さえも見えていないのが現状だった。

「華、待っていてくれ。こっちの目途がついたら、すぐにそっちに向かうから」

「わかった。和君、気をつけてね」

「華もな」

受話器を置き、和馬は電話ボックスから出た。足に力が入らなかった。近くにあった花壇の縁に座った。腕時計を見ると、時刻は午後八時三十分だった。取引のタイムリミットは明後日の深夜零時らしい。

和馬は唇を噛む。目の前を通行人たちが通り過ぎていく。あと五十一時間三十分しか残されていない。果たしてそれまでに自分の無実を立証し、華のもとに駆けつけることができるのだろうか。

杏はずっとベッドの上で横になっている。いい加減、こうしているのにも飽きてきた。昼にパンを食べたあと、左手だけはベッドのパイプに縛られてしまったのだ。目や口はそのままだが、部屋に閉じ込められているため、ベッドの上で寝ているほかにやることもない。暇だ。

電気は通っているようで、蛍光灯も灯っているが、片方しか点いていないので、少し暗かった。さきほどまで隣の部屋から聞こえていたゲームの音も今は鳴り止んでいる。

ドアが開いた。かなり古い建物なので、それだけで大きな音が鳴る。大岩という名前の大男が部屋に入ってきた。手には白いビニール袋を持っている。

「飯を買ってきた」

大岩がビニール袋をベッドの上に置く。今が何時かわからないが、それほどお腹は減っていない。すると大岩が言った。

「食わないのか？」

杏は大岩を見上げる。半袖から覗く二の腕が逞《たくま》しい。パパもトレーニングを積んで鍛えているが、これほどの筋肉はない。叩かれたら痛そうだ。

「ねえ、おじさん」と杏は勇気を振り絞って話しかける。「これからどうなっちゃうの？　もしかして私、殺されちゃったりするのかな？」

大岩は答えない。少し困ったように立っている。杏は続けて言った。

「おじさん、教えてよ。私、助かるよね？」

「俺、おじさんじゃない」

「えっ？」

「そんな年じゃないから」

杏にとって大人の男性はみんなおじさんだ。でも中にはおじさんと呼ばれることを嫌がる人もいる。でもどう見ても大岩という男はおじさんだ。お兄さんという感じではない。

「じゃあおじさん、じゃなかった、ええと、大岩さんは何歳なの？」

「三十六歳」

パパより若くて驚く。髪を剃り上げているせいかもしれない。

「大岩さん、もう一人の人はどこ行ったの？　先輩って呼んでた人」

「先輩は飯食いにいった。コンビニのもんが飽きたみたい」

「ふーん、そうなんだ」

杏は大岩を見上げる。身長も高いし、体も鍛えられている。顔つきも怖いのだが、それほど恐怖心を感じなかった。むしろ親しみすら覚えていた。何て言えばいいのだろうか。友達の男子と話しているような気さえした。

「本当に食べないのか？」

大岩が訊いてくるので、杏は答えた。

「あとで食べるよ。今は要らない」

「ならいい」

大岩が立ち去ろうとするので、杏は呼び止めた。

「待って、大岩さん」

大岩が立ち止まってこちらを向く。とにかく情報を集めなければならない。ジジが言っていたことを思い出す。いいか、杏ちゃん。何事にも情報収集ってやつが肝心なんだ。欲しいお宝があったら、まずそのお宝について情報を集めること。それが最初のステップだ。

「大岩さん、立ち話もあれだから、まあ座ってよ」

杏はベッドの上を縛られていない右手でパンパンと叩いた。大岩は迷ったような素振りを見せたが、しばらく待っていると杏の隣に座った。

「大岩さん、筋トレしてるの？」

近くで見ると大岩の筋肉は凄かった。これほどまでに鍛えた大人を杏は知らない。すると大岩が俯き加減で言った。

「さんは要らない。俺、そんなに偉くないから。中学校も出てないし」

さん付けはやめてほしいという意味だろうと解釈する。ちゃん付けもおかしいし、呼び捨てなどできない。となると……。

「じゃあ、大岩君って呼ぶね。私は杏。三雲杏。杏って呼んで」

「……杏」

「そう、それでいいよ。大岩君ってさ、どういう字を書くの？」

大岩が体を屈め、床のコンクリに人差し指で字を書いた。埃が溜まっているため、字はうっすらと見える。『大岩』と書かれていた。お世辞にも上手な字とは言えなかった。

「じゃあ私も書くね」

そう言って杏はコンクリの上に漢字で自分の名前を書く。三雲杏。いい名前だと自分でも思っている。

「杏は……偉いな。もう漢字で自分の名前書けるんだな」

「だって私、小三だしね。それに雲以外の漢字は簡単だから」

さきほどの話を思い出す。大岩は中学校を卒業していないと言っていた。そんなことが有り得るのだろうか。中学までは全員が卒業しなければならないことは杏も知っている。義務教育というやつだ。

「ねえ大岩君。私、いつになったらおうちに帰れるのかな？」

「そうだな」と大岩は腕を組む。「そのうち帰れるんじゃないか」

「そのうちっていつ？　明日？　それとも明後日？」

「さあな。杏の家族が金を払えば、すぐに帰れる」

やはり目的は金か。身代金というやつだな。桜庭家の実家に行くと、必ずジイジと一緒に刑事ドラマを視聴するので、そういう言葉を自然と覚えてしまうのだ。

「私の身代金はいくら？」

「たくさんだ」

三十万円くらいか。パパとママに払えるだろうか。パパとママはそれほど金持ちではなく、特にママはスーパーの安売りに目がない。でも心配要らない。ジジとババが何とかしてくれるはず。あの二人は泥棒だし、特にジジは有名な絵を何枚も持っていると自慢していた。ゴッホとかピカソとかいう、有名な画家の絵も持っているらしい。

「大岩君、私にもゲームやらせてよ。飽きたよ、ここにいるの」

「ゲームは駄目だ」

「大岩君のケチ」

「明日だ。明日になったらゲームできるかもしれない。今日は駄目だ」

遠くの方で音が聞こえた。この工場に誰かが入ってきた音らしい。先輩が帰ってきたのだ。大岩が慌てて立ち上がり、早口で言った。

「もう少しで夜の九時になる。飯を食べて、そしたら寝ろ。大人しくしてるんだぞ」

大岩が部屋から出ていってしまう。また一人になり、杏は白い袋の中身を見た。おにぎりが二つと、ポテトチップスとチョコ菓子、飲み物はスポーツドリンクだった。杏はポテトチップスが大好きなのだが、健康に悪いという理由で最近は禁止されている。

ポテトチップスの袋を出す。一袋食べていいのか。いや、半分だけ食べて残りは明日食べようか。そんなことを考えていると、少しだけ心が上を向いた。


午後十時。美雲は新宿警察署の大会議室にいた。目の前では特別捜査本部の捜査会議がおこなわれている。午前中の段階では三十人ほどの捜査員が動員されていたが、練馬で広瀬の遺体が発見されたことにより、さらに増員されたらしい。ざっと見ても八十人くらいはいるのではないか。美雲は香と並んで一番後ろの席に座っている。

「次、練馬の現場からの報告だ」

司会進行役の男の声に反応し、一人の捜査員が立ち上がる。報告が始まった。

「亡くなったのは広瀬孝、五十二歳。皆様もご存じの通り、広瀬は十年前まで警視庁に在籍しておりました。飲酒運転の責任をとる形で依願退職しています。最後の赴任地は品川《しながわ》署の地域課でした。現在は練馬にあるヒロセ・グラフィックの社長を務めております」

かつては印刷会社だったようだが、現在では印刷業務はせず、もらってきた仕事を下請けに回していたらしい。馴染みのキャバクラ嬢を事務員として雇うくらいだから、仕事は軌道に乗っていたと推測できた。

「死因は銃殺。後頭部を一撃。即死だったものと思われます。摘出された銃弾から、使用された拳銃はトカレフであると判明いたしました。双葉美羽を殺害した拳銃とは完全に別物です。ホテルを出たあと、どこかで入手したものと思われます」

時間的に厳しいだろうと思ったが、反論するのはやめておいた。トカレフというのはロシア製の拳銃だ。暴発を防止する安全装置が省略されていることが最大の特徴だ。共産圏の諸国でコピー生産されたものが日本にも流入しており、暴力団の発砲事件などでも使用されることがある。

「周辺住人に聞き込みをおこないましたが、発砲の音を聞いた者はいません。遺体の第一発見者である捜査員が一一〇番通報をしたのが午後三時二十八分です。犯行時刻はその少し前だったのではないかと思われ、鑑識の意見も同様です」

美雲たちが現場に到着したとき、遺体はまだ温かかった。殺された直後だったと考えていいだろう。三十分も経っていなかったのではないかと美雲は考えている。つまり広瀬が殺されたのは午後三時頃というわけだ。

「鑑識の捜査の結果、ベランダに通じる窓ガラスから桜庭和馬警部補の指紋が発見されました。残っていた指紋はそれだけです。かなり慎重に行動していたと思われますが、逃亡の際に触ってしまったのでしょう。捜査員が中に入ったとき、窓は開いていたそうです。桜庭容疑者はそこから飛び降りて逃走を図ったものと推測できます。窓の下に飛び降りた形跡もありましたが、鮮明な足跡は残っていませんでした」

すでに和馬は完全に容疑者として扱われている。まあ無理もない。二件の殺害現場から彼の指紋や遺留品が発見され、さらに逃亡したことが明らかになっているのだから。

隣に座る香を見る。香はやや俯き加減で、テーブルの一点を見つめている。彼女の悔しさが伝わってくるようだった。兄を容疑者扱いされ、さらにその捜査本部に加えられているのだ。本来の彼女は黙っていることができない性格だ。鬱屈した思いを押し殺しているに違いない。

「では次は聞き込みの結果を報告してくれ。まずは北条巡査長から」

「はい」と返事をして立ち上がり、美雲は報告を始めた。

「練馬駅前にあるファストフード店で桜庭警部補の姿が防犯カメラに捉えられています。入店したのは午後三時ちょうど。ハンバーガー等の商品を買い、それを店内で飲食したのち、五分後に店を出ています。私からは以上です」

事実を客観的に述べただけで、そこに憶測を交えるのは敢えてやめておいた。すると司会進行役の男が勝手に憶測を交えて補足説明をしてくれる。

「ちなみにその店から被害者宅までは徒歩で五分だ。店を出た桜庭はそのまま被害者宅に向かったものと思われる。到着したのは午後三時十分過ぎ。犯行は十分に可能な時間だ。では次の報告を」

次は和馬を乗せたというタクシーの運転手の証言だった。被害者宅の近くから和馬がタクシーに乗車していたのが判明したのだ。乗車時刻は午後三時三十分頃、ちょうど美雲が一一〇番通報をしていた時間帯だ。

和馬がタクシーを降りたのは東武東上線の上板橋駅近くの路上で、さらに上板橋駅構内の防犯カメラにも彼の映像が残っていた。池袋行きの電車に乗る姿が映っていて、それを最後に彼の足どりは完全に途絶えていた。最後に和馬の姿が確認されてから、六時間ほど経過している。

「……広瀬孝のスマートフォンですが」報告はまだ続いている。「現場から発見されておらず、容疑者が持ち去った可能性が高いです。現在は電源が切られているようで、GPSの反応はありません。二十四時間態勢でGPSの監視を続けていく予定です」

広瀬がどういう設定をしているのか定かではないが、電源を入れた途端に居場所を特定されてしまう可能性もあった。それを和馬も――スマートフォンを持ち去ったのが和馬だとして――わかっているから、電源を切っているのだろう。

すべての報告が終わった。とにかく今は和馬を捕まえることが最優先事項。それが特捜本部の方針だった。都内の宿泊施設を念入りに調べるようだった。場合によっては和馬の顔写真の配布も検討しているらしい。

最後に司会進行役の男が言った。

「一時間前、報道機関には情報提供をおこなった。早ければ二十三時台のテレビニュースでも流れるだろう。ただし桜庭の件については現時点では他言無用だ。心して捜査に当たってくれ」

捜査員たちが会議室から出ていく。美雲らは特に役割が与えられているわけではなく、遊軍に近い形だと認識している。戦力として期待されているというより、和馬に近い存在なので手元に置いておきたいと上層部が考えているに違いなかった。

「美雲、どうする？」

香が訊いてくる。その表情は疲れているようにも見えた。

「今日は帰りましょう。泊まる準備もしてきてないですし」

「そうだな。いきなり呼び出されたわけだしな。兄貴の奴、どこに行っちまったんだよ」

筆記用具などをバッグにしまい、立ち上がった。窓から新宿の夜景が見える。そのネオンを見ながら美雲は心の中で和馬に語りかける。

先輩は人を殺したりしない。私はそう信じています。必ず先輩を見つけ出し、真犯人を暴き出します。


『……次のニュースです。今日の午後、練馬区練馬二丁目の店舗兼住宅の二階住宅部分において、男性の遺体が発見されました』

女性アナウンサーの声に和馬はベッドから身を起こした。とにかく今夜は安静にしておこうと考え、ずっとベッドの上にいる。さきほど飲んだ痛み止めが効いているのか、今はそれほど痛みがない。

『亡くなったのはデザイン会社代表取締役、広瀬孝さん、五十二歳。死因は拳銃による他殺で、警視庁では犯人特定に向けて捜査を開始したとのことです』

事件の第一報といった感じの報道で、詳細は伏せられていた。意図的に伏せられているのだと和馬は察した。捜査本部は俺を疑っているはずだ。指紋を拭きとる余裕もなかったし、ことによると乗ったタクシーまで特定されている可能性もある。

『続きまして、こちらも遺体発見のニュースです。今日の午前中、新宿区内のホテルの一室で女性の遺体が発見されました。亡くなったのは渋谷区在住の職業不詳、双葉美羽さん、三十四歳と判明いたしました。警視庁は殺人と見て捜査を開始したとのことです』

どちらもさほど情報は多くはない。捜査一課の刑事が二件の殺人事件に関与しているかもしれない。ナーバスになるのは無理もなかった。

『それにしても物騒な世の中になりましたね』

『そうですね。日本の治安の良さは世界トップクラスと言われていますが、最近ではSNS絡みの事件も多いですからね』

女性アナウンサーと男性コメンテイターのやりとりを聞き流しながら、再びベッドの上に横になる。あと十分ほどで深夜零時だ。

実は和馬の心中では、自分に着せられた濡れ衣よりも、誘拐されてしまった娘の杏を思う気持ちの方が大きなウェイトを占めている。杏が助かるのであれば、自分はどうなってしまってもいい。そんな気持ちが頭をよぎることも多々あった。

しかし、今の段階で捕まってしまうわけにはいかない。仮に捕まってしまった場合、厳しい取り調べが待っていることだろう。杏の安否を知るのも難しくなるだろうし、華と連絡をとることもできなくなるはずだった。そういう意味では、今日の午前中の時点でホテルから逃げ出したことは正解だったかもしれない。

ニュースは別のトピックに移っていた。今、杏はどうしているだろうか。お腹を空かせてはいないだろうか。喉が渇いていないだろうか。清潔な場所にいるのだろうか。暴力など振るわれていないだろうか。もし娘に手を上げようものなら、俺は決して誘拐犯を許さない。地獄の果てまで追いつめてやる。

多分、華も今、こうして眠れない夜を過ごしているはずだ。こんな大事なときに傍にいてやれなくて、申し訳ない気持ちで一杯だ。本当に自分が情けなくなってくる。とにかく自分の身の潔白を証明し、一刻も早く華のもとに駆けつけること。それを何よりも優先させなくてはならない。

ベッドサイドの手が届く場所に、広瀬のスマートフォンを置いてある。位置情報の特定を恐れ、今も電源は切ってあった。中身はまだ見ていないが、何かヒントになるようなものがあるのではないかと期待していた。チャンスは一度だけだ。明日の昼間、どこかで中身を見るつもりだった。

深夜に行動しようとも考えたが、やはり動くのは昼間がいいと判断した。深夜に外を歩くのは意外に目立ち、職務質問の対象にもなり易い。電車やバスなどの公共交通機関が稼働している昼間の方が、人混みに紛れ込めるというメリットもある。

なかなか眠れそうにないが、明日に備えて体を休めておく必要がある。和馬はリモコンでテレビを消した。

深夜零時になろうとしていた。タイムリミットまであと四十八時間――。

ほとんど眠れぬまま、朝を迎えた。それでも明け方に二時間ほど、うつらうつらとすることができただけでも良しとしなければならない。

シャワーを浴びて、髪を乾かした。右足首の痛みはだいぶよくなっていた。湿布を外し、テーピングをガチガチに巻いた。ずっと剣道をやっていたので、テーピングを巻くのには慣れている。

朝の七時になるのを待ち、和馬は部屋から出た。昨日と同じジーンズに黒いジャケット、黒い帽子という格好だ。

エレベーターで一階まで降りた。一階にはフロントがあるが、まだ朝が早いためか、それほど人は多くはない。朝食を食べるレストランは二階にあるようだった。和馬は足早にフロントの前を歩き、自動ドアから外に出た。空気がひんやりと冷たかった。通りの向こうにコンビニエンスストアの看板が見えた。嬉しいことに店の前に公衆電話があった。電話ボックスタイプではないが、まあいいだろう。今回は東京駅まで行っている余裕はなかった。

電話をかけると、すぐに通話は繋がった。華の声が聞こえてくる。

「もしもし？　和君？」

「そうだ、俺だ。華、そっちに変わりはないか？」

「うん、大丈夫。和君は？」

「俺も大丈夫だ。お義父さんは？　金の用意はできたのか？」

「まだだと思う。昨日から連絡がないのよ。お母さんは隣の部屋で眠ってる。ちょっと待って」何か物音が聞こえた。やがて華が言った。「窓の外を見たけど、まだ警察の車は停まってる。結構しぶといね」

それが彼らに課せられた役割なのだ。俺が捕まらない限り、自宅前を見張り続けるだろう。

「実は華、提案がある」

一晩考えた末の結論だ。それを和馬は妻に告げた。

「杏の安否確認をおこなうべきだ。一度犯人に電話し、電話口に杏を出させるんだ。やっておくべきだと思う。今の段階では犯人側が嘘をついている可能性も考えられる」

こういった事件における常套手段でもある。人質の安否確認は優先するべきだ。想像したくもないが、すでに最悪の事態を迎えていることも考えられた。電話の向こうで華が戸惑ったような声で言う。

「でも和君、電話をかけていいのは三回だけなんだよ。一回かけてしまうと、残りは二回になってしまうけど、それでもいいの？」

「ああ。それでもいい。やるべきだと俺は判断したんだ。杏が無事であることを確認すべきだ。今すぐにでも」

華が押し黙る。朝のコンビニは混雑していて、さきほどから客が出入りしていた。店の入り口に背中を向け、和馬は受話器を耳に押し当てた。ようやく華の声が聞こえてくる。

「わかった。やってみるわ」

「頼む、華。またしばらくしたらかけ直す。そのときに結果を教えてくれ」

通話を切った。そのままコンビニの店内に入る。ゼリータイプの栄養食品を買い、外に出た。その場でゼリーを口にして、同時に痛み止めの錠剤を胃に流し込んだ。テーピングで固めたせいか、右足首の状態はよかった。

横断歩道を渡り、再びホテルに戻る。一時間くらいしたらまた華に電話をかけるつもりだった。きっと杏は無事のはず。そう祈りたい。

ロビーを歩く。フロントの前では出張中のサラリーマンらしき男がチェックアウトの手続きをしていた。エレベーターの前に立つ。フロントに立つホテルマンの一人と一瞬だけ目があった。その仕草が気になった。どうもこちらを盗み見ているような気がしてならない。

和馬は思い切って体をフロントの方向に向け、正面からホテルマンを見た。ホテルマンは目を背けるように下を向き、受話器を持ち上げた。

バレたな。

和馬はそう察した。和馬の顔写真が都内の宿泊施設に出回ったのだ。昨夜のうちにメールやファックスなどで送られたのだろう。そしてあのホテルマンは気づいたのだ。あの客、写真の男に似ているな、と。

踵を返して、ロビーを引き返す。ホテルの部屋には私物は残していなかったのが幸いした。早足でロビーを横切った。例のホテルマンがこちらを見ながら受話器で何やら話している。警察に通報しているのか。

自動ドアから外に出る。タクシーを拾うのはやめにした。まだ七時を過ぎたばかりだが、歩道にはちらほらと通勤途中と思われるサラリーマンの姿が見える。地下鉄の駅に向かうため、和馬は歩き出した。

「誰と電話してたの？」

そう言いながら母の悦子がリビングに入ってきた。朝の七時過ぎ。遅くまで寝ている悦子がこんな時間に起きてくることは珍しい。

「和君からかかってきたの」

杏の安否確認をするべきだ。和馬の主張にはうなずける部分があった。たしかに昨日の昼に犯人から杏を誘拐したと告げられただけで、杏の安否は確認していない。きっと無事であるはず。そう思い込もうとしているだけで、それは客観的事実ではないのだ。

「和馬君の言うことにも一理あるわね」

「だよね？　お母さん、私今から電話してみるから」

「私にも聞かせて」

「いいけど余計なこと言わないでよ」

スマートフォンを操作し、昨日登録した誘拐犯『X』の番号を呼び起こした。ハンズフリー設定で電話をかける。五コールほど待つと通話は繋がった。が、相手は何も言おうとしないので、華は言った。

「三雲です」

「おはようございます。金の準備はできましたか？」

昨日と同じ機械的な声が聞こえてくる。丁寧な言葉遣いが不気味だった。華は深呼吸をしてから言った。

「娘の安否を確認したくて電話しました。声を聞かせてください」

「昨日も説明した通り、こちらに電話をできるチャンスは三回までです。この電話もカウントされますが、よろしいですか」

「構いません。現在お金は準備中です」ここは強気に出てもいいと華は判断する。和馬がいたら同じようにするはずだ。「とにかく娘の声を聞かせてください。娘の安全が確認できない限り、取引には一切応じるつもりはありません」

電話の向こうで誘拐犯は沈黙した。言い過ぎてしまったか。母の悦子が心配そうな顔つきで成り行きを見守っている。数秒後、ようやく声が聞こえてきた。

「いいでしょう。数分後にこちらからかけ直します。非通知設定ですが、電話に出てください」

「わかりました」

「電話をかけることができるのは、あと二回です」

通話が切られた。ここまではうまくいっている。あとは杏の無事を確認できれば課題はクリアとなる。「喉渇いたわね」と悦子が言い、キッチンの方に向かっていった。しばらくして戻ってきた悦子は二本の緑茶のペットボトルを手にしている。一本を受けとり、一口飲んだところで着信音が鳴った。非通知だった。

スマートフォンを操作し、華は呼びかけた。

「もしもし?」

応答はなかった。ガサガサという音が聞こえているだけだったが、ようやく声が聞こえてきた。

「……ママ？」

「杏？　杏なのね？」

「うん、そうだよ」

間違いなく杏の声だ。無事でよかったと胸を撫で下ろしつつ、華は続けざまに質問する。

「杏、元気なのね？　怪我はない？　昨日はよく眠れた？　ご飯とかちゃんと食べさせてもらってるの？」

「私は元気だよ。昨日も眠れたし、ご飯も食べたよ。お菓子も食べた」

口調ははっきりしている。犯人に無理矢理言わされている感じはなく、自分の意思で喋っているように感じられた。杏が続けて言う。

「ママ、ごめんね。おめおめと捕まっちゃって」

「そんなこと気にする必要はないのよ。絶対に助けてあげるからね」

「パパは？　パパはいないの？」

杏の言葉を聞き、華は返答に窮した。すると悦子が声を上げた。

「杏ちゃん、ババだよ。今ね、和馬君とジジは杏ちゃんを助けるために頑張ってるの。絶対に杏ちゃんを助けてあげるから、それまでいい子にして待ってて」

「うん、待ってるよ」

「おい、聞いてるか、犯人の野郎」いきなり悦子が口調を変えた。「お前たち、誰に手を出したかわかってるんだろうな。この世には絶対に手を出しちゃあいけない存在ってのがあるんだよ。お前たちはそれに手を出した。お前たちが勝つことは有り得ない。逆立ちしても勝てっこないんだよ」

「ちょっとお母さん、言い過ぎだよ」

通話が切れた。ツーツーという音が聞こえてくる。悦子が口に手を当てた。

「あら、嫌だわ。私ったら。どうしちゃったのかしら、いったい」

「どうしちゃったのかしら、じゃないわよ。あんなこと言って犯人が怒ったらどうするのよ」

「ごめんね、華。何だかムカついてきちゃって……」

しおらしい顔つきで悦子は肩を落としている。十億円のかかった人質なのだし、杏に危害が加えられることはないだろう。今はそう信じるしかない。

とにかく杏が無事であることは判明した。それがわかったことは何よりだ。尊にも伝えないと。華はそう思い、スマートフォンを手にとった。

美雲が虎ノ門にあるビジネスホテルに到着したのは午前八時少し前のことだった。乗り換えのために品川駅構内を歩いていたところ、桜庭香から連絡があったのだ。虎ノ門にあるビジネスホテルの従業員が和馬らしき男性を見かけ、本部に通報が入ったというのだ。香は早朝から特捜本部に詰めており、その情報を摑んだという。美雲はすぐさま急行した。

「こっちだ、美雲」

「香先輩、おはようございます」

ホテルの前で香は待っていた。すでにほかの捜査員も到着しているらしい。中に入り、ロビーの奥の事務室に向かう。二人の捜査員がホテルの従業員から話を聞いている。

「……七時くらいですかね。ホテルから出ていく姿を見かけたんです。それからしばらくして、そうですね、十分後くらいでしょうか。またホテルの中に入ってきたんです。そのときに顔を見たんですよ。警察から送られてきたファックスの顔写真によく似ているなと思いました」

エレベーターの前に立った和馬だったが、何を思ったのか、いきなりフロントの方に体を向けてきたらしい。その時点でホテルマンは確信する。間違いない、ファックスの男だ、と。

「私の一存で一一〇番通報するのはいかがなものかと思い、まずは奥にいた支配人に電話をかけました。すると問題の男性はエレベーターの前から離れ、ホテルから出ていってしまったんです。慌ててあとを追ったんですが、外に出たときにはもういませんでした」

事務室の奥には多くのモニター画面が並んでいる一角がある。ホテル内の防犯カメラの映像が集められているようだ。そこでも二人の捜査員が警備員らしき男たちとともに映像の分析をおこなっていた。

「兄貴は昨日から泊まっていたそうだ」隣で香が説明してくれる。「今、鑑識課の職員が兄貴が泊まった部屋を調べてる。私もさっき見てきたけど、何も置いてなかったよ。ゴミ箱から使用済みの湿布や錠剤のゴミが見つかったらしい」

「桜庭先輩、怪我をしてるってことですか？」

「らしいな。錠剤は痛み止めだったと聞いている。昨日窓から飛び降りたときに足でも痛めたのかもな」

このホテルは全室シングルルームで、主な客層は地方から出張してきたサラリーマンのようだった。さきほどフロント前を通りかかったときも、荷物を持ったスーツ姿の客たちがチェックアウトの手続きで並んでいた。

「香先輩、桜庭先輩は宿泊費をどうやって払ったんですか？」

「事前に払ったようだ。現金でな。でもおかしなことに昨日チェックインの手続きをしたのは兄貴じゃなかったみたいだ。今、それをあっちで調べてくれてるよ」

カメラのモニターが並んでいる一角に足を向ける。二名の捜査員がホテルの警備員と一緒にパソコンの画面を確認していた。和馬でないとすれば、誰がチェックインをしたのだろうか。協力者がいるということか。

「見つけました。この男性ですね」

捜査員の一人がそう言って一台のモニターを指でさした。美雲はモニターを見る。右下の時刻は昨日の午後五時過ぎだった。フロントの前に一人の男が立っている。金を払った男がカードキーを受けとるのが見えた。男は一瞬だけカメラ目線となる。そこにカメラがあることを意識した視線だった。

「この男性がチェックインの手続きをしたと見て間違いなさそうです」

捜査員の声が耳を素通りしていく。なぜ猿彦がここに映っているのだろうか。カードキーを受けとった男性は間違いなく助手の山本猿彦だ。美雲がこの世に生を受けたとき、すでに北条家に仕えていたベテランの探偵助手だ。

「美雲、どうした？」

香に訊かれ、美雲は短く言った。

「すみません。外します」

美雲は事務室から出た。宿泊客で混み合うロビーを抜け、外に出る。それからすぐにスマートフォンで猿彦に電話をかけた。しかしどれだけ待っても繋がることはなかった。

猿彦は一昨日から入院している。人間ドックの数値が悪かったための検査入院らしい。どの数値が悪かったのか、どこの病院に入院するのか、訊いたが教えてくれなかった。

続けて美雲は母の貴子《たかこ》に電話をかけてみた。実家に住む母なら何か知っているかもしれないと思ったのだ。すぐに通話は繋がった。

「美雲、こんな時間に珍しいな。もしかして渉さんと喧嘩でもしたんか？」

「違うってば。ねえお母さん。猿彦が入院してる病院、知らない？」

「知らんけど。私が訊いても教えてくれへんかった。猿彦も年やし、あちこち体にガタが来てんのやろ」

母も知らないとなると、知っていそうな人はあと一人だけだ。

「お父さんは？　お父さんも知らないかな？」

「宗太郎さんやったら、どっか旅行行く言うて何日か前に出ていったきりやで」

父の宗太郎には放浪癖があり、事件がないときなどふらりと海外に飛び立ってしまうのが日常茶飯事だった。仮に今、父がチベットにいたとしても美雲は驚くことはない。北条宗太郎とはそういう男だ。

「どうかしたんか？　猿彦に用があるんか？」

「ちょっと訊きたいことがあっただけ。ごめんね」

「待ちなさい、美雲。あんた、そろそろ渉さんと正式に……」

強引に通話を切った。ちょうどそのとき、背後から近づいてくる足音が聞こえた。香がこちらに向かって走ってくる。

「おい、美雲。どっか調子が悪いのか？」

「大丈夫です。ちょっと気になることがあったので、電話をかけて確認しただけです。問題ありません」

「そうか。それならいいけどな」

香は猿彦とは会ったことがないので、モニターを見ても気づかなかったのだ。でもどうして猿彦があのモニターに映っていたのか、まったくわからなかった。猿彦は入院していたのではなかったのか。しかもなぜ和馬に協力しているのか。その理由も思い浮かばない。

何だか嫌な予感がする。これまで幾多の事件を解決に導いてきたが、今回の事件は極めて特殊だ。私の知らないところで得体の知れない何かが蠢《うごめ》いているような、そんな気がするのだ。こんな風に感じるのは初めてだ。

「おい、美雲。私たちはどうする？　このまま兄貴を追うか？」

「いえ、私に考えがあります。行きましょう」

そう言って美雲は歩き出す。こんなときだからこそ、基本に立ち戻らなければならない。手がかりがありそうなところから手をつけるのだ。和馬の捜索はほかの捜査員に任せておけばいい。

一時間後、美雲は西武池袋線の桜台《さくらだい》駅に降り立った。昨日広瀬の遺体が発見された練馬駅の隣の駅だ。目当ての場所は環七通りにほど近い場所にあった。倉庫のような建物だった。外にトラックが一台、停まっているのが見えた。

「ごめんください」

そう声をかけ、美雲は倉庫の中を覗き込んだ。中には数台の印刷機が並んでいる。今は稼働していないようだ。奥から作業着を着た男が出てきた。警察手帳を見せて身分を明かす。

「私は警視庁捜査一課の北条、こちらは桜庭です。朝山《あさやま》さんはいらっしゃいますか？」

「朝山は俺だよ」男が帽子を脱ぎながら答えた。「女二人組の刑事さんも珍しいね。あれだろ。広瀬の件で来たんだよな」

彼は朝山真司《しんじ》といい、ここで個人で印刷会社を経営している男だ。元々はヒロセ・グラフィックの前身である広瀬印刷の従業員だったようだが、広瀬が新会社を設立する際、朝山も独立して今の会社を起ち上げたという。広瀬印刷で使用していた印刷機やその他の備品を引き継いだのも朝山らしい。

「ここじゃ何だし、こっちにおいでよ」

奥には事務室のような場所があり、そこに案内された。一人で切り盛りしているようで、ほかに従業員の姿は見当たらない。

「昨日来た刑事に全部話したつもりだけどな」お喋りな男のようで、こちらが質問する前に勝手に話し出す。「広瀬を恨んでるような奴に心当たりはないよ。仕事も順調だったし、トラブルのようなものも抱えてはいなかった。強いて言えば事務員の優里ちゃんかな。自分の女を事務員として雇うのはどうかと思ったけど、まあ俺が口を出す問題でもないしね」

美雲が調べた限りでは、広瀬は自分がとってきた仕事の大部分を、朝山印刷に発注していた。ちなみにデザイン関係の仕事は青山にあるデザイン事務所に依頼していることがわかっていた。昨夜電話で青山にあるデザイン事務所の担当者と話したのだが、広瀬とはプライベートでの交流はほとんどなく、やりとりもほぼ電話かメールで済ませているとの話だった。

「今日は広瀬さんのビジネスの話を聞かせてもらいに参りました。朝山さんは広瀬さんのお父さんの代からのお付き合いですよね。今の会社を起ち上げたのが五年前と聞いております。朝山さんから見て広瀬さんの会社はどう見えますか？」

元警察官にして、デザイン会社の社長であった広瀬孝。謎に包まれている双葉美羽という女よりも、広瀬の方が現実的な存在だった。何かヒントがあるとすれば広瀬の方ではないか。そう美雲は考えたのだ。

「最初はどうなることかと思ったけど、意外にも商才があるっていうか、ちょっと驚いた部分もあったよね」

広瀬の父は地元商店のチラシの印刷などを主な仕事としていたが、広瀬はそういう仕事から手を引いた。そして広瀬が最初に請け負った仕事を知り、朝山は驚いたという。

「古巣の警視庁から仕事をとってきたんだ。警察官募集のポスターだった。結構な枚数を刷ったんじゃないかな」

それを皮切りにして、広瀬はいくつかの仕事をとってきた。官公庁の印刷物が多く、やはり警察関連の仕事が多数を占めていた。どの仕事も指名競争入札であり、入札できないことも多かったが、途切れない程度には朝山のところにも仕事が回ってきたという。

「たまにでかい仕事をとってきたこともあったよ。去年には交通何とか協会のパンフレットを作った。見本が残ってたはずだ」

朝山は立ち上がり、壁際にある棚を漁り始めた。やがて一枚のパンフレットをこちらに寄越した。美雲は受けとったパンフレットを眺めた。

交通マナー啓蒙のパンフレットだ。特に昨今増えている煽り運転への注意が書かれていた。内容からして都内すべての警察署、もしくは公的機関に配布されるレベルの印刷物だと思われた。作製している一般財団法人は警察の二次団体とも言える組織だ。退職した警察官が勤めることが多いと聞く。

「久し振りに夜間も印刷機を回したよ。そのくらいの量を作ったって意味だよ。うちもかなり儲けさせてもらったし、広瀬社長も儲かったんじゃないの。うちみたいな吹けば飛ぶような零細企業が、こんなでかい仕事をもらえるとは思ってもいなかったよ」

朝山はほかにも広瀬から回ってきた仕事を教えてくれる。一昨年は警察官募集や秋の交通安全週間のポスター、新規採用警察官に配る小冊子などを作製したらしい。いずれも発注元は警視庁だ。

「お世辞にも柄がいいとは言えないし、奴が後を継ぐって聞いたときは正直心配だった。でも人を見た目で判断しちゃいけないね。ああ見えて商才はあったってことだから」

もっとも得意先の社長が亡くなったのだ。朝山はショックを隠し切れない様子だったが、彼自身高齢のため、そろそろ会社を畳むつもりだったらしい。いずれにしても朝山に広瀬を殺す動機は見つからない。

「ご協力ありがとうございました」

朝山に礼を言ってから外に出た。土産替わりにもらったパンフレットを見る。昨年ヒロセ・グラフィックが朝山印刷に作製を依頼した品物だ。

「おい、美雲。何かプンプン匂うな」

「私もですよ、香先輩」

いくら元警察官といえども、そう簡単に警視庁からの仕事をとれるわけがない。警視庁からヒロセ・グラフィックに発注された仕事を正確に洗い出す必要がある。

「とにかくいったん警視庁に戻りましょう」

環七通りには多くの車が行き交っている。通りかかった空車のタクシーに向かって美雲は手を上げた。

上野駅の構内は大変混雑している。和馬は背中を丸め、構内を歩いていた。時刻は午前十時になろうとしている。ずっと駅ビル内にあるカフェで時間を潰していた。通勤ラッシュが収まるのを待つためだ。混雑時の電車の車内やホームは人に紛れることができるが、その分身動きがとれなくなる。万が一発見された場合、逃げ遅れることがあってはならない。絶対に捕まってはいけない。杏のためにも。

和馬は階段を上り、ホームに出た。アナウンスが聞こえ、池袋方面行きの山手線が滑り込んでくる。中を見ると予想していた程度の乗車率だった。これなら問題あるまい。そう判断して和馬は電車に乗り込んだ。

車内はそれほど混んでいなかった。空いている座席に座り、上着のポケットから広瀬のスマートフォンを出す。

最初の関門だ。和馬は昨日猿彦から教えられた暗証番号を入力する。ロックが解除されるのを見て、和馬は安堵した。ここまでは順調だ。

起動するまでに時間を要した。それを待つ時間がやけに長く感じた。電車は鶯谷《うぐいすだに》駅に到着した。乗ってきた客の一人が和馬の前に立ちはだかる。スケートボードを持った若者だった。不審な様子はなさそうだったので、和馬はスマートフォンの画面に目を落とした。

いくつかのアイコンが並んでいる。突然スマートフォンが震え始め、和馬は驚いた。いくつかの不在着信やメールを立て続けに受信したようだ。知らない名前が並んでいる。非通知の着信は警察からかもしれない。

ＧＰＳの位置情報の設定を変更しようとしたが、初めて扱う機種のために勝手がわからなかった。それに設定を変更したところで、微細な電波が出てしまうとも聞いたことがある。どうせチャンスは一度きりだ。このまま使用することに決めた。

まずは電話帳から確認する。ハ行を見たが、そこに『双葉美羽』の名前はない。試しにマ行を見たが、『美羽』という名前でも登録はなかった。そう簡単にはいかないようだ。

続いてメールを確認する。昔はメールと言えば電話会社が提供するメール機能一択だったが、今では多数のメッセージアプリが存在するし、SNSもある。ただし広瀬に関して言えば、主にメール機能を使用しているようだった。受信メールを確認していく。

一週間ほど遡《さかのぼ》ってメールを確認したが、特に怪しいものはなかった。打ち合わせや飲食のための連絡がほとんどで、プライベートのメールがほとんどなかった。強いて言えば『優里』と登録された女性とのやりとりだけは、広瀬の日常的な部分が窺えた。今日は〇〇を食べよう、今から眠る、などといった他愛のないやりとりだ。優里という女性は広瀬の妻、もしくは恋人だった可能性が高い。

送信メール、ゴミ箱等も確認したのだが、怪しいメールは見当たらない。ちなみに一昨日の双葉美羽が殺された夜、広瀬が最後に送ったメールは『優里』宛てのもので、内容は『今夜は店に行けそうにない』というものだった。優里という女性、水商売なのかもしれない。

電車が停まる。日暮里《にっぽり》駅だった。乗車客と降車客はちょうど半々といったところだった。再び電車が発進する。

一応SNSをやっているようなので、そのアイコンを押してアプリを開いてみる。次々と確認していくのだが、気になるような情報を得ることはできなかった。検索バーの履歴を見たが、何やら競馬関係のワードが目立った。

思いついたことがあり、リダイヤルの画面を見た。一番多いのは『優里』、その次は『朝山』という登録名だ。さきほどの受信メールでも朝山という名前はあった。仕事関係のメールのようだった。無駄かもしれないが、一応『優里』と『朝山』の電話番号をメモした。それ以外にも最近通話したと思われる人物と電話番号を手帳に書き写した。

再びメールに戻り、さらに遡って受信メールを読む。『優里』のメールは無視することにした。どうせたいした内容ではないとわかったからだ。それでも怪しいメールに行き当たることはなかった。

焦りが募る。集中している間にかなり時間が経過していた。そろそろ池袋に着くようだ。電車に乗って十五分ほど経っているだろう。

このままではリスクを冒してスマートフォンの電源を入れた意味がない。電車が減速し、池袋駅に到着した。乗り降りする客が多かった。車内は結構混雑している。

電車が発進する。和馬は周囲の様子を観察する。怪しい人影はまだ見えない。まだこちらの場所は特定されていないと考えてよさそうだ。

額に滲んだ汗を手で拭いてから、再びスマートフォンの画面に視線を落とす。見慣れたアイコンを見つけた。和馬も自分のスマートフォンに入れてあるアプリだ。大手プロバイダ会社の無料アプリで、和馬はニュースを見るときはこれを利用する。ニュースだけではなく、天気予報や乗り換え案内、宿泊予約、ネット通販もできる多機能アプリだ。

アプリを起ち上げる。当然、中にはメール機能もある。そのメールを確認すると、数通のメールが残っていた。

そのメールを読み、和馬は自分の体温が上がるのを知った。一昨日の夜、正確に言えば日付が変わった深夜一時前に受信したメールで、内容は『一七〇一号室。先に部屋に入っているから』というものだった。一七〇一号室というのはほかでもない、昨日の朝、和馬が目を覚ました部屋のルームナンバーだ。

メールの送り主はアルファベットで『ｔｗｉｎｌｅａｆ』となっている。ツインリーフ、二枚の葉、という意味だ。双葉という名字に通じるものだ。

つまり一昨日、双葉美羽と広瀬孝はあのホテルの一室で密会する予定になっていたのだ。広瀬はここ最近、双葉美羽と連絡をとろうと躍起になっていたらしい。ようやく彼女と連絡がとれ、面会することになったとは考えられないか。そして彼女が指定してきたのが、あのホテルの一室ということだ。

次は高田馬場《たかだのばば》だった。和馬は念のためにツインリーフのメールアドレスを手帳にメモした。そろそろリミットが近づいているかもしれない。新宿あたりで降りた方がよさそうだ。そう思いつつも、さらなる情報を求めて和馬はスマートフォンに目を落とした。

「おいおい、広瀬の会社、こんなに警視庁から仕事を請け負っているのかよ」

警視庁に戻った美雲たちは庶務関係のシステムを利用し、ヒロセ・グラフィックが過去に警視庁から受注した仕事を調べていた。

広瀬が今の会社を設立したのは五年前のことだった。最初の年は仕事をとっていなかったようだが、二年目からは数件の仕事を受注していた。ただし金額としては総額で百万円ほど。細かな仕事が多かった。

ところが三年目になると一気に金額が跳ね上がる。二千万円を超える額の仕事を請け負っていた。朝山も言っていたように、新規採用警察官に配る小冊子の作製を受注した影響かもしれない。四年目も同程度の金額だった。

「美雲、こいつは怪しいな」

「そうですね。ちょっとヤバいところに足を踏み入れてますね、私たち」

警視庁は公的機関であり、ほかの役所と同じように予算が割り当てられ、各課がその予算を使って仕事をしている。たとえば交通安全週間のポスターを作る場合、交通課に割り当てられた予算を使い、交通課の職員がみずから印刷会社に仕事を発注するわけだ。

ただし、その金額によっては指名競争入札をおこなう場合もあり、その入札に関しては契約関係の事務を取り扱う部署が専門的におこなっている。警視庁は総務部内に担当する課があるはずだ。実は美雲は刑事畑一筋のため、庁内の事務的なことに若干疎いという弱点があるのだが、それでも広瀬の会社には怪しいところがあると気づいていた。

設立して間もない会社にも拘わらず、こうも多くの仕事を受注できたのは、たまたま運がよかったからとは考えにくい。そこに何らかの力が作用していたと考えてもよさそうだ。しかも広瀬は元警察官、警視庁内にも馴染みの事務職員がいることだろう。となると――。

「不正入札か」

香が声を潜めて言った。今、美雲たちは香が所属する広報課の片隅にいる。当然、ほかの課員は普通に職務中だ。彼らに話を聞かれるわけにはいかない。

「シー」と美雲は人差し指を唇に押し当ててから、小声で言った。「広瀬の会社の受注記録、プリントアウトしてください。そしたら外に出ましょう」

「わかった」

十分後、美雲たちは警視庁から出た。特に次に向かう場所が決まっているわけではなかったので、とりあえず桜田門《さくらだもん》駅に向かうことにする。香が深刻そうな顔をして言った。

「広瀬は事前に入札情報を知っていたから、これだけたくさんの仕事がとれた。そういうことか？」

「でしょうね。そうとしか考えられません。しかも警視庁だけではなく、一般財団法人からも仕事をとっていたみたいですからね」

交通マナー啓蒙のパンフレットだ。朝山から見本をもらっていた。あの仕事が一番大きかったと朝山自身も語っていた。

「大物ＯＢあたりが裏にいるってことか？」

「それは私も考えました。ですが、私の印象としてはもっとビジネスっぽい感じだと思うんですよね。まあ内通者がいるのは間違いないですが」

一人の元警察官が私腹を肥やすためにやっているにしては、規模も大きいし手口も大胆かつ緻密なものだと思われた。鍵になるのは殺された広瀬だ。美雲はそう睨んでいた。なぜならその証拠に――。

「広瀬の会社は、今年度は一件も警視庁からの仕事をとっていないのが気になりました。今は十月です。一件くらいは仕事を受注していてもおかしくない時期です」

「外されたってわけか」

「可能性はあります。それが広瀬が殺害された動機にも繋がっているかもしれません」

「やっぱり美雲は凄いな」感心したように香が言う。「捜査をしてるときは本当に活き活きしてるな。水を得た魚とはこのことだ」

「一応、こう見えて刑事なので」

地下鉄の階段を下り始めたところで、香が足を止めた。「ちょっと待ってくれ」と言い、地上に引き返しながらスマートフォンを耳に当てる。そのまま何やら話し始める。その顔つきからして何か動きがあったようだ。

「……わかった。ありがとな。恩に着るぜ」通話を終えてから香が言った。「実は新宿の特捜本部に同期がいるんだが、そいつからの情報だ。二十分ほど前、広瀬のスマホのGPSが反応したらしい。その動きからして山手線に乗っているようだ。そろそろ新宿に到着する頃みたいだ。近くにいる捜査員は新宿に急行せよ。そういう命令が下されたようだ」

残念ながらここから新宿では遠過ぎる。今から向かってもとても間に合いそうにない。しかし今、広瀬のスマートフォンは電源がオンになっているという。それならば――。

美雲は自分のスマートフォンをバッグからとり出した。

電車が新宿駅のホームに到着した。窓の外にスーツを着た男たちの姿が見えた。一瞬見えただけだったが、どことなく不穏そうな雰囲気が伝わってくる。おそらく彼らは刑事だろう。居場所を特定されたと考えてよさそうだ。

ドアが開いた。まずは降車客が先に降りていく。手にしたスマートフォンの電源を切ろうとしたところ、小さく振動した。ショートメールを受信したようだ。画面に触れてメールを表示させる。

『連絡をください。北条』

短くそう書かれていた。美雲からだ。〇九〇で始まる番号は美雲の携帯番号だろうと推測し、和馬はその番号を手帳にメモしたあと、ボタンを長押ししてスマートフォンの電源を切った。座席から立ち上がり、体を斜めにしながら乗客たちの間をすり抜けた。発車のベルが鳴り始める中、和馬はホームに降り立った。

何気ない顔つきでホームを見回す。階段に向かう人たちの列に紛れ込んだ。目立ってはならない。顔を下に向け、自分の革靴を見ながら階段を下りていく。

駅の構内を歩く。多くの人が行き交っている。まだ見つかった気配はない。これだけの人がいるのだから、そう簡単に見つけ出せるわけがない。新宿で降りたのは正解だった。上野で買った切符も新宿までの料金のものだった。

広瀬のスマートフォンの中身を見たが、収穫があったとは言い難い。それでも彼のメール履歴の中にツインリーフなる人物からのメールが残されていたのは、一つの発見であり、一筋の光明だった。ツインリーフと名乗る人物の正体は、そのメールの内容からして双葉美羽だと思われた。

双葉美羽を殺害したのは広瀬ではないのか。和馬はそう思い始めていた。二人の間にどんなトラブルがあったのかわからないが、あのメールを読んだ限り、広瀬は美羽が殺害された部屋に呼び出されている。それだけで疑うに値する。

中央東口の改札口から外に出た。新宿三丁目方面に向かって歩き始める。背後を観察したが、追跡されている形跡はなかった。俺がいまだに山手線に乗車中だと思っているのか。とりあえず大きく息を吐いた。

路上に電話ボックスがあるのが見えたので、和馬は中に入った。硬貨を入れて、華に電話をかける。すぐに繋がった。

「和君？」

「そうだ。俺だ。すまない。もっと早く電話をかけようと思っていたんだけどね」早速用件に入る。「どうだった？　杏は無事だったか？」

「うん、無事だった。少しだけど話せた。杏は元気そうだった。和君の言う通りにしてよかったわ。安心できたから」

杏が無事だったことは何よりだが、事態が好転したわけではない。依然として杏は囚われの身になっているのだ。

「お義父さんは？　金の準備はできたのか？」

「わからない。連絡がとれないの」

「そうか……」

本来であれば華のもとに向かい、より詳しい状況を知りたいところだ。それが夫として、杏の父親として当然の義務だとわかっている。自分の置かれた状況に焦りが募る一方だった。

「またしばらくしたら連絡する。華、本当にすまない」

「お母さんもいてくれるから、こっちは大丈夫よ」

「頼むぞ、華」

通話を切った。家族が窮地に陥っているというのに、何もできない自分が情けない。しかしここで落ち込んでいるわけにはいかなかった。受話器をいったんフックにかけ、すぐに持ち上げる。北条美雲に連絡をとろうと思っていた。彼女は信頼に足る人物だし、何よりもその推理能力には目を見張るものがある。彼女ほど力強い味方はいない。

番号をプッシュしていると、背後でノックする音が聞こえた。振り向くとそこにはスーツを着た男性の二人組が立っている。片方の男が警察手帳のバッジをこちらに見せていた。和馬は唇を噛んだ。しまった、警戒を怠ってしまった。

受話器をフックに戻す。速やかに出てこい。二人はそういう目でこちらを見ている。二人ともまだ若く、二十代のようだ。見たことがない顔なので、新宿署の刑事だと思われた。拳銃を出していないのは、通行人をパニックにさせない配慮からか。

和馬は両手を上げ、肩でドアを押すように外に出た。男の一人が言った。

「桜庭警部補ですね？」

和馬はうなずいた。男が続けて言った。

「ドアに手をついて、こちらに背中を向けてください」

言われるがまま、電話ボックスのドアに両手をつく。腰のあたりを探られた。ここで捕まるわけにはいかなかった。

和馬はすぐさま行動した。腰に置かれていた相手の手を摑み、強引に捻り上げる。そのまま男のホルスターから拳銃を奪いとりながら、背中の後ろに回り込む。男のこめかみに銃口を押し当てた。もう一人の刑事は青白い顔でみずからの拳銃をこちらに向かって構えている。実戦で拳銃を構えたことは初めてなのだろう。そういう緊張感が伝わってくる。しかし和馬にしても同僚の頭に拳銃を突きつけたのは初めてだ。

「余計な真似をするな。仲間が死んでもいいのか」

和馬はそう言いながら、さらに強く拳銃を男のこめかみに押し当てた。「わかりました、落ち着いてください」ともう一人の刑事は中腰の姿勢をとり、拳銃を地面に置いた。騒ぎを聞きつけた通行人がざわつき始めている。和馬は地面の上の拳銃を思い切り蹴った。

よし、今だ。

和馬は拘束していた男を突き飛ばし、持っていた拳銃を遠くに投げ捨てた。そのまま踵を返し、振り返ることなく走り出した。「待て」という声が聞こえたが、追ってくる足音はなかなか聞こえてこない。おそらく二人は拳銃の回収を優先するはず。そう判断したのだ。

まだ追ってくる足音は聞こえてこない。地下鉄に通じる階段があったので、和馬はそこに駆け込んだ。

華は通話を終えたスマートフォンを充電器に接続した。ほんの短い時間だけだが、和馬の声を聞けて嬉しかった。こんな大変な時期にどうして一緒にいてくれないのか。そういう不満がないわけでもなかったが、そもそも杏が誘拐されたのは三雲家がLの一族だからという事情もある。和馬を強く責めることはできない。

玄関の方で物音が聞こえた。リビングから廊下を覗くと、玄関から尊が入ってくるのが見えた。台車を押していて、その上には大きな箱が載せられている。

「お父さん、いったい何事？」

尊は答えずに台車を押してリビングに入ってくる。母の悦子もやってきて、尊の持ってきた荷物を興味津々といった顔つきで見ていた。尊が台車に載せた箱を開けた。中から出てきたのは小型の両替機だ。

「お父さん、何する気？」

尊は答えない。小型の両替機をテーブルの上に置き、コンセントに電源プラグを差し込んだ。そして懐から財布を出し、一枚の一万円札を華たちに見せるようにヒラヒラと振った。

「諸君、よく見ておくように」

尊はそう言いながら手に持っていた紙幣を両替機の挿入口に入れた。すると一万円札が両替され、下の取り出し口から十枚の千円札が出てくる。尊は満足げにうなずいた。

悦子が目を見開いて言った。

「あなた、これって、まさか……」

「そうだ。なかなかの出来栄えだろう」

尊はそう言って不敵な笑みを浮かべるが、華には意味がわからない。一万円札を千円札に両替しただけだ。これのどこが凄いのだろうか。

「悦子、お前もやってみるがいい」

そう言って尊は悦子に一万円札を渡す。悦子はそれを両替機に入れ、出てきた千円札を見て興奮気味に言った。

「あなた、やったわね」

「このくらいは当然だ」

尊は胸を張った。仕方なく華は疑問を口にする。

「どういうこと？　ただ一万円を両替しただけでしょ。これのどこが凄いっていうの？」

「華、驚くなよ」尊がそう言って一万円札をヒラヒラさせながら言う。「これは偽札なんだ。俺の友人に文書偽造のスペシャリストがいるんだ。普段は免許証やパスポートなどを偽造しているんだが、そいつに無理を言って製作してもらったんだ。本物そっくりの偽札だぞ。いや、すでに偽札の域をはるかに超えてしまっているだろうな」

華は手を伸ばし、尊の手から紙幣を奪った。たしかによくできている。透かしも入っているし、どこから見ても本物の新札のように見える。しかし——。

「忙しくなるぞ。なんたって十億枚も印刷しないとならないからな。紙の確保だけでも大変だ。印刷と裁断は俺に任せておけ。悦子、お前には封入をやってもらうつもりだ」

「そういうのは得意よ。任せておいて」

二人は何やら楽しげに話している。

「お父さん、ちょっと待って」口に出さずにはいられなかった。「身代金を偽札で払うっていうの？　もし犯人に気づかれたら杏はどうなるの？」

「気づかれることはない。昨日俺が言ったことを憶えてるか？　豪華客船に乗ったつもりでいろ。そう言っただろ」

「こんなの豪華客船なんかじゃない。継ぎはぎだらけの難破船よ」

「おい、華。父親に向かって失礼なことを言うんじゃない。俺は日本最高レベルの偽札を作ったんだぞ」

「杏の命がかかってるんだよ。まさか偽札で身代金を払うなんて……」

「ほかに方法がないんだから仕方ないだろうが。これがベストの方法なんだ。杏ちゃんを助けるためのな」

華はその場に座り込んだ。そして手に持っていた紙幣を握り潰す。やはり父を頼ったのが間違いだった。最初から警察を頼るべきだったのだ。頭上で尊の声が聞こえた。

「いいか、華。敵は卑劣な犯罪者なんだぞ。八歳の子供を誘拐して、十億もの金を要求してくるなんて、どう考えても正気の沙汰じゃない。目には目を、歯には歯を、犯罪には犯罪を、だ」

華は立ち上がり、くしゃくしゃに丸めてしまった偽札を尊に向かって投げつけた。

「おい、華。何をするんだ。偽札だからって粗末に扱うんじゃない」

「もういい。もういいから。お父さんを信用したのが間違いだった」

「華、落ち着け。ほかに方法があると思うか？」

「ないけど、こんなのは間違ってるよ」

テーブルの上で充電中だったスマートフォンをとる。それから財布などが入っているバッグを持ち、部屋を飛び出した。背後で尊が呼び止めていたが、耳を塞ぐように廊下を走る。エレベーターは下降中だったので、階段を下りることにした。

一階まで駆け下りて、エントランスから外に出た。見張りの覆面パトカーが停まっているのが見えた。外に出てきた華に気づいたらしく、助手席のドアが開いて、一人のスーツ姿の刑事が降り立った。

尾行したいなら勝手にすればいい。華は意に介さずに歩き出した。


「は、華さん、ほ、本当なのか？　本当に杏ちゃんは……」

「間違いありません。今まで黙っていて申し訳ありませんでした」

華は桜庭家を訪れていた。杏が誘拐されてしまった。それを正直に話したところ、義父の桜庭典和は絶句した。典和も杏の行方を気にかけてくれており、昨日から何度もやりとりをしている。結果的に騙してしまったことになり、その点では何の申し開きもできない。一方的にこちらが悪い。

「まったく何てことだ……。とにかく華さん、起こったことを時系列順に話してくれ。どんな些細なことでも構わない。思い出したことは全部話すように」

「はい……」

警察官だけのことはあり、典和がとり乱していたのはほんの数秒のことだった。すぐに真顔に戻り、テーブルの上で手帳を開いた。警察官の顔そのものだ。

昨日からのことを順を追って説明する。和馬からの電話の件も正直に話した。話し終えると典和が眉間を押さえながら言った。

「和馬の件は俺も知ってる。昨日の午後、知らされたんだ」

助けを求めてくるようなことがあったら、必ず知らせるように。そういう命令が上からあったそうだ。昨日の午前中に一度和馬からここに電話があったようだが、今の状況については何も触れなかったらしい。

「あいつも内心は助けを求めたかったんだと思う。でも何とか思いとどまったんだ。俺たちを巻き込むわけにはいかないとな。水臭い奴だ」

何となく理解できた。おそらく和馬は今、一人きりだ。それに比べて私は恵まれている。こうして頼れる人物がいるのだ。実の家族はあまりにエキセントリックで困りものではあるのだけれど。

「俺に相談したということは」真顔で典和が念を押してくる。「警察沙汰にしてもいい。そう考えていいんだな?」

「……はい。お願いします。父たちに任せておくと不安なので……」

「わかった。すぐに警察に連絡しよう。この手の犯罪が起きた場合、警視庁の特殊犯罪対策課という部署が捜査に乗り出すことになる。犯人との交渉、身代金の受け渡し方法、すべてを一手に引き受けることになる精鋭部隊だ」

スマートフォン片手に典和は立ち上がる。警察に連絡をするつもりのようだ。

「お義父さん、おわかりだと思いますが、私たち三雲家のことは……」

「心配するな、華さん」典和がうなずいた。「三雲家の素性がバレてしまったら俺たちだってただでは済まない。うまくやるから安心してくれ。あのお二人にもここは静観してもらっておいた方がよさそうだ。あとで俺から連絡しておこう」

大人しくしてもらった方が賢明だ。身代金を用意するために偽札作りに精を出すなど、常人の考えが通用する人たちではない。

「犯人が車を乗り捨てた駐車場というのも気になるな。今日は美佐子が出勤中だ。鑑識を向かわせるのも手かもしれん」

昨日渉から寄せられた情報だ。杏を誘拐した黒いクラウンが、北千住の立体駐車場に乗り捨てられている可能性が高いという。

「忙しくなるぞ。この家を前線本部として使ってもらうことにしようじゃないか」

典和の目が光る。孫を誘拐されたという悔しさと、警察官として捜査に懸ける思いが、同居したような眼差しだった。

典和が部屋から出ていった。縁側から中庭が見え、そこには犬小屋がある。元警察犬のアポロが寝そべっている。華は立ち上がって縁側の窓を開けた。「アポロ」と呼ぶと老シェパードが近づいてくる。

「ありがとね、アポロ。昨日から杏を捜してくれてたんだよね」

アポロが華の手を舐める。杏はきっと助かるぞ。そんな風に励まされているような気がした。杏、大丈夫だからね。きっと助けてあげるからね。そう心の中で娘に語りかけるしか、今の華にはできることがなかった。


「おい、大岩。しっかり見張ってるんだぞ。何かあったら承知しねえぞ」

「押忍、先輩」

隣の部屋からそういったやりとりが聞こえてくる。杏はベッドの上に横になっていた。暇で死にそうだ。

今朝も朝食はパンだった。イチゴジャムのコッペパンとメロンパンだ。今日は金曜日なので普段であれば学校に行っている時間帯だ。私がいなくなってクラスのみんなも心配しているだろうか。

「杏、起きてるか」

声が聞こえてくる。顔を向けるとドアの向こうから大岩がこちらを見ていた。杏は答える。

「起きてるよ。見ればわかるでしょ」

「そうだな。見ればわかるな」

大岩が部屋に入ってくる。それから左手を縛っている紐を解いてくれた。逃がしてくれるものと一瞬だけ期待したが、どうやら違うようだ。ふわりと体が浮く。お姫様抱っこで持ち上げられたのだ。

そのまま隣の部屋に連れていかれた。壁際に置かれたテーブルにはテレビがあった。その前にはゲーム機も置いてある。テレビの前にあるソファに座らされる。革製の座り心地のいいソファだった。

アジトっぽさが満載だ。ドラマや映画で見る悪者のアジトは大体こんな感じだ。剝き出しのコンクリの部屋に、散乱しているカップ麵やペットボトルのゴミ。それから無造作に置かれたマンガ雑誌。イメージ通りで笑ってしまうほどだ。

「ゲームやりたいって言ってただろ」

そう言って大岩がゲーム機の方に目を向けた。いくつかのソフトのケースが置かれている。それらを手にとって見てから、杏は答えた。

「ゲームはいいや」

昨日は暇だったからゲームをやりたいと言ってみたのだが、実は杏はテレビゲームがそれほど好きではない。家の中より外で遊んでいた方が楽しい。放課後にケイドロをやるのが何よりも好きなのだが、ここ最近、杏の通う小学校ではケイドロのブームが下火になりつつあるのが淋しかった。どうしてみんなケイドロをやらないのか。それが不思議でならなかった。オリンピックの正式種目にケイドロがないと知ったとき、杏はショックで言葉が出なかった。

「大岩君、喉渇いた」

「オレンジジュースでいいか？」

「いいよ」

紙パックのジュースを受けとり、ストローをさして飲んだ。転がっているマンガ雑誌はどれも男の子向けのもので、読もうという気分にはなれなかった。大岩は近くにあるパイプ椅子に座っている。大岩は体が大きいので、普通サイズのパイプ椅子から尻がはみ出てしまっている。

「大岩君、こっちに座る？」

「俺はこっちでいい。慣れてるから」

「先輩ってどこに行ったの？」

大岩がぎょろりとした目でこちらを見る。余計なことを訊いてしまったかな。そう思ったが、大岩はあっさりと答えた。

「俺は知らない。俺たちもいろいろと忙しいからな」

「ふーん、忙しいんだ」

「そうだ。俺は頭が悪いから、大体留守番してるけどな」

中学校も出ていない。昨日そんなことを言っていた。杏は大岩の姿を改めて観察した。迷彩色のズボンに、上は黒いTシャツだ。英語で何やら文字が書いてあるが、杏には読めない。首には銀色のネックレスが巻いてあり、野球のバットよりも太い上腕にはドクロのようなタトゥーが入っている。少なくとも杏の周りにはいないタイプの男であり、学校帰りに話しかけられでもしたら一目散に逃げ出して、そのまま交番に駆け込むことだろう。しかし昨日から接しているうちに、どこか放っておけない愛くるしさのようなものを感じ始めていた。少なくとも恐怖心はまったくない。

「大岩君は毎日筋トレしてるの？」

「してないよ。昔はしてた。レスラーだった頃は」

「レスラーって、プロレスラーのこと？」

「そうだ。俺、昔から強かった。それだけが取り柄だった」

ぽつりぽつりと大岩が話し出す。大岩は小学生の頃から体が大きく、喧嘩では負けたことがなかった。中学では柔道部に所属し、そこでも無敗を誇った。しかし大岩が中学二年生の頃に悲劇が起きる。事業に失敗して多額の負債を抱えた父親が、一家心中を図ったのだ。

「車ごと海に飛び込んで、生き残ったのは俺だけだった。施設に預けられたけど、どうにも合わなくて三日で逃げ出した」

向かった先はプロレス団体の道場だった。中学校の柔道部にプロレス好きの同級生がいて、その男の影響で大岩はプロレスが好きになっていた。このデカい体を活かせる職業はプロレスしかない。そう思った。

「入門は許された。毎日毎日練習したよ」

大岩が入門したのは帝国プロレスだった。看板レスラーのファイヤー武蔵《むさし》を筆頭に、人気レスラーが多数在籍する老舗プロレス団体だ。入門してすぐに年齢を偽っていることがバレてしまったが、破門されることはなかった。十七歳のときにデビューし、しばらくは前座で試合をした。本名が大岩 晃《あきら》だったので、リングネームは大岩アキラとした。

「先輩は俺よりあとに入門したんだけど、年が上だったから先輩って呼んでる」

名前は依田《よだ》竜司《りゅうじ》といい、アマチュアレスリングの経験者だった。インターハイでも上位に食い込んだことがある猛者《もさ》で、将来を嘱望される選手だった。しかし素行に問題があり、特に闇カジノにハマっていた。反社会的勢力が運営する賭博場に出入りしていたのだ。

「俺は先輩と同部屋だった。俺、頭が悪いから、先輩がやってることが悪いことかどうかわからなかった。いつも先輩のあとについていてただけだった。そしたら、ある日……」

いつものように賭博場にいたところ、警察のガサ入れに遭遇して捕まってしまったのだ。当然、帝国プロレスからは解雇を言い渡された。漢気《おとこぎ》のあるファイヤー武蔵は運送業などのまともな仕事を斡旋《あっせん》してくれたが、大岩は依田と行動する道を選んだ。何でも屋と名乗り、キャバクラ嬢の送迎や用心棒の真似事のようなこともした。いつしか悪事に手を染めるようになっていた。帝国プロレスを解雇されてから十年以上の時が流れ、依田と大岩は何でも屋とは名ばかりの悪党になった。

「杏、どうした？　泣いてるのか？」

突然、大岩にそう言われて、杏は自分が泣いていることに気がついた。大岩の境遇を思い、込み上げるものがあったのだ。大岩は依田に言われるがまま、悪事に手を染めるようになっていた。一方、杏には泥棒一家の血が流れている。ちょっと似ている気がする。

「泣いてないよ」

杏は涙を手の甲で拭き、もう一度言った。

「私、泣いてないよ」

「そうだな。杏は泣いてないな」

「うん、泣いてないから」

オレンジジュースを飲む。さきほど耳に電話を押しつけられ、少しだけママと話をした。ママはとても心配そうだった。でも大丈夫だよ、と杏はママに向かって心の中で語りかける。少なくとも大岩君は悪い人じゃない。私に危害を加えたりしないだろう。

和馬は池袋にいた。新宿三丁目から都営新宿線に乗り、市《いち》ケ谷《や》で有楽町線に乗り換え、池袋までやってきたのだ。池袋を選んだ理由は特になく、できるだけ大きな繁華街に紛れていたいと思っただけだ。

黒のジャケットと帽子はすでに駅構内のゴミ箱に捨てた。今はジーンズにTシャツを着ているだけだ。今日は暖かいのでこれで十分だった。

右の足首にさほど痛みはない。しかし痛み止めが切れてからでは遅いと思い、和馬は目についたコンビニに駆け込み、パンと牛乳を買った。そのままフードスペースでそれらを食べ、痛み止めを飲んだ。現在のところ、警察に見つかった様子はない。

普段は犯人を追うことを仕事としているが、追われる身になって気づかされる点も多々ある。たとえばこうして都内を逃亡していても、潜伏できる場所は至るところにある。それほどまでに都内には人が溢れている。

一方、防犯カメラの量にも驚かされる。駅の構内、店舗の中など、今や防犯カメラが置かれていない場所はないのではないかと思ってしまうほどだ。こうしてコンビニの店内にいても、防犯カメラの存在は感じとれる。

コンビニを出る。外に公衆電話はなかった。しばらく歩いていると、路肩に電話ボックスが置かれているのを発見する。時刻は午前十一時三十分になろうとしている。電話ボックスに入り、手帳にメモした番号を押す。しばらくして相手に繋がった。

「北条です」

「俺だ。桜庭だ」

「遅いですよ、先輩。待ちくたびれました」

「すまない。電車に乗っていたからね」

「早速ですが、先輩」と美雲はいきなり本題に入ってくる。「先輩は双葉美羽及び広瀬孝の殺害事件に関与していない。私はそういう前提で捜査をしています。先輩を信じていいんですね？」

「もちろんだ。俺はやってない」

「だったらどうして逃亡を？」

「真犯人を捕まえるためだ。これは俺を嵌めるための罠だ。それに今ここで警察に捕まるわけにはいかない」

「杏ちゃんのことですね」

美雲も知っているようだ。おそらく華から聞いたのだろう。昨日華と話したとき、少しだけ美雲の話題も出た。美雲は現在、三雲家の長男の渉と交際している。その関係で三雲家との繋がりも深いのだ。

「そうだ。一刻も早く真犯人を捕まえて、華のもとに向かう。そして杏を救出する。俺がやるべきことはそれだけだ」

しかし内心はそれも難しいのではないかと和馬は感じ始めている。タイムリミットまであと三十六時間あまり。まだ犯人の尻尾も見えていない状況だ。

「先輩、広瀬のスマホから何かわかりましたか？」

「ああ。広瀬は双葉美羽に呼び出され、あのホテルの一室に向かったらしい。ツインリーフと名乗る者から届いたメールが残されていた。そいつが多分、双葉美羽だ」

「二人が殺害されたのは、同じトラブルに巻き込まれた可能性が高いです。広瀬の会社について調べてみたんですが、ちょっと怪しいです。まだ確証は摑めていないんですが」

美雲が優秀な刑事であるのは和馬もよく知っている。特筆すべきは着眼点の良さだろう。寸分の狂いもなく、捜査の糸口となるポイントを見極めるのだ。それは天性のものではないかと和馬は思っている。そんな彼女が怪しいと感じているなら、何かあると期待してよさそうだ。

「先輩、どこかで落ち合うことはできませんか？」

いきなり美雲に提案され、和馬は戸惑った。

「そ、それは……」

「お互いの手の内を見せ合うべきだと思います。情報のすり合わせってやつですね。このままだと時間が経過していくだけです。特捜本部は先輩が犯人だと決めつけています。私たちが何とかするしかないんです」

それもそうかもしれない。和馬はそう思った。さきほど新宿で捜査員二人を何とか振り切ってきたが、もはや来るところまで来てしまった感がある。今では完全に逃亡犯になってしまっている。

「先輩、今どこに?」

答えに迷った。一瞬だけ思案した末、和馬は答える。

「豊島区内にいる」

「十三時に池袋でどうでしょうか。池袋西口公園に十三時です。そこで落ち合いましょう」

真犯人に辿り着くには美雲の協力が必要だ。彼女と話しているうちに、そういう確信が生まれていた。ここは彼女の言う通りにしておくべきだろう。

「わかった。十三時に西口公園だな」

「西口公園は今はとても綺麗になっていて、お洒落なカフェとかもあるんです。中央にある噴水の前で待ち合わせましょう」

「了解だ」

受話器を置いた。戻ってきた硬貨をとり出し、電話ボックスを出た。むやみに歩き回って足首への負担をかけたくない。ネットカフェの看板が見えたので、そこでしばらく時間を潰すことにした。


美雲は今、香とともに新宿署内にある女子更衣室にいた。室内には誰もおらず、密談には最ていたはずだ。

適の場所だった。通話を終えたスマートフォンをバッグに入れる。会話の内容は香にも聞こえ
「美雲、池袋だな。池袋で兄貴と落ち合うってことだな」

「ええ、そうなりますね。ですが、その前に寄るところがあります」

美雲はそう言いながら歩き出し、女子更衣室から出た。新宿警察署はかなり大きな建物で、署内も入り組んでいる。エレベーターを使い、特捜本部のある大会議室に向かった。

ほとんどの捜査員が和馬捜索のために出払っているため、残っている捜査員は数えるほどだった。後方支援的な役割を命じられた者が数名と、残りは陣頭指揮に当たる幹部などだ。一人の捜査員のもとに向かい、美雲は背中から声をかけた。

「失礼します。お時間よろしいでしょうか」

男が振り向いた。捜査会議の席上で自己紹介があったので知っている。捜査一課の管理官だ。美雲が捜査一課にいたときには見なかった顔だ。

「昨日付けで捜査一課に配属になりました北条と申します。以後、お見知りおきを」

男が値踏みするような視線を向けてくる。しかし美雲が続けた言葉を聞き、男が顔色を変えた。

「今しがた桜庭警部補と電話で話しました」

「何だと？　どういうことだ？」

「そのままの意味です。十三時に池袋に現れます。池袋西口公園です。彼を捕らえる千載一遇のチャンスかと」

「それは本当か？」

美雲はバッグからスマートフォンを出し、録音した会話内容を再生する。

『先輩、今どこに？』

『豊島区内にいる』

『十三時に池袋でどうでしょうか。池袋西口公園に十三時です。そこで落ち合いましょう』

『わかった。十三時に西口公園だな』

手の空いている別の捜査員も集まり始めていた。管理官の顔色も変わっている。再生を終えたスマートフォンを手に美雲は言った。

「情報提供を持ちかける形で呼び寄せました。彼は必ず現れます」

「でかしたぞ、北条。噂は伊達じゃないな。おい、できるだけ多くの捜査員を集めろ。三十分後の正午から緊急ミーティング、そのまま池袋に乗り込むぞ」

「よろしいでしょうか」と美雲は進言する。「多くの捜査員を集めるのはわかりますが、実際に公園内に入る捜査員の数は絞った方がいいと思います。向こうもかなり警戒しているはず。中に入るのは十名以内、残りは公園をとり囲むように配置した方がいいのではないでしょうか」

「一理あるな。検討させてもらう。おい、公園の詳細な地図を用意してくれ。それと池袋署への協力要請も忘れるな」

会議室の中が慌ただしくなっていく。背後から肩を摑まれた。振り返ると香がやや怒ったような顔をして立っている。

「おい、美雲。兄貴を捕まえようってことなのかよ」

美雲は答えなかった。答えられないというのが正解だ。周囲には捜査員の目が光っている。

「失望したぜ。まさかお前に裏切られるとはな」

香が立ち去っていく。美雲はその背中を黙って見送ることしかできなかった。


三十分後、大会議室には四十名ほどの捜査員が集まり、緊急ミーティングがおこなわれていた。戻ってこられない捜査員は直接池袋に向かうように指示が出されていた。美雲は会議室の隅の方でミーティングの様子を見守っている。

「いいか、諸君。このチャンスを絶対に逃がすなよ」

公園の配置図がホワイトボードに貼られていた。各自にも同じものが配られている。Aから始まるアルファベットが公園をとり囲むように記されていた。アルファベットはMまであり、そこは基本的に刑事が待機する箇所とされていた。

「時間はないが、準備を怠るなよ。特に公園内に入る八名の捜査員については、周辺環境に馴染む服装を心がけてくれ」

管理官の考えた作戦はこうだ。十三時に和馬は池袋西口公園に姿を現すはずだ。中央の噴水の前に来るまで手を出さない。そして一般人に扮した八名の捜査員が徐々に間を詰めて、一気に四方から取り押さえるという作戦だ。美雲の提案が通ったことになる。

美雲の手元には名簿がある。この特捜本部に動員されている捜査員の顔写真つき名簿だ。新参者なので皆さんの顔と名前を覚えたい。そう告げると借りることができたのだ。一人一人、顔と名前を照らし合わせながら、美雲は集まっている捜査員の名前を確認していく。

特捜本部に動員されている捜査員の中で、一番多いのは捜査一課の刑事で、その次が新宿署の刑事課に所属する者たちだった。広瀬孝殺害事件も同一犯の可能性が高いため、練馬署からも応援が駆けつけているらしいが、その数は六名ほどだ。

「私からは以上だ。準備ができ次第、池袋に向かってくれ。相手が捜査一課の刑事であるということを忘れるな。すでに現場に到着してこちらの動きを見張っている可能性もある。そういう前提で動くんだ」

捜査員たちは返事をして、各自準備にとりかかった。管理官がこちらに近づいてきた。

「北条、お前はどうする？　現場に行かないのか？」

「遠くから見学させてもらうつもりです。私は顔が割れてしまっているので」

「そうか。お前を囮《おとり》にする方法も考えたんだが、桜庭が人質をとるという展開も有り得るからな。それよりこれはまだオフレコだが」

管理官が声を小さくして言った。

「桜庭の娘が誘拐されたらしい。さきほど桜庭の父親から警察に通報があったようだ。特対の小曽根《こそね》さんたちが向かったようだぞ」

特対。特殊犯罪対策課の略だ。小曽根というのはそこの指揮官であり、美雲も以前関わった事件で面識がある。遂に誘拐事件の方も公になってしまったということだ。

「桜庭家にとっては最悪と言っていいだろうな。桜庭が殺人容疑で追われ、その娘は誘拐されてしまう。これ以上の災難はない」

そうなのだ。二重の意味での災難なのだ。確実に裏があると言えるが、現段階ではその全貌が見えてこない。思い当たるのが三雲玲という、華にとって伯母に当たる女性だ。以前から三雲家をつけ狙っている節があり、これまでにも騒ぎを起こしてきた天才犯罪者だ。今回も彼女が黒幕だとしても、その狙いはさっぱりわからなかった。

できることなら華の助けになってあげたいが、生憎今は身動きがとれない状態だ。誘拐された杏は美雲によく懐いている。彼女のことを考えると胸が締めつけられる。しかし今は和馬の濡れ衣を晴らすことに専念するしかなさそうだ。

「もしうまく桜庭を捕まえることができたら、その手柄の半分はお前のものということになりそうだな」

管理官の言葉に美雲は曖昧な笑いを返す。そのとき美雲の視界に一人の捜査員の姿が目に入った。初めて見る顔で、名簿にも記載されていなかった。年齢は五十に手が届くあたりか。グレーのスーツを着ており、赤いネクタイがやや派手だ。

「管理官、あちらの方は？」

美雲が訊くと、管理官はその男の方をちらりと見てから答えた。

「人事だよ、人事。名前は林原《はやしはら》」

「人事課の方が、どうして？」

「桜庭の件だろ。現役警察官が殺人事件に関与しているなんて大問題だからな。だが、この段階から人事が顔を出してくるのも珍しいな」

人事課の人間が特捜本部に顔を出す。あまり聞いたことがない話ではあるが、それほど上層部も今回の件を重要視している証とも考えられた。

「じゃあな、北条。現地でな」

「わかりました」

立ち去っていく管理官を見送る。それとなく人事課の林原の様子を窺ってみる。やはりその存在は浮いていて、ほかの捜査員とは距離を置いていた。今は壁際でスマートフォンに目を落としている。

彼こそが探していた異分子だろうか。調べてみる価値はありそうだ。


和馬が池袋西口公園に到着したのは午後一時五分前だった。美雲を疑っているわけではないが、それでも念には念を入れる意味で、三十分ほど前にやってきて、近くの雑居ビルの非常階段から公園内を見張っていたが、特に怪しい人影は発見できなかった。ただし公園はあまりにも広く、人の数も多かった。あとは美雲を信じるしかない。

久し振りに訪れた公園は大きく様変わりしていた。何と言っても目立つのは公園上空をとり囲んでいる巨大なリングだ。五層構造の巨大なオブジェは、グローバルリングという名称らしい。しかも大型ビジョンもあり、奥にはカフェが営業していた。ガラス張りの洒落た感じの店舗だった。

公園の中央に立つ。決まった時刻になると地面から直接水が噴き出るようだった。待ち合わせの場となっているらしく、人待ち顔で立っている男女の姿がチラホラと窺える。

こうして中央に立ってみるとかなりの広さだった。イベントなどをおこなうこともできるらしい。腕時計を見ると、ちょうど時計の針は午後一時をさしていた。

周囲を見回す。美雲らしき女性の姿はない。彼女と最後に会ったのは先月のことだった。うちで食事会をすることになり、渉とともに招いたのだ。非常に楽しかったことを憶えている。終始笑いっぱなしだった。

それがまさかこんな形で再会することになろうとは想像もしていなかった。しかし彼女はかつての仕事のパートナーでもあるし、プライベートでも交流がある。必ず助けになってくれるはずだ。和馬はそう信じて疑わなかった。

二分が経過した。しかしまだ美雲は姿を見せなかった。遅い。何かあったのだろうか。広瀬のスマートフォンはまだ所持しているので、それで電話をかけることも可能だが、できるだけあのスマートフォンの電源は入れたくないというのが本音だった。

もう一度あたりを見回した。そして一組のカップルに気がついた。

三十代くらいのカップルだった。二人は腕を組み、楽しげに談笑しながらこちらに向かって近づいてくる。和馬までの距離は五十メートルほどか。二人が履いている靴が気になった。なぜか二人ともスニーカーを履いているのだ。男性の方はスーツ姿で、女性の方はシャツにパンツという軽装だが、スニーカーというのはどこかちぐはぐな印象を受ける。

さらにもう一組に目が留まる。こちらは男性の二人組だが、何やら話しながらこちらに向かって歩いてくる。片方の男が耳に手を当てるのが見えた。ああいう動きは和馬も捜査中によくする。イヤホンが耳に入っているときにする動きだ。

間違いない、こいつらは刑事だ。俺は囲まれている。

顔に表情を出さぬように、周囲の様子を観察した。あの二人組もそうかもしれない。あちらから近寄ってくる男もそうか。少なくとも七、八人はいるだろう。

美雲に裏切られたのか。最初から自分をここにおびき寄せるつもりだったのか。しかし今はそんなことを考えている場合ではないと思い直す。

どの方向に逃げても厳しそうだ。しかしまだ距離はあるので、絶望的という状況ではない。問題はどこに向かって逃げるかだ。おそらく公園の外にも捜査員が配置されていると考えてい
い。

どうする？　しかも時間は残されていない。スニーカーを履いた二人組は十メートルほどの距離にまで近づいている。

振り返ると、背後にあるカフェが視界に入った。公園内に併設されている店で、外はオープンテラス風になっていた。電話で美雲が最後に言った台詞が脳裏を掠《かす》める。西口公園は今はとても綺麗になっていて、お洒落なカフェとかもあるんです。中央にある噴水の前で――。

今思うとおかしい。どう考えても余計なことだ。

もしかして――。

和馬はその可能性に思い至る。状況は厳しいが、ここは賭けるしかない。

「おい、こっちだよ」と和馬は大声で呼んだ。スニーカーを履いた二人組に向かって歩いていく。「遅いよ。何やってんだよ。こっちはずっと待ってたんだぞ」

不意に声をかけられ、二人は戸惑いの表情を浮かべている。男の方が耳のあたりに手を当てた。指揮官からの指示を待っているのかもしれない。

二人組の目の前まで接近していた。和馬は思い切り男の方を突き飛ばし、そのまま反転して走り出す。

「待てっ」

背後で鋭い声が聞こえた。周囲から足音が聞こえてくる。速度を落とすわけにはいかない。

こんなところで捕まってたまるものか。

和馬は目の前にあったオープンテラスの椅子を持った。それを後ろに投げ捨てて、せめてもの抵抗を試みる。

第三章　間違えられた女

「それでね、信長《のぶなが》は殺されちゃうの。明智《あけち》っていう家来に。もう少しで天下統一できそうだったんだけどね、信長」

「明智って悪い奴だな」

「そのときね、秀吉《ひでよし》は遠くにいたんだけど、急いで戻ってくるんだよ。それでね、秀吉が明智を倒すの。それが山崎《やまざき》の合戦」

「杏、歴史に詳しいんだな」

「まあね。こう見えて私って歴女だから」

最近、杏は歴史の勉強にハマっており、特に戦国時代の話が大好きだった。ジジに漫画の学習本を全巻まとめて買ってもらい、それをずっと読んでいる。お陰で歴史に詳しくなってしまったのだ。

大岩の先輩である依田という男はまだ帰ってこないので、杏は大岩と二人で話していた。さきほどカップ麵で昼食を済ませたばかりだった。驚くことに大岩はカップ麵を三つも食べてしまった。杏の周りでこれほどの量を食べる人はいない。

「秀吉って奴はヒールなのか？」

大岩が訊いてくるので、杏は訊き返した。「ヒールって何？」

「悪役ってことだ。プロレスでは悪役のことはヒール、善玉のことをベビーフェイスっていうんだ」

「秀吉は悪者じゃないよ」

「じゃあベビーフェイスだな」

大岩は満足そうにうなずいている。元プロレスラーに誘拐された。学校でみんなに話しても誰も信じてくれないかもしれない。

「大岩君はどっちだったの？　ベビーフェイス？　それともヒール？」

「俺はヒールだった。デビュー以来ずっと」

どこか悲しそうな顔つきだった。ヒールというのは悪役で、つまり最後は負けてしまうということだ。テレビの特撮ヒーロー物でも悪役は必ず負けるという運命にある。

「あ、そうだ。ちょっと待ってろ」

大岩はポケットからスマートフォンを出し、操作を始めた。やがて画面をこちらに見せてくる。リングの中央で二人の男が戦っている。動画サイトの映像らしい。

「もしかして、これって大岩君？」

「まあな」

大岩はちょっと自慢げにうなずいた。戦っている相手は銀色の派手なマスクを被った男で、どこから見ても正義のヒーローといった感じだった。一方の大岩は黒いタイツを穿いており、短い髪は金色に染められている。

試合はマスクマンのペースで進んでいたが、リングの外にいた大岩の仲間らしき男が試合の邪魔をして、その隙をついて大岩はパイプ椅子でマスクマンを殴り、形勢逆転した。観客からはブーイングが上がっていた。それでも画面の中の大岩も、それを観ている今の大岩も、同じように満足そうな笑みを浮かべている。

「そろそろだぞ」

大岩が言った。画面の中ではリングの中央にマスクマンが横たわっている。大岩はコーナーポストの最上段に上り、お坊さんのように合掌するポーズをとってから、空中を飛んだ。飛ぶというよりも、落ちてくるといった方が正解かもしれない。大岩の額がマスクマンの胸板に直撃する。

「凄いね、大岩君」

「俺の必殺技。ダイビング・ヘッドバット」

惜しくもカウントスリーを奪うことはできなかった。マスクマンにはまだ余裕があるのだった。この後の展開を期待していると、大岩がスマートフォンをさっと自分の方に持っていってしまう。

「大岩君、続きが気になるんだけど」

「駄目だ。これで終わり」

「ええ？　いいとこだったのに」

大岩はとぼけた顔をしてスマートフォンを懐に入れた。その仕草からして想像がついた。おそらくこの後、大岩は負けてしまうのだろう。特撮ヒーロー物の怪獣のように、正義の味方の前に敗北を喫してしまうのだ。

「おい、楽しそうだな」

いきなり背後から声が聞こえ、杏は飛び上がるほど驚いた。依田が立っている。プロレスに見入っていたため、帰ってきたことに気づかなかったのだ。

「大岩、てめえ、舐めてんじゃねえぞ。しっかり見張ってろ。俺はそう言ったはずだ。ガキと遊んでろとは言ってねえ」

「す、すみません、先輩」

「謝って済む問題じゃねえだろうが」

依田が近づいてくる。身長は大岩の方が高いが、その体つきは大岩と同様、鍛え上げられている。いきなり依田は大岩を殴った。大岩は吹っ飛び、テレビが音を立てて倒れた。グーで思い切り人が殴られるのを杏は初めて見た。

「大岩君っ」

杏は大岩のもとに駆け寄った。大岩は仰向けに倒れている。よけようと思えばよけることもできたはず。それをしなかったのは、二人の間に絶対的な上下関係があるからだ。

「大岩君、大丈夫？」

唇の端から血が流れていた。大岩は薄目を開け、杏を見てうなずいた。

「何が、大岩君、だ」

いきなり首根っこを摑まれ、体が宙に浮く。そのままベッドのある部屋に連れていかれた。ベッドの上に投げ出され、両方の手と足首をロープでグルグル巻きにされてしまう。

「大人しくしてろ。騒いだらただじゃおかねえぞ」

依田はそう言い残し、部屋から出ていった。何やら物音が聞こえてくる。依田が大岩をいたぶっているのだとわかった。大岩は反抗せず、されるがままになっていることだろう。暴力というものに生まれて初めて接し、杏はどうすることもできない己の無力を痛切に感じていた。たまに「うっ」とか「グホッ」という大岩の声が聞こえてくる。自然と涙が溢れてきた。耳を塞いでしまいたかったが、手を縛られているため、それもできなかった。


和馬はカフェの店内に駆け込んだ。外を見ると追っ手がすぐ近くまで迫っている。慌てて店の奥に進む。店内は半分ほどの席が埋まっており、ゆったりとした時間が流れていた。和馬が置かれた状況とはまったく真逆の雰囲気だ。

入り口から捜査員たちが駆け込んでくるのが見えた。やはりこの店に入ったのは間違いだった。自分で自分の首を絞めたようなものだ。

絶体絶命だ。和馬がそう覚悟を決めたとき、その声は聞こえた。

「先輩、こっちです」

店の通路の奥から美雲が顔を覗かせている。和馬は捜査員たちの視線から逃れるため、中腰の姿勢のまま美雲のいる方に向かって進んだ。客たちが不審な目を向けてくるが、今は構っていられない。

美雲のもとに辿り着いた。彼女は小さくうなずき、それから身を翻して通路を奥へと進んでいく。店の厨房の中を横切り、それから倉庫のようなところに出る。さらに奥に進んだところに一枚のドアがあった。

美雲は慎重な手つきでドアを開けて、首だけ出して外の様子を窺う。そしてこちらを見て言った。

「大丈夫です。行きましょう」

店の搬入口のようだ。外にはワンボックスタイプの車が停まっており。後部座席のドアが開いたままになっている。美雲が迷うことなく後部座席に乗り込んだので、和馬もあとに続いた。ドアが閉まると同時に車は走り出す。

「香じゃないか」

運転席に座っているのは妹の香だ。バックミラー越しに視線が合う。香は一瞬だけ口元に笑みを浮かべたが、すぐに真顔に戻って運転に集中した。美雲は窓の外を注意深く見守っている。すでに池袋西口公園ははるか後方に見える。

「大丈夫みたいです。追いかけてくる車は見当たりません」

美雲が言った。さすがに警察も車で逃げるというケースを想定していなかったのか。それにしても間一髪だった。もう少し遅れていたら今頃捕まっていたかもしれない。そう考えるとぞっとする。しかし和馬の心中など無視するように美雲が言った。

「先輩、もっと早く来てくださいよ。先輩が噴水に向かって歩いていくのを見て気を失いそうになりましたよ」

さきほどの電話の最後の部分、美雲はなぜか関係のないカフェについて触れたのだ。それを思い出し、和馬は咄嗟にカフェの中に逃げ込んだのだ。

「だったら最初からあの店で待ち合わせにすればよかったんだ。それにどうして警察がいるんだよ。君があの場所を教えたとしか思えないんだが」

「もちろん私の仕業ですよ。さっきの電話の後半部分を録音しておいて、特捜本部に聞かせたので」

「どうしてそんな真似を？」

「その前にこれまでに判明したことをお教えします」

美雲が話し出す。練馬の自宅で殺された広瀬孝は五年前に今の会社を起ち上げていて、警視庁から多数の仕事を受注していた。しかもその受注額は相当な金額で、何かしらの裏の力が作用しているものと美雲は推測しているらしい。彼が命を落とした原因もそこにあるのではないか。それが美雲の読みだった。

「つまりそれって、広瀬が入札前に内部から情報を得ていたということか？」

「そうでしょうね」と美雲がうなずいた。「広瀬は元警察官です。そのときのコネを利用し、不正に情報を入手していたんでしょう。ただし広瀬はほかの団体からも仕事を請け負っていたようなので、単独犯ではないと思われます。広瀬に情報を流していた警察関係者もいるはずですし、調整役もいたかもしれません。これは想像以上に大きな事件です」

警視庁の入札情報が外部に洩れている。本当であったら大問題だし、警察全体の信用のためにも慎重に捜査を進める必要がある。通常であれば半年、ないし一年以上の内偵期間を費やすべき案件だ。

「先輩の置かれた状況もありますし、今回は時間をかけている場合ではありません。それに個人的に壁に行き当たったような感じがしていました。このまま捜査を続けても厳しいかもしれないな。そう思ったときに先輩と連絡がとれた。これを利用しない手はありませんよね」

美雲は和馬と待ち合わせをしていることを管理官に告げた。美雲の読み通り、すぐさま捜査員が呼び集められ、緊急のミーティングがおこなわれたという。

「間違い探し、とでも言えばいいんでしょうか。今回の事件が広瀬の不正入札に端を発しているのであれば、警察内部に裏切り者がいるはずです。そういう異分子をおびき寄せ、あぶり出すこと。それが私の狙いでした。事前に説明していなかったので、香さんのご機嫌を損ねてしまったのが予想外でしたけど」

運転席の香を見ると、何か言いたげに口元に笑みを浮かべていた。

「それで、誰かわかったのか？」

「確証はありませんが、人事課の林原という人が特捜本部に突然顔を出していました。先輩の不祥事を受けて人事課が乗り出してきたようにも見えますが、管理官の話だと異例のことのようです」

林原は名前くらいは知っている。人事や総務といった事務的な部署を渡り歩いている男だ。警視庁には事務を専門におこなう行政職員も多く採用されている。しかし林原はそうした行政職員ではなく、警察官採用だったはずだ。

「林原が不正入札に関与していた。君はそう考えるのか？」

「あくまでも想像ですけどね。それに広瀬は今年度は警視庁から仕事をとれていないようです。そのあたりに殺害された動機が隠されているかもしれません」

和馬たちを乗せた車は明治通りを新宿方面に向かって走っていた。車がウィンカーを出しながら減速し、ファミリーレストランの駐車場に入っていく。一階が駐車場、二階が店舗になっていた。一番奥のスペースで停車した。

「先輩、ここでお別れです」シートベルトを外しながら美雲が言った。「この車は香さんが借りてくれたレンタカーです。引き続き先輩が使ってください。免許証は持ってますよね？」

「持ってるけど、どういう意味だ？　北条さんたちはどこへ？」

「私たちの携帯番号は本部も把握しています。私と香さんが特捜本部に呼ばれているのは、別の目的があるんです」

そういうことか。和馬は納得した。ＧＰＳの位置情報を使い、その動きを監視しているというわけだ。美雲らが逃亡の手助けをしないように。いや、ことによると接触するタイミングを狙って、そこで捕まえようという魂胆なのかもしれない。

「私たちはあちらの車に移りますから」

美雲の視線の先には一台の車が停まっている。クリーム色をした軽ワゴンだ。見た目も丸っこいその車は、実は香の自家用車だった。美雲がドアを開けようとしたとき、運転席に座っている香が振り返った。

「美雲、お前は残れ」

「香先輩……」

「お前は兄貴とともに行動しろ。それが一番ベストだ。お前の相方は私じゃない。兄貴なんだよ」

香はそう言ってシートベルトを外して、運転席から降り立った。美雲が窓を開けると、香が手を出して言った。

「美雲、お前のスマホを寄越しな」

言われるがまま、美雲はバッグから出したスマートフォンを香に手渡した。美雲と香は一緒に行動していると特捜本部に錯覚させるための措置だろう。

「お前は体調を崩したとでも言い訳しておくよ。あとは頼んだぞ、美雲」

最後に香がこちらを見てきた。実の妹だ。言葉を交わさずとも伝わってくるものがある。和馬はうなずいた。香もまた、大きくうなずいていた。

香が自分の車に向かって歩いていく。運転席に乗り込んだ香はすぐに車を発進させた。駐車場から出ていく妹の車を見送ってから、和馬はいったん後部座席から降りて運転席に移る。美雲も助手席に乗り込んでくる。シートベルトをしながら美雲に訊く。

「北条さん、どうする？　次の手は考えているんだろ」

「もちろんです、先輩」

かつてコンビを組んでいた敏腕女刑事は、昔と変わらぬ涼しげな顔でそう答えた。

「やはり狙いは林原ですね」

車を発進させ、しばらくすると美雲は話し出した。今、和馬は適当に車を走らせている。さきほどのファミレスの駐車場から離れるためだ。

「林原が不正入札に関与している。北条さんはそう考えているんだね」

「確証はありませんけどね。さっき会議室で見た彼の姿、どことなく周囲から浮いてました。人事課だからっていう理由もあるんですが、何となく怪しい感じがしました」

美雲が目をつけたのだから、和馬には異論はなかった。しかし和馬にかけられた容疑は双葉美羽及び広瀬孝両名の殺害容疑であり、不正入札疑惑ではない。和馬の不安を感じとったのか、美雲が言った。

「大丈夫です。きっと繋がります。そしてその先には……」

そう言いかけた美雲だったが、着信音で言葉が遮られた。美雲の膝の上に置いたバッグの中から着信音が聞こえてくる。「これ、サブです」と言いながら、美雲は通話を始める。

「すみません、急なお願いごとをしてしまいまして。本当にありがとうございます。……そうですか。やはりそういうことでしたか」

電話の相手は猿彦だろうかと思ったが、それにしては言葉遣いが丁寧だ。しばらくして通話を終えた美雲が言った。

「渉さんからです。警視庁のデータベースに侵入してもらって、林原さんについて調べてもらいました」

渉は一流のハッカーだ。警視庁のデータベースをハッキングすることなど朝飯前だ。しかしそれは完全な犯罪行為に当たる。美雲は先回りして言った。

「状況が状況ですので、背に腹は代えられません。利用できるものは何でも利用するべきだと私は判断しました」

和馬も腹をくくる。たしかに今は悠長なことを言っている場合ではない。こうして逃亡していること自体、許されることではないのだから。

「で、何がわかったんだ？」

「主に調べてもらったのは林原の経歴です。彼は今年で五十歳で、若い頃は刑事をやっていたようですが、内臓疾患を患って以来、事務畑を歩いていたようですね。五年ほど前まで総務部で契約関係の仕事をしていたこともあるそうです」

五年前となると、ちょうどヒロセ・グラフィックが設立された頃だ。直接的な関与はないまでも、林原は庁内における指名競争入札の仕組みや流れについては知っているということだ。

「おそらく林原は事前に入札情報を流していたんでしょう。印刷関係は広瀬に流していたようですが、ほかの業者にも情報を流していた可能性はあります。入札で購入される物品や事業はそれこそ庁内にいくらでもありますからね。ただし林原一人の犯行とは思えません。そういうシステムを構築していた者がいるはずなんです。多分それが……」

「双葉美羽。そう言いたいんだな」

美雲はうなずいた。話しながらも美雲はスマートフォンの画面に目を落としている。渉から送られてきたデータに目を通しているのかもしれない。

「警視庁だけではなく、ほかの省庁、企業や団体にも食い込んでいるのでしょう。彼女がコンチネンタルのような高級バーに出入りするのは、コネクション作りだと思います」

出会った男を誘惑し、自分の意のままに操る。それが彼女のやり方なのだろう。利用できる男は利用し、利用価値のない男は金をせしめて捨て去る。半年前に事故で亡くなった銀行の副頭取は、彼女にとってさほど価値のない男だったということか。

「あと一息ってところまで来ていますね。ここで林原を叩いたところで、彼がしらを切ればそれまでです。彼を追いつめる決定的な何かが必要です。そう思って今、林原を監視できないかと作業しているところです」

「監視って、どうやって？」

「ＧＰＳですよ。渉さんが作業を進めています。林原の携帯番号はわかったので、あとは位置情報を探り出すだけです。三十分以内に位置情報システムに侵入できそうだと渉さんは言っていました」

美雲は平然とした顔で言う。名門探偵事務所の一人娘と、Ｌの一族の長男。この二人が付き合っているというのだから恐れ入る。令和のホームズと天才ハッカー。二人が組めば解けない謎などないのではないか。

「どこか目立たない場所に車を停めて、渉さんからの連絡を待ちましょう」

「了解。あ、そういえば昨日、猿彦さんに助けてもらった。北条さんからもお礼を言っておいてくれるかな」

「猿彦が？」

美雲が顔を上げた。ひょっとして彼女の差し金かと思っていたがやはり違ったらしい。もし猿彦がいなかったら今頃ここにいないだろう。病院に連れて行ってくれたのも彼だし、ビジネスホテルを手配してくれたのも彼だ。逃走資金も彼が置いていってくれた。

「猿彦さん、入院中に俺のニュースを知り、助けにきてくれたらしい。人間ドックの数値が悪かったと言ってたけど、具合はどうなの？」

「検査入院と聞いてます。そうですか、猿彦が……」

美雲はあごに手を置き、何やら考え込んでいる。助手の動きを把握できずにいたことに戸惑っているようでもある。だがあれは猿彦が善意でやったことだ。彼に責任はない。

「猿彦さんを責めないでやってくれ。ところでさっき何か言いかけただろ。いろいろ繋がったら、その先にはってやつ。あれって何を言いたかったんだい？」

「あれですか。一連の事件はすべて繋がっているという意味です。先輩の濡れ衣を晴らし、そして杏ちゃんを助ける。それが私たちの目標です」

そうなのだ。やはりそう考えるべきなのだろう。たまたま俺が犯罪者に仕立てられ、その同日に娘が誘拐されたというのは決して偶然ではないはずだ。

今、こうしている間にも杏は怖い思いをしているのかもしれない。それを思うだけで胸が痛んだ。

杏、待っていてくれ。絶対にパパが助けてあげるからな。


午後二時、華は桜庭家のキッチンにいた。すでに警視庁から特殊犯罪対策課の面々が到着し、応接間を使って延々と議論を繰り返している。今後の対応策を協議しているのだ。華はキッチンで湯を沸かし、彼らのためのお茶を淹れているところだった。義母の美佐子も急遽帰宅し、一緒にキッチンに入っている。

「華さん、先にそのお茶菓子を出してもらえるかしら」

「わかりました」

美佐子に従い、華は饅頭や煎餅などが盛られたお盆を持ち、応接間に向かった。テーブルの周りに捜査員が集まっている。その数は六名ほどだ。捜査員たちの声が聞こえてくる。

「電話をかけていいのは残り二回だ。ここは慎重に行くべきじゃないか」

「普通に考えればそうだが、あまりに向こうの言いなりになるのもどうかと思うけどな。できる限り早い段階で接触を図りたい」

「まずは身代金の受け渡し方法を考えるのが先ですね。それが却下されたら元も子もありませんよ」

華はお盆をテーブルの上に置いた。応接間の隅の方には義父の典和が座っていて、真剣な表情で捜査員たちの言葉に耳を傾けている。典和は現在警備部に籍を置いているようだが、六十を超えているので嘱託員扱いだ。

「三雲杏ちゃんが連れ去られた現場周辺の捜索ですが、向島署にお願いしておきました」

「とにかく身代金の受け渡し方法を考えよう。それが先決だ。できれば今日中に発案して、下準備にとりかかりたい」

「主任、北千住の駐車場と繋げそうです」

「頼む」

主任と呼ばれた男は小曽根という名前で、華も多少の面識がある指揮官だった。犯人側が車を乗り捨てた北千住の駐車場にも捜査員が向かっており、その者たちと回線が繋がっているらしい。華の位置からではパソコンの画面は見えないが、その声だけは聞こえてくる。

『お疲れ様です。現在も捜査中ですが、これまでに判明したことをお伝えします。Ｎシステムで照会した通り、黒いクラウンが乗り捨てられていました。車のナンバーから盗難車と判明しました。一週間ほど前に品川署に被害届が提出されていますね』

「遺留品はあるか？」

『指紋や毛髪などが残っていたので、現在それらを解析中です。防犯カメラの死角になっているため、犯人が乗り換えた車の特定は難しそうですね』

かなり老朽化した駐車場のようで、故障したまま放置されている防犯カメラもあるらしい。おそらく意図的にそういう駐車場を犯人が選んでいることは華にも想像がついた。

「何かわかったら知らせてくれ。頼んだぞ」通話を終えて、小曽根が捜査員の顔を見回して言った。「こっちは引き続き対策を練ろう。まずは逆探知の件だが……」

これ以上ここにいては邪魔になるだけだ。華は応接間から出た。捜査員の人たちが真剣に杏の救出について考えてくれている姿に安心した。偽札で身代金を用意しようとしている父とは明らかに違う。

廊下に出る。するとそのときインターホンが鳴った。玄関に向かうと二名のスーツ姿の男性が立っていた。昨日も会った和馬と同じ班の刑事、永田と佐藤だ。

「三雲さん、すみません。こちらにいると伺ったので」

「どのようなご用件でしょうか?」

昨日よりも若干物腰が柔らかい。杏が誘拐されたことを気遣っているのかもしれなかった。

「娘さんの件については我々の耳にも入っております。あれから多少進展もあったので、我々にもご協力いただきたいと思い、足を運んだ次第です。捜査にご協力をお願いします」

「もちろんです。ただし中は混み合っているので……」

華はサンダルを履いて外に出た。彼らが乗ってきたパトカーの前で事情を訊かれることになった。最初に永田が言う。

「ご主人ですが、今も逃走中です。最後に彼が目撃されたのは一時間ほど前、場所は池袋の西口公園です。捜査員の追跡をかわし、姿をくらませました。それ以来、足どりは途絶えています。ところで奥さん、彼から連絡は?」

正直に話す。昨夜と今日の午前中、合計して三度電話がかかってきたこと。そのどれも公衆電話からの着信であり、話の内容は誘拐された杏についてのことがほとんどだったこと。

「主人は娘の心配をするだけで、自分の置かれた状況を私には教えてくれませんでした。お力になれず申し訳ありません」

「奥さんが謝る必要はございません。桜庭は二件の殺人事件の重要参考人として追われています。と言っても彼が犯人であるという確固たる証拠があるわけではなく、いずれも現場から逃走した彼の姿が目撃されているだけです」

大体のことは昨日美雲と電話をしたときに聞かされていたが、そのときよりさらに一件、容疑が増えていることが驚きだった。和馬が陥っている窮地は、私の想像をはるかに超えているようだ。

「こちらの写真を見ていただきたいのですが」

そう言って永田が懐から二枚の写真を出した。それをこちらに見せながら言う。

「二名の被害者の生前の写真です。見憶えがありますか？」

「拝見します」

二枚の写真を受けとった。一人は男性、もう一人は女性だ。男性の方は警察官のようだ。警察手帳などの身分証に使われる写真らしく、かしこまった顔をした中年男性だった。もう片方は隠し撮りだとわかる写真だった。同性の私から見てもかなりの美人だとわかる。色気というのだろうか、かなり妖艶なムードが写真からも伝わってくる。

「すみません。どちらも私が知らない方です」

「そうですか」

最初からあまり期待していなかったらしく、永田はさして落胆した様子を見せなかった。華は二枚の写真を返したが、女性の方の顔が脳裏から離れなかった。

まったく見憶えはないのだが、妙に懐かしい気もするのだ。これほどまでに美しい女性に会っていたら、きっと記憶に残っているはずだ。不思議な気分だった。

「どうかされました？」

「いえ、何でもありません」

「桜庭は現在、単身で逃亡しているものと考えられます。彼の逃亡に力を貸しそうな友人など、心当たりがございましたら教えてください。懇意にしている人物、よく訪れる店など、どんなことでも結構です」

あまり参考になるような受け答えはできなかった。それから二、三の質問に答えたあと、事情聴取は終了となった。別れ際に華は永田に質問した。

「刑事さん、亡くなられたお二人の名前をもう一度教えてもらうことはできますか？」

「男性の方が広瀬孝、元警察官です。女性の方は双葉美羽といい、詐欺の容疑がかかっている女性です」

双葉美羽、か。華はその名前を心の中で反芻《はんすう》した。


「先輩、次の角を右に曲がってください」

「了解」

和馬は助手席に座る美雲の指示に従い、車を走らせていた。今は目黒《めぐろ》区内を走行中だ。動きがあったのは三十分ほど前だった。渉から美雲のもとに、林原が警視庁から出たと連絡が入ったのだ。今、美雲の持つタブレット端末には地図が表示されていて、林原の居場所が示されている。彼は地下鉄を乗り継いだあと、目黒からタクシーに乗っていた。

「あ、停まりましたね。ゴルフ練習場みたいです」

前方に緑色のネットが見える。割と規模の大きいゴルフ練習場だった。外でしばらく様子を見てから、美雲とともに中に入る。受付で二名分の料金を払い、ついでにクラブも借りて場内に入った。

平日の午後ということもあり、それほど混雑していなかった。客は主に年配者で、半分ほどが埋まっている。一階と二階があり、二階の東側の打席に林原の姿があった。和馬たちは同じ二階の西側の打席に入った。かなり距離が離れているため、見つかることはないだろう。ベンチに座って林原の様子を観察する。

ちょうど彼は練習を始めたところだった。フォームもよく、ボールの軌道もそこそこだった。

「お気楽ですね、人事課って。仕事抜け出してゴルフの練習してるんですから」

美雲が嫌味たっぷりに言う。本気で言っているわけではないだろう。そのまま美雲は球貸し機に硬貨を入れ、出てきたゴルフの球をティーにセットする。そしておもむろにクラブを振りかぶり、振り下ろした。

綺麗なフォームだった。しなるような音とともに球は一直線に飛んでいった。とても素人とは思えない。

「北条さん、上手いね」

「いえいえ、それほどでも」

そう言って美雲はもう一回、球を打った。今度も球は真っ直ぐに飛んでいく。その球の行方を見届けてから、美雲はこちらを見て言った。

「先輩は、ゴルフは？」

「昔ちょっとだけね。今はまったくやってないよ」

二十代の頃、上司に誘われてゴルフ練習場に連れていかれたことがあるが、長続きしなかった。さらにもう一回球を打ってから、美雲はこちらに近づいてきて話し出す。

「私にゴルフを教えてくれたのは祖父です。ゴルフは紳士のスポーツって言われるじゃないですか。偉い人たちが情報交換をするのにうってつけの場でもあります。だからゴルフはできるようになっておいて損はない。それが祖父の持論でした。大学の頃にはキャディーのバイトをしていたこともあります。いい社会勉強になりました」

探偵のスキルを上げるために、ゴルフを習得する。やはり北条探偵事務所の英才教育は本物だ。

「どうせ時間もあることだし、私がレクチャーしてあげますよ」

「俺はいいって、北条さん」

「そんな遠慮なさらずに」

クラブを握らされてしまう。そして球をティーにセットし、球を狙ってスイングした。空振りだった。球はティーの上に残っている。

「先輩、ひょっとしてわざとですか?」

「違うって。本気だよ」

「じゃあ構えから行きますよ。まずは肩幅に足を開いて、軽く膝を曲げてください。そうですね、そんな感じです」

美雲の教え方が上手いのか、何度かスイングをすると自分でもわかるくらいによくなってきた。試しに球を打ってみると、今度はしっかりと当たった。少し横に逸れてしまったが、空振りしないだけましだった。

「先輩、才能あるんじゃないですか。この調子なら少し練習すればラウンドできるようになりますよ。三雲のおじ様に連れていってもらったらどうです?」

「いやいや、それはない。絶対にない」

三雲のおじ様とは三雲尊のことだ。彼のゴルフはちょっと変わっていて、すべてが現地調達だ。ゴルフ場で見つけた獲物から高級なゴルフクラブを奪ってプレイし、ロッカールームで金目のものを奪って帰ってくるという、完全なる犯罪行為だった。自分が警察官である限り、三雲尊とゴルフに行くことはないだろう。

和馬は球を打ち続けた。打っているうちに楽しくなってきてしまい、少し反省した。今は逃亡中の身の上だし、杏だって囚われの身だ。俺だけ呑気にゴルフなどしている場合ではない。そんなことを思ったとき、美雲の声が聞こえた。

「先輩、誰か来ました。林原の隣に入りました」

ちょうど今、和馬は林原に背中を向ける形で打席に立っている。和馬はストレッチ運動をするかのように体を動かした。彼の手前の打席に男が立っている。男は今、和馬に背を向けて林原と何やら話していた。あの男と落ち合うのが林原の目的であるのは明らかだった。

いったい男は何者で、林原と何を話しているのか。それが気になって仕方がなかったが、迂闊に接近するわけにはいかなかった。林原はこちらの顔を知っているはずだ。

和馬は打席から出て、通路にある自販機でジュースを買い、近くにあるベンチに座る。そしてジュースを飲みつつ林原の方を観察した。美雲も同じように和馬の隣に座っている。スマートフォンを見る振りをしつつ、たまに顔を上げて彼らの動向を窺っている。

長い立ち話がようやく終わり、男が打席に入ってゴルフクラブを持った。素振りを始めるその姿を見て、和馬は思わず「あっ」と声を出していた。

「どうしました？　知ってるんですか？」

美雲が訊いてくる。彼女は顔を知らないのだろう。

「黒松《くろまつ》元副総監だ」

和馬がそう言うと、美雲は「えっ？　あの人が？」と驚いた顔をする。

黒松忠司《ただし》。一年前まで警視庁副総監をしており、次期警視総監の呼び声も高い男だった。しかし彼の子飼いの部下が巨額の振り込め詐欺に関与していることが明るみになり、それが原因となって失脚した。その振り込め詐欺の黒幕を暴いたのは、ほかでもない美雲たちだった。黒松は副総監の職を辞し、今は人事課預かりになっていると聞いていた。ほかに引きとる部署もなく、ある意味飼い殺しの状態である。

「先輩、面白くなってきましたね」

隣に座る美雲が笑みを浮かべて、そう言った。


庭でアポロが吠えている。その声を聞き、洗い物をしている美佐子が言った。

「華さん、アポロの散歩をお願いできるかしら？」

「わかりました」

応接間では捜査員たちの議論がまだ続いている。華は玄関から外に出て、中庭に回った。犬小屋の前では元警察犬のアポロが尻尾を振って待っている。そろそろ散歩の時間だと知っているのだ。

「アポロ、今日は私が連れてくからね」

そう言って散歩用のリードに交換しようとしたとき、アポロの首輪に何か挟まっていることに気づいた。白い紙だった。まるで神社で引いたおみくじを木の枝に結ぶかのように、白い紙がアポロの首輪に結ばれている。

いったい誰の仕業か。中庭の様子を窺うが、人の気配はない。首輪に結ばれた紙切れを開いてみると、そこにはこう書かれていた。

『公園の真ん中のベンチ　渉』

兄の渉の仕業だった。公園というのは、この近くにある公園のことだ。アポロの散歩コースになっているのは知っている。華は紙切れをポケットに入れ、アポロを連れて歩き出した。家の敷地から出たところで、背後から追ってくる男の気配に気づいた。私服姿の刑事だ。やはり私には見張りがつくらしい。

アポロはご機嫌な感じで進んでいく。いつもと同じコースを歩いているので、誘導する必要はなかった。やがて公園に入っていく。時刻は午後四時を過ぎており、公園内では近所の小学生たちが遊んでいる。本当だったら杏もこのくらいの時間は元気に学校のグラウンドで遊んでいることだろう。不憫な我が子のことを思い、華は少しだけ落ち込んだ。

公園の奥に三台のベンチが並んでいる。華は真ん中のベンチに向かった。見た限りでは変わった点はない。華はベンチに座り、アポロにもお座りの指示を出した。元警察犬のアポロは一通りの指示なら難なくこなすことができる。

公園の入り口では私服姿の刑事がこちらの様子を窺っている。その距離は三十メートルほど。公園に入ってくるつもりはないらしい。

いったい渉は何を企んでいるのだろうか。刑事が目を光らせているため、そう簡単に接触などできないはずだ。そんな風に思っていると、どこからか低い振動音が聞こえてきた。振動音はお尻の下の方で感じる。刑事に気づかれないよう、ベンチの下を見る。すると裏面に一台のスマートフォンと小型のケースがガムテープで留められている。

テープを剝がし、スマートフォンと小型ケースを手にとった。振動は止まっている。小型のケースにはワイヤレスイヤホンが入っていた。刑事の目を盗んで、そのイヤホンを耳に挿し込んだ。しばらく待っていると着信があった。スマートフォンを操作すると、兄の声が聞こえてきた。

「華、聞こえる？　聞こえているならアポロの頭を撫でて」

アポロの頭を撫でる。すると渉は続けて言った。

「実は今、美雲ちゃんに頼まれてGPSの位置情報システムをハッキングしてるんだ」

美雲は和馬を捜索するために呼び出されたと聞いていた。GPSで何を見つけようとしているのか。

「それでね、華。せっかくハッキングに成功したんだから、これを使えないかって思ったんだ。華は犯人の電話番号を知っているんだろ。その番号を僕に教えてくれたら、犯人の居場所を特定できるよ」

それができれば大きな前進だと思うが、多分難しいのではないかと華は思った。犯人だって馬鹿じゃない。こちらに電話番号を教えたからには、位置情報を特定されないような設定にしているはずだ。

華の懸念を払拭するかのように渉が言った。

「心配しなくても大丈夫。僕が何とかするから。犯人はいつ華から電話がかかってきてもいいように、常に電源をオンにしておく必要がある。ということは常に微弱な電波がスマホから出てるってことなんだよ。それだけで僕には十分だ」

渉は十代の頃から自室に引き籠もり、ネットの世界で生きてきた正真正銘のハッカーだ。ここは渉の言うことを信じてみてもいいのかもしれない。それが杏を助けるためになるのであれば。

「僕の作戦に乗るなら、アポロの頭を撫でて」

言われるがまま、アポロの頭を撫でた。褒められていると勘違いしたのか、アポロは嬉しそうに尻尾を振っている。公園の入り口に立つ刑事がこちらを見ていた。そろそろ移動した方がよさそうだ。

「犯人の電話番号を教えて。今僕がかけてる番号宛てにショートメールを送ってほしい。そうしたらすぐに調べてみるから。相手の設定の状態にもよるけど、一時間はかかると思う。わかったなら……」

渉の言葉を聞き終える前にアポロの頭を撫でた。それからイヤホンを耳から外し、スマートフォンをポケットに入れてから立ち上がる。今、華のスマートフォンは特殊犯罪対策課の捜査員に預けてしまっている。適当な言い訳でそれをとり戻すのが先決だ。

「行くわよ、アポロ」

刑事に向かって会釈をしてから、華はアポロとともに公園をあとにした。


杏はベッドの上にいる。さきほどから尿意を催していた。そろそろ我慢の限界だった。杏は寝転がったまま声を張り上げた。

「すみません、トイレ行きたいです」

何だか悔しい。泣きたくなってくる。お願いしないとトイレにも行けないなんて、私は本当に捕虜になってしまったみたいだ。杏はもう一度言った。

「すみません、トイレ行きたいです」

ようやくドアが開いた。部屋に入ってきたのは大岩ではなく、依田だった。依田は全身の至るところにシルバーのアクセサリーをつけていて、腕にはタトゥーが入っていた。

依田は無言のまま、杏の手と足に巻かれているロープを解いた。久し振りに足が自由になり、杏は体を起こした。「行け」と依田は短く言った。依田は武器など持っていないのだが、杏から見ると拳銃でも持っていそうな雰囲気だった。

隣の部屋に入る。テレビがつけっぱなしになっていて、今はドラマの再放送が流れていた。

部屋の片隅に大岩の姿を発見する。無残にも顔は赤く腫れ上がり、鼻にはティッシュペーパーが詰まっている。

「大岩君」

思わず杏は大岩のもとに駆け寄っていた。大岩はこちらを見たが、その目はやや虚ろだった。よほど激しく殴られたのだろう。

「大岩君、大丈夫？　ねえ、大丈夫？」

杏がそう声をかけると、大岩は何度かうなずいた。意識はあるようだ。

「小便行くんだろ」

不意に後ろから襟首を摑まれ、引っ張られた。そのまま依田に引き摺られるようにして、別の部屋に連れていかれる。そこはだだっ広い場所で、機械の残骸のようなものが散乱していた。半分だけ開いたシャッターから外に出る。

草木が鬱蒼《うっそう》と生い茂っている。ちょっとした森のようでもあった。大岩に何度かトイレに連れ出してもらったのだが、彼はシャッターの前で待っていた。しかし依田は森の手前までついてきた。

あたりを見る。工場の敷地をとり囲むように金網のフェンスがある。二メートルくらいの高さはあるだろうか。周囲にも同じような工場があるらしく、煙突がいくつか見えた。太陽の光の感じからして、多分四時過ぎくらいではないかと杏は想像した。普段なら授業が終わって学童に到着するくらいの時間だ。

「ちょっと待て」

依田の言葉に立ち止まる。依田はスマートフォンを出し、何やら操作している。メールでも打っているのかもしれない。杏はもう一度あたりを見回した。

金網の向こうには倉庫のような建物がいくつも連なっている。人のいる気配はないが、さらにその奥はどうなっているかわからなかった。多分道くらいはあるだろう。道というのは必ずどこかに繋がっているものだ。

逃げられるんじゃないか。杏はそういう希望的観測を抱いた。用を足したらそのまま森の向こう側に駆け抜けるのだ。金網を登り切るのは大変かもしれないが、やってやれないこともないはずだ。問題は依田がどれだけのスピードで追ってくるかだ。だが見た限りではパワーはあっても足は速そうではない。杏は五十メートル走のタイムは八秒台を出すことができ、男子の速い子と走っても引けをとらない。

そうだ、逃げるのだ。私は捕まらない。絶対に逃げ切ってみせる。

そう考えると少しだけ気分が高揚した。体育の授業でタイムを計る前のようだ。まだ依田はスマートフォンをいじっている。杏は靴の感触を確かめるように、交互に爪先で地面をトントンと叩いた。

「ほら、行ってこい」

ようやく依田が顔を上げ、持っていたトイレットペーパーをこちらに寄越してくる。それを受けとり、杏は森に向かって歩き始める。

とにかく金網のフェンスを乗り越えること。それが最初の関門だ。あとは走って遠くに逃げるだけだ。そして誰かに助けを求めるのだ。

「おい、ちょっと待て」

背後で依田に呼び止められ、杏は振り向いた。依田が下卑た笑いを浮かべながら言った。

「間違っても逃げようなんて考えんじゃねえぞ。お前が逃げたら大岩の野郎がどうなるか、わかってるよな」

背筋に冷たいものが走る。私が逃げたら、大岩君にさらなる暴力が加えられるのか。さきほどの様子を思い出す。かなり弱っていた。あれ以上の暴力には耐えられないかもしれない。

「早く行ってこい」

依田が言った。逃げることは諦めるしかないらしい。杏は森に向かって歩き出したが、その足は鉛のように重かった。


和馬は麴町《こうじまち》の住宅街の一角にいた。前方には三階建ての低層マンションが見える。林原の自宅マンションだ。渉から提供されたデータで判明した。

目黒のゴルフ練習場で密会した林原と元副総監の黒松は、二人で一時間ほどゴルフの練習をしたのち、先に林原の方が練習場をあとにした。二手に分かれて両者を尾行しようとも考えたが、やはり二人で一緒にいた方が何かと都合がよかろうという結論に達し、林原を尾行することにした。

林原は練習場の前でタクシーを拾った。タクシーの進む方向からして、このまま警視庁庁舎に戻るものと思われた。まさか庁内に入るわけにもいかず、だったら先回りして林原の自宅を見張ろうということになったのだ。

「こっちに向かっていますね。このスピードは多分自転車でしょうね。あと数分で着くと思います」

助手席の美雲がタブレット端末で地図を見ている。渉を経由して送られてくるGPSの位置情報システムだ。時刻は午後六時になろうとしている。林原は仕事を終え、帰宅してくるものと思われた。

「よし、じゃあ駐輪場で待ち伏せるとしよう」

「了解です」

車から降りて、マンションの前にある駐輪場に向かった。マンションはオートロックなので、中で待っているわけにはいかなかった。ちょうどゴミの集積場となっている建物があり、その陰に身を隠すことにする。

「そろそろ到着します、先輩」

美雲の声に気を引き締める。やがて駐輪場に入ってくる気配があった。警戒しながら様子を窺うと、自転車に乗った男が駐輪場に入ってくるのが見えた。ロードレーサータイプの自転車だった。男は車輪止めに自転車を固定し、それからチェーンをかけていた。和馬は迷わず男のもとに向かった。背後から声をかける。

「林原警部補ですね」

男が振り返る。和馬の顔を見て、ギョッとした顔つきになる。さらに和馬の背後に立つ美雲の姿を見て、わずかに首を傾げた。林原が言う。

「お、お前、桜庭だな。どうして……」

「あなたに用があるからですよ、林原さん。あ、こちらは北条美雲巡査長です。昨日付けで捜査一課に配属になったそうです。人事課のあなたならご存じだと思いますが」

美雲がにこりと笑い、前に出てお辞儀をする。「初めまして、北条です」

「どうして、ここに……。お前は、今……」

林原は現実を整理できていないようだ。それはそうだろう。殺人容疑で逃亡中の刑事と、捜査一課に呼び戻されたばかりの女刑事に待ち伏せされていたのだから。

「林原さん、あなたに伺いたいことがあり、こうしてご自宅まで足を運んだ次第です。昨日殺害された広瀬孝は警視庁から印刷関係の仕事を請け負っていたそうです。そのあたりの事情について話を聞かせてください」

「訳がわからん。お前には殺人の容疑がかかってるんだ。悪いが通報させてもらうぞ」

そう言って林原は胸のポケットからスマートフォンを出したが、和馬は落ち着いた口調で言う。

「お好きにどうぞ。あなたが関与していた不正入札について、俺は洗いざらい喋ってしまいますよ。それでいいんですか」

林原が動きを止めた。こちらの思惑を推し量るように、黙って何やら思案している。もう一押しか。和馬は続けて言った。

「あなたが主犯だとは思っていません。あなたは犠牲者だと思っているくらいです。しかし今回の一連の事件は、あなたが関与していた不正入札に端を発しているものと考えています。事情を聞かせてください」

林原はまだ黙っている。マンションの住人らしき女性がこちらの方を見ながらエントランスの中に入っていった。ここで話していては周囲に聞こえてしまう。そう判断したのか、林原は素っ気なく「来い」と言い、エントランスの方に向かって歩いていく。第一関門は突破したようだ。和馬は美雲と視線を交わしてから、林原の背中を追った。

案内されたのは二階の角部屋だった。男性にしては片づいた部屋だった。あまり料理などをしないらしく、キッチンはほとんど使われていないように見えた。リビングに入るや否や、林原が訊いてくる。

「どこまで知ってるんだ?」

「広瀬の会社がとった仕事の多くは不正入札によるものだと俺たちは考えています。あなたはもともと入札関係の仕事をしていたこともあり、情報を仕入れることができる立場にあった。その立場を利用して、事前に広瀬に情報を流していた。違いますか?」

林原は答えなかった。ソファに座り、黙ったまま床の一点を見つめている。どのように振舞うのが賢明なのか、それを考えているのだろう。

「娘さん、美人さんですね」

突然、美雲がそう言った。その視線の先にはキャビネットがあり、上に置かれた写真立てには一人の女性の姿が写っている。二十歳前後くらいの女性だった。

「ミサキちゃん、でしたっけ? 今は大学四年生なんですよね。金融系の会社に内定をもらっているみたいですね。とても優秀なお嬢さんじゃないですか」

林原は離婚歴があり、別れた妻との間に娘が一人いた。そのあたりのことを美雲は調べ上げていたのだ。渉の協力もあってのことだと思うが、こういう状況においては情報量の多さは相手にとって脅威となる。かなり精神的なダメージを与えたようで、林原の額には汗が浮かんでいた。

「林原さん、あなた一人でやったこととは俺たちは考えていません。首謀者がいたはずなんです。お願いですから、全部話してください」

美雲が前に出て、手に持っていたタブレット端末を林原の前のテーブルに置く。さきほどのゴルフ練習場で撮った写真だ。林原と黒松元副総監のツーショット写真だ。それを見て、林原は観念したように大きく息を吐いた。


「華、こっちだ」

兄の渉の声が聞こえた。声がした方向を見ると、兄の渉が立っている。あたりはすでに薄暗くなっているが、ひょろ長い兄のシルエットは見ただけでわかる。

華は今、渋谷区内にある住宅地を歩いていた。いわゆる高級住宅地と言われる場所で、敷地が広めの住宅が並んでいる。停まっている車も高級車ばかりだった。父の尊が見たら喜びそうな場所ではある。

公園から戻った華は早速自分のスマートフォンを一瞬だけとり戻すことに成功した。学校と連絡をとりたい。そう告げると許可されたのだ。すぐさま華は『X』という名前で登録した誘拐犯の電話番号を調べ、それをショートメールで渉に伝えたのだ。

渉から連絡が入ったのはそれから一時間後の午後五時過ぎのことだった。誘拐犯のGPSを探ったところ、渋谷区内の住宅から微弱な電波が発信されていることがわかったという。すぐさま現地で落ち合うことにした。

しかし華のいる桜庭家の実家は刑事たちで溢れ返っており、犬の散歩に行くのにも警備がつくほどの徹底ぶりだった。具合が悪いのでいったん自宅に帰りたいと言い訳をし、実家から出てきた。護衛役の刑事が一人、マンションまで同行したが、その後は引き揚げたようだったので、華は裏口から出て渋谷にやってきたのだ。

「大きな家だね」

渉のもとに向かい、華はそう言った。

昔ながらの板塀で周囲を覆われた家だ。家というより、屋敷という言葉の方がしっくりきそうだ。渉は大きなリュックサックを担いでいた。中には彼が愛用している偵察用ドローンが入っている。

「現在はこの屋敷から電波が出ている形跡はない。また向こうが使ってくれると、居場所を突き止めることができるんだけどね」

とにかく一時間ほど前まではここに誘拐犯はいた。そう考えてもよさそうだった。杏もここにいたかもしれないのだ。気がはやって仕方がないが、渉に止められた。

「華、落ち着いて。さっき通りかかった近所の人に聞いてみたんだけど、この家は長いこと空き家になっているみたいだ。さっきドローンを飛ばして偵察してみたけど、人がいる気配はまったくなかったよ」

そう言って渉がタブレット端末を出して、ドローンで上空から撮影した映像を見せてくれる。白っぽい屋敷が周囲の闇から浮かび上がっていた。明かりらしきものはまったくなく、中に人がいる気配はなさそうだ。

「どうする？　華」

勝手に入ったら不法侵入だ。普段だったら躊躇するはずだが、今は杏の命がかかっている。

「中に入ってみる。犯人の痕跡が残っているかもしれないから」

「そう言うと思ったよ、華」

渉は板塀に背をつけ、両手を前で組んだ。華は助走をつけ、渉の手に足をかけ、そのままジャンプして板塀の上に飛び乗った。今度は華が上から渉に向かって手を伸ばし、彼の体を引き上げる。一応、二人ともＬの一族の血を継いでいる。この程度のことは造作もない。

広い庭が広がっている。番犬が放たれている気配もなく、赤外線カメラなども設置されていないようだ。華は板塀から飛び降りた。渉とともに庭を歩いて屋敷の方に向かう。庭の木々は伸び放題ではなく、手入れが行き届いていた。植木職人などが定期的にメンテナンスをしている証拠だった。芝生も短めに刈られている。

屋敷の玄関前に辿り着いた。木製のドアの横にインターホンがついていたので押してみたが、音は鳴らなかった。電気は止まっているようだ。

「華、これを使って」

渉がリュックサックから懐中電灯を渡してきた。「ありがと」と受けとり、華はもう片方の手で自分の髪からヘアピンを外した。それから屈んで鍵穴にヘアピンを差し込んだ。開けるのに三十秒も要してしまう。祖母のマツが見ていたら笑われてしまうだろう。

懐中電灯で照らしながら中に入る。手分けして中を捜索することにした。黴臭さの中に、どこか芳醇な香りが感じとれた。コロンの香りだろうかと華は思った。ここに誰かがいたのは間違いない。

「華、これを見て」

渉に呼ばれて向かった先はキッチンだった。アイランドキッチンの上には空のペットボトルが置かれていた。その近くにはビニール袋に入ったゴミもある。やはり何者かが最近までここに潜んでいたと考えて間違いない。

もう少し調べてみることにした。華は二階に上がることにする。階段を上ると一本の長い廊下があり、何枚かのドアが左右に並んでいる。そのドアを開けて室内を確認しながら、華は妙な気持ちになっていた。

どうしてだろうか。この家に入ったことがあるような気がするのだ。

たとえば次のあのドアは多分――。

ドアを開ける。予想通り、そこはトイレだった。

そして突き当たりのドアに向かう。おそらくここは洋室だ。一番広い洋室に違いない。多分梯子《はしご》があって――。

やはり洋室だった。しかも梯子があり、ロフトに登れるようになっていた。

こら、華ちゃん。駄目じゃないの。危ないわよ。

誰かにそう注意される声が遠くで聞こえる。空耳か。いや、これは私の記憶なのか。

笑い声が聞こえてくる。女の子の笑い声だ。その声に華自身の声も混じっている。私は笑っている？　いったい誰と一緒に？　それはいつのことなのか。そんな記憶、私は知らない。

女の子の笑い声は徐々に大きくなってくる。今ではうるさいほどになっていた。華は思わず両手で耳を塞いでいた。

「大丈夫かい？」

肩を揺さぶられる。渉の声で我に返る。さきほどまで聞こえていた女の子たちの笑い声はいつの間にか消え去り、周囲は静寂に包まれている。

「誰もいないみたいだね。そろそろ帰った方がいい。みんな心配してるといけないから」

「……そうね。そうしよう」

兄の言葉に従い、華は一階へと降りた。玄関から外に出る間際、立ち止まって振り返った。そして華は問いかける。

この屋敷は何なのだ。私は、いったいどうしてしまったのか。


「わかった。知っていることは話す。その前に水を飲ませてくれ」

断る理由はなかった。和馬がうなずくと、林原はキッチンの方に消えた。しばらくして戻ってきた彼の手にはペットボトルのミネラルウォーターが握られている。ソファに座った彼は、それを一口飲んでから話し出した。

「私は黒松さんのことをオヤジさんと呼んでいる。今は離婚してしまったが、仲人をしてくれたのがあの人だったんだ。その関係で非常に可愛がってもらった。私にとっちゃ頭が上がらない存在だ」

警視庁にも派閥のようなものはある。一年前に失脚してしまうまで、黒松派は最大派閥として知られていた。もしかすると黒松は部下の仲人を引き受けるなどして、その派閥を広げていったのかもしれない。

「五年ほど前、オヤジさんに呼ばれた。向かった先は料亭だった。そこで引き合わされたのが広瀬孝だった。私自身は広瀬と面識はなかったが、彼が退職したのは知っていた。そこでオヤジさんから不正入札の件を持ちかけられた」

和馬は美雲を見る。彼女は壁際に立ち、林原の話を聞いている。美雲は和馬の視線に気づき、うなずいた。録音はしているという意味だ。

「断ろうとは思わなかったんですか?」

和馬が訊くと、林原は首を横に振った。

「オヤジさんの言うことは絶対だ。断ることなんてできない。それに私にとっても悪い話じゃなかった。それなりの手数料が支払われるわけだからな」

このマンションの家賃もそれなりにするだろう。それにさきほど彼が乗っていた自転車はかなりの高級品だ。百万くらいはするのではないか。

「広瀬と会ったのは最初の料亭だけだ。それ以降、顔を合わせることはなかった。たまに連絡が入り、呼び出されてデータを渡した。その相手というのが……」

「ツインリーフ。双葉美羽ですね」

「そうだ。神出鬼没な女だったよ」

映画館の中や総合病院の待合室、高層ビルの展望台など、一度として同じ場所に呼び出されることはなかったという。それだけ警戒していたということだ。

「私は言われるがままに情報を渡していただけだ。何も知らないんだ。信じてくれ」

林原は懇願するように言った。嘘を言っているようには見えなかった。林原は手数料を見返りに利用されていただけに過ぎない。ただし彼のやったことは警察官として、いや公務員として許されることではなかった。

「広瀬について知っていることを教えてください。あなたは人事課にいるんだ。いろいろと知ってることもあるんじゃないですか？」

「彼も黒松派だった。しかし彼は特別だった。これはあまり知られていないことだが、広瀬はオヤジさんと遠い親戚だったんだ。その関係で二人は古い付き合いだったらしい」

年齢差は七、八歳くらいだろうか。警視庁に在職中、広瀬は黒松派の地盤強化のために暗躍していたのかもしれない。

「さきほどゴルフ場で黒松元副総監と会っていましたね。どんな話をしたんですか？」

「呼び出されて事情を訊かれただけだ。私も詳しいことは知らないと正直に言ったよ」

昨日、双葉美羽が遺体で発見されたと知ったとき、林原自身も腰を抜かすほど驚いた。すぐに黒松からも電話がかかってきた。黒松も驚いており、とにかく情報を集めるように指示を受けた。ちょうど和馬に容疑がかかっているということもあり、人事課として新宿署の特捜本部に顔を出す大義名分があった。

「なあ桜庭、いや、桜庭さん。頼むから私を見逃してくれ。私はオヤジさんに操られていただけなんだ。この通りだ。許してくれ」

林原がソファから下り、フローリングの上に両膝をついた。そしてそのまま土下座をする。

「頼む、桜庭さん。見逃してくれ」

見ていられなかった。和馬は林原の背中を軽く叩いた。

「頭を上げてください。林原さん」

そのとき、遠くからサイレンの音が聞こえてきた。パトカーのサイレンだ。その音は徐々にこちらに近づいてきているようでもある。

美雲と顔を見合わせる。さきほど林原がミネラルウォーターをとりにキッチンに行ったときだ。あのとき電話かメールで警察に通報したのだろう。

急に林原が和馬の腰のあたりにしがみついてくる。凄い形相だ。逃亡中の刑事を捕らえることが、最後のポイント稼ぎとでも思っているのかもしれない。

「北条さん、先に行け」

「でも……」

「いいから早く」

美雲が慌ただしく部屋から出ていくのを見届けてから、和馬は林原の両手を振り払おうとした。しかし彼も渾身の力を込めているのか、まったく動かない。林原が唸るように言った。

「絶対に……逃がすものか」

パトカーの音はさらに近づいてきている。時間はない。「すみません」と謝ってから、和馬は身を屈めて右手で彼の首をロックし、締め上げた。前裸絞《まえはだかじ》めの要領だ。最初のうちは抵抗していた林原だったが、やがてぐったりと脱力した。鼻のあたりに手を当て、息をしていることを確認してから、和馬は立ち上がった。そのまま玄関に向かう。

ドアを開けるとパトカーのサイレンが一層大きく聞こえた。階段を駆け下り、エントランスから出る。ちょうど目の前にパトカーが停車した。慌てて和馬は駆け出した。パトカーから降りた警察官が追ってくる。「待てっ」

アスファルトの上を走る。後ろから複数の足音が聞こえてくるが、振り返る時間さえも惜しかった。このままだと捕まってしまう。林原と組み合っていたため、すでに体力を消耗してしまっている。

ここまでか――。

そう諦めかけたときだった。黒い車が和馬を追い抜いて停車した。美雲が運転しているレンタカーだ。後部座席のドアが開いている。

「先輩、早くっ」

後部座席に頭から飛び込むと、美雲がすかさずアクセルを踏んだ。タイヤを鳴らして車は急発進する。

背後を見る。警察官がパトカーの方に戻っていくのが見える。差はどんどん開いていった。深呼吸をするように、和馬は息を整えた。ずっと痛みがなかった右の足首に、鈍い痛みが戻りつつあった。

「先輩、いつから私たち、アクション系の刑事になってしまったのでしょうか？」

真顔で訊いてくる美雲に対し、和馬は苦笑いを返すことしかできなかった。


ドアが開く音が聞こえた。薄目を開けて、杏は様子を窺う。入ってきたのは依田ではなく、大岩だ。それを知った杏は起き上がる。しかし言葉は発しなかった。依田に声を聞かれてしまったら、また大岩が叱られると思ったからだ。

「今は話してもいい」と大岩が言う。「先輩、居眠りしてるから、少しくらい声出しても大丈夫だ」

「そうなんだ。大岩君、痛くない？」

大岩の顔は酷い有り様だ。口の端や目元が紫色に変色していた。左目の周辺は腫れ上がっており、半分閉じてしまっている。

「俺は平気。こういうの慣れてるから」

そう言って大岩が笑う。笑うとさらに顔が怖くなるが、大岩の気持ちも伝わってくる。気にすることはないぞ。そう言おうとしているのだ。

「俺、父さんも母さんもあまり好きじゃないけど、丈夫な体に生んでくれたことだけは感謝してる。元ボクサーにも勝ったことがある。昔だけど」

帝国プロレス時代の話だった。地方巡業中、宿泊先のホテルのレストランで地元のヤクザに因縁をつけられた。それぞれが代表者を決め、タイマンで決着をつけようということになり、帝国プロレス側の代表として選ばれたのが大岩だった。ファイヤー武蔵の檄が飛んだ。アキラ、やっちまえ。

「強いから選ばれたんじゃない。俺だけ酒を飲んでなかったから選ばれた。でも負けるわけにはいかなかった。向こうの代表は元ボクサーだった。何度も何度も殴られたけど、俺は立ち向かった」

朦朧とする意識の中、大岩はタックルを決め、男の上に馬乗りになった。逃げようとする元ボクサーの首を絞め、見事に勝利した。

「強いんだね、大岩君」

「運がよかっただけ。諦めなかったから勝てた」

そうなのだ。諦めたらいけないのだ。きっと私は助かる。ここから逃げ出すことができる。そう思っていなければ駄目なのだ。

「杏、話がある」

大岩が小さな声で言った。絶対に依田に聞かれてはいけない話だ。そう理解して杏は大岩の方に体を近づける。

「何？　大岩君」

「お前を逃がそうと思う」

言葉が出なかった。まさかそんな提案をされるとは思ってもいなかった。でもいったいどうやって私を逃がしてくれるというのだろうか。

「実行するのは明日の朝だ。お前をコンビニに連れていく」

大岩たちが食料や飲み物を仕入れるコンビニがあるらしい。そこに杏を連れていくというのだ。連れ出す口実はトイレだ。大きい方をしたくなったから。そういう理由があれば、杏をコンビニに連れていくことができると大岩は説明した。

「ついでに朝飯を買ってくる。そう言えば先輩だって反対しないと思う」

だが依田もついてくるのではないか。彼が目を光らせている状態では逃げることなどできないだろう。すると大岩が続けて計画を打ち明ける。

「店の奥に個室のトイレがある。そこに小さな窓があるんだ。大人は通れないけど、多分杏なら通れるはずだ」

便器の上によじ登り、そのまま小窓を抜けて外に出ろというのだ。

「窓の外には格子がついていた。でも心配要らない。さっき買い物に行ったときに外してきたから」

大岩が右の手の平を見せてくれた。そこには数個のネジがある。

「叩けば簡単に下に落ちるはずだ。外に出たら、そのまま走って逃げろ。できればタクシーに乗れ。そして遠くまで行け」

できそうな気がしてくる。身軽だし、そういうのは得意中の得意だ。しかし——。

「大岩君は？　大岩君はどうなっちゃうの？　私が逃げたら、また怒られるんじゃないの」

「俺も逃げるから心配するな」

それなら名案かもしれない。二人とも助かるのなら、それに越したことはない。

「明日、俺が合図をする。そしたらお腹が痛い振りをしろ。あとは俺が何とかするから」

「わかった」

「弁当買ってきた。温かいうちに食べろ」

大岩が持っていた袋を杏の膝の上に置く。たしかに少し温かい。袋の中にはカツカレーが入っている。

「カレー、好きか？」

「うん、好きだよ。大岩君は？」

「俺も好きだ。大事な試合の前は絶対にカツカレーだった。いつも負けてたけど」

その言葉に杏は笑う。ヒールの大岩は試合に勝つことができない。どれだけ健闘しようが、結局は善玉である看板レスラーに負けるという、悲しい宿命だ。それでも大岩は試合前は必ずカツカレーを食べるのだ。ちょっぴり切なくて、同時に可愛らしい。

「杏、寝る前にトイレに連れてく。そのときにもう一回話そう」

「わかった」

大岩が部屋から出ていった。杏は袋からカツカレーの入った容器をとり出した。急に食欲が湧いてきたような気がする。明日は勝負の日になる。そう思うと、栄養を補給すべきだと思い始めたのだ。

フォークでカツを刺し、それを口に運ぶ。私は刑事の娘であり、同時にLの一族の娘でもある。どんな窮地に立たされようが、絶対に諦めてはいけないのだ。


「渉さん、ありがとうございました。風呂、お先にいただきました」

「気にしないで」

和馬は渉の自宅に身を寄せていた。月島にあるタワーマンションの上層階だ。部屋数もかなり多いのだが、渉はここに一人で住んでいる。家賃だけでも和馬の月給を超えるだろうが、渉はハッキングで儲けた金を資産運用し、都内にいくつかの不動産も所持しているというから、やはりLの一族というのはすべてにおいて規格外だ。

美雲とはマンションの下で別れた。彼女は警視庁に戻った。美雲と和馬が一緒に行動をしていることは、林原の証言次第でバレてしまうことになる。それでも林原がどういう証言をするか、気になったのだ。何かあったらすぐに連絡が来ることになっていた。

リビングのソファに座る。右の足首に湿布薬を貼り、包帯を巻いた。ひんやりと冷たくて心地いい。夕方はかなり痛みがあったが、今ではだいぶ治まっている。それでも今晩は安静にするべきだろう。

「今、食事の用意をしてる。ちょっと待ってて」

「ありがとうございます。それより渉さん、華の様子はそんなに変だったんですか？」

「うん、ちょっとね……」

風呂に入る前に話を聞いたところによると、渉は誘拐犯の電話番号から位置情報を手に入れたという。場所は渋谷にある高級住宅街の中にある空き家だった。中はもぬけの殻だったが、誰かが潜伏していた形跡はあったらしい。各部屋を調べていたところ、突然華の具合が悪くなったというのだ。

「顔色が悪くて、それから無口になった。まあ昨日から大変なことが続いているから、そのせいで疲労が溜まってるんじゃないかな」

疲労というのは十分に考えられる。本来であれば夫である自分が傍にいてあげるべきだが、それができていない状況だ。華には精神的な苦労をかけてしまっている。それを考えると自分の不甲斐なさに腹立たしい気持ちになってくる。

詳しい経緯はわからないが、華は現在和馬の実家に身を寄せているらしい。おそらく尊や悦子たちが奇想天外な作戦を思いつき、それに怒った華が家を出たのだろうと和馬は推測していた。すでに典和が正式に警察に通報し、特殊犯罪対策課が捜査に乗り出しているという。できれば華の声を聞きたいところだったが、下手に電話をするのは避けたかった。華の周囲では捜査員が目を光らせているはず。余計なリスクを冒すべきではない。

「渉さん、犯人のGPSですが、今後も特定はできるんですか？」

渉はキッチンにいる。夕食の支度をしているようだ。渉はこちらを見て説明する。

「位置情報サービスというのは、使用者側が端末で設定しないと、利用できないようになっている」

それはわかる。和馬のスマートフォンもそうだ。位置情報サービスをオンにして、初めて地図機能や周辺施設の検索などができるようになる。

「ただしそういった設定をオフにしていても、スマートフォンというのは微弱な電波を出し続ける。そういう微弱な電波を辿っていくというのが、僕が開発した位置情報追跡システムだ」

従来の位置情報システムをハッキングしたあと、渉自身が手を加えて作り上げたシステムらしい。

「多分犯人側もそれに気づいて、何らかの策を講じたんだと思う。きっと何か電波を遮断するようなボックスにでも入れてあるんじゃないかな。だから今はまったく犯人の居所、正確に言えば、犯人の使用している端末の所在地はわからない状態だ。でもね、和馬君。僕は勝ち目はあると思ってる」

「というと？」

「犯人は必ず電話を受けるからだ。華からかかってきた電話だけは、絶対に出なければならない。その瞬間だけは強力な電波を発信するはず。十秒でも二十秒でもいい。それだけの時間があれば、僕は絶対に突き止める」

ここは渉を信じてもいいと思った。そのくらいに渉の言葉には説得力があり、力強いものだった。渉にとって杏は姪に当たる。杏は渉のことをケビンと呼び、とてもよく懐いていた。渉にとっても期するものがあるのかもしれない。

とにかく警察の働きに期待するしかない。身代金の受け渡し方法などを考案し、それを犯人側に伝える。渉がその瞬間を狙い、犯人の居場所を特定するのだ。それが現時点で思いつけるベストな作戦だろう。

「和馬君、できたよ」

そう言って渉がお盆を持ってキッチンから出てきた。皿に入っているのはカレーだ。その皿をテーブルの上に置きながら渉が言う。

「僕、料理とかできないから、このくらいしか用意できないんだ。普段は宅配サービスを使うんだけど、この状況だしね。レトルトだけど、よかったら食べて」

「ありがとうございます」

心遣いが身に染みる。スプーンをとり、カレーを食べた。月に何度か、杏を連れて実家に夕食を食べにいった。メニューはいつもカレーだった。夕食後、父の典和が杏を自分の膝の上に乗せ、懐かしい刑事ドラマを見せるのが恒例だった。自分も昔はああして父に刑事ドラマを見せられていたな。そんな風に思いながら、二人の姿を見ていたものだった。

時刻は午後十時を回っている。勝負は明日だ。絶対に明日、事件の全貌を暴き出し、杏を救出しなければならないのだ。


「本当なんだな？　本当に君は自分の意思で桜庭に協力したってことだな？」

目の前に座る捜査員が聞いてくる。見たことのない男性刑事だ。彼の背後にも別の男性刑事が控えている。美雲は冷静な口調で答えた。

「さっきから何度も言ってるじゃないですか。私は自分の意思で桜庭先輩に協力しました。何度も言わせないでくださいよ」

ずっと事情聴取を受けている。できるだけ正直に話しているが、すべてを打ち明けてしまうと香も巻き込まれてしまうと考え、そのあたりの経緯についてはうまく誤魔化して話したつもりだ。林原と黒松元副総監の密会、さらに林原が関与していると思われる警視庁を舞台にした不正入札疑惑。美雲の話を聞いた捜査員は目を丸くして、事情聴取を担当する捜査員が若手から年配刑事に変更になるほどだった。

「で、林原さんは何て言ってるんですか？　ちゃんと取り調べに応じているんですよね」

刑事は答えてくれない。美雲は身を乗り出して言った。

「どうして答えてくれないんですか？　私、こう見えても昨日付けで捜査一課に配属されたんですよ。同僚じゃないですか」

やれやれ。そう言わんばかりに目の前の刑事が溜め息をつくのが見えた。溜め息をつきたいのはこっちだ。かれこれ二時間以上もこの部屋に閉じ込められている。

「とにかく双葉美羽、広瀬孝の両名を殺害したのは桜庭先輩じゃありません。あの二人は不正入札絡みのトラブルに巻き込まれたと考えるべきです。どうしてそれをわかってくれないんですか」

「じゃあどうして桜庭は現場から逃亡したんだよ。やましい気持ちがあったから逃走した。そうじゃないのか」

「違いますって。自分の濡れ衣は自分で晴らしたい。そう思ったから先輩は現場から逃げ出したんです」

「本当にそうか？　お前は時間を稼ごうとしているんじゃないのか」

「どうして私が時間を稼がないといけないんですか。その根拠を述べてください。三十文字以内で簡潔に」

またしても刑事が溜め息をつく。口が減らない女だ。そう思っているのだろう。

どこまで行っても堂々巡りだった。会話が嚙み合わないまま時間だけが過ぎていった。まあ聴取する側の気持ちも理解できた。あまりに大それた推察であり、本当であれば極めて悪質な不祥事。困惑するのも無理はない。

「今日はこのくらいにしておこう。当面の間、君の捜査への参加は見送る方針だ。明日も朝から事情聴取だ。午前九時までにここに来るように」

ようやく解放された。取調室を出たが、深夜のためか廊下は薄暗かった。廊下を歩いていると、前方に人影が見えた。香だった。

「美雲、大変だったな」

「香先輩、待っててくれたんですね」

「当たり前だろ。こっちに来い」

香に連れていかれたのは別のフロアにある休憩室だった。簡易キッチンもある部屋だ。昼食どきは食事をとる職員で賑わうのだが、今は誰もいない。それもそのはず、深夜零時になろうとしていた。

「ちょっと待ってろ。温めてくるからな」

そう言って香が袋を手に簡易キッチンに向かっていく。しばらくして香が戻ってきて、プラスチック製の容器を渡された。中身はカレーだった。

「うわあ、ありがとうございます。お腹ぺこぺこだったんですよ」

「だと思った。実は私も昼から何も食べてないんだ」

二人でカレーを食べる。カレーは美味しく、小さなカップに入ったコールスローサラダも嬉しかった。食べながらも自然と話題は事件の話となる。

「林原さんは完全に黙秘を決め込んでいるらしい。何を訊いてもうんともすんとも言わないようだ」

それは想定内だ。いきなりすべてを話すことはないだろう。彼にしても自分の首がかかっているのだから。

「さっきちょっとだけ兄貴と話した」香は一応声を小さくして言った。「兄貴は今、渉さんのマンションにいる。不正入札が絡んでいるんだろ。一課の連中が黒松元副総監の自宅を訪ねたようだが、姿を消していたそうだ。携帯も繋がらないらしい」

黒松元副総監の自宅は目黒区にあり、そこで妻と二人で暮らしていた。一課の捜査員が訪ねて妻に事情を訊いたところ、ゴルフの練習に行くと言って家を出たきり、戻っていないという。林原と話した黒松は、自分の身に危険が迫っているのを察知したのかもしれない。そういうところは鼻が利く男のようだ。

「美雲、今夜はもう遅いし、うちに泊まれ。その方がいい」

「お言葉に甘えさせてください、先輩」

「どうする？　手は考えてあるのか？」

「心配ありません。いくらでも手はあるので」

「それを聞いて安心した。とにかく食べ終わったら帰ろう。休息をとらないと明日動けなくなっちまうからな」

「はい、先輩」

和馬の身の潔白を証明し、二件の殺害事件に関わった真犯人の正体を暴き出す。同時に誘拐されてしまった三雲杏を無傷のまま救出する。しかもタイムリミットまであと二十四時間しかない。

できるか、できないのか。そういう問題ではない。やらなければならないのだ。


朝から桜庭家には慌ただしい時間が流れている。特殊犯罪対策課の捜査員はもちろん、周囲を警戒する地元向島署の捜査員たちへの差し入れのコーヒー、朝食を用意しなければならなかったからだ。

華はキッチンでサンドウィッチ作りに追われている。中の具材はタマゴとハムの二種類だ。もう六斤分は作ったはずだ。義母の美佐子はコーヒーを淹れ、それを保温容器に入れるという作業を繰り返していた。本来なら食事や飲み物を提供する義務はないのだが、やはりそこは警察一家という家柄からか、捜査員たちの食事の用意はすべて桜庭家側で担っていた。

ただし一つだけ、利点もあった。忙しくしているうちは、気持ちを紛らわせることができるのだ。これで何もしないでいたら、それこそ気がおかしくなってしまうだろう。

形を整えたサンドウィッチを切り分ける。これで最後だ。切ったサンドウィッチを皿に並べ、応接間に運んだ。すでに捜査員たちは全員が顔を揃えていて、朝のミーティングが始まっている。

「……犯人に接触を図るのは、遅くとも今日の午前中のうちだ。そこで犯人の了解を得た場合、速やかに作戦を実行する」

話しているのは指揮官である小曽根という男だ。華の存在に気づいた小曽根が華に向かって言う。

「電話をかけてもらうのは奥さんの仕事になります。そのときはよろしくお願いします」

「はい、こちらこそ娘をよろしくお願いします」

昨日の朝、少しだけだが杏と話すことができた。あれのお陰でだいぶ気が楽になっていた。少なくとも杏が生きていることだけは確認できたからだ。もし昨日杏の声を聞けずにいたら、不安もさぞかし大きいものになっていたことだろう。杏の安否確認を優先する。和馬の提案は間違ったものではなかったのだ。

「実行犯と思われる二人組、依田竜司、並びに大岩晃の両名については、捜査一課の協力のもと、引き続き捜索をおこなっている。詳しい情報が入り次第、順次知らせていく予定だ」

北千住の駐車場に乗り捨ててあった車から採取された指紋により、実行犯と思われる二人組の存在が浮上していた。二人とも元プロレスラーで、十年以上前に違法カジノに出入りしていたところを現行犯逮捕され、所属団体を解雇されていた。二人は裏社会と繋がりがあるとされ、何でも屋として重宝されているという噂もあった。

昨夜その話を聞いたとき、華は二人の名前をインターネットで検索した。ヒットした画像はどれも凶悪そうな顔ばかりで、こんな二人と杏が一緒にいると思うだけで、絶望的な気分になってしまった。プロレスはエンターテインメントの一つだとはわかっているが、それでも親としては心配だ。

まだミーティングは続いていたが、華は空いたカップなどを下げてから応接間を出た。キッチンに戻ると、美佐子がまだコーヒーを淹れている。ズボンのポケットの中でスマートフォンが震え始めた。昨日、渉から渡されたものだ。そこには見知らぬ番号が表示されている。渉からだろうか。いや、もしかすると――。

華は裏口から外に出た。誰もこちらを見ていないことを確認してからスマートフォンを耳に当てた。

「もしもし？」

「俺だよ、華」

やはり和馬だった。何となくそんな予感がしたのだ。思わず「和君」と呼んでしまいそうになったが、その言葉を何とか飲み込む。家の外には覆面パトカーが停まっていて、中には見張りの刑事が乗っている。多分声は届かないだろうが、一応は警戒しておく必要がある。

「渉さんから借りたスマホだ。華、そっちの様子はどうなってる？」

華はさきほど小曽根が話していたことを伝えた。実行犯の二人が特定されたことは和馬も知らなかったようだった。

「……そうか。小曽根さんのことだから、きちんとした作戦を考案してくれるはずだ。ところで尊さんたちは？　何か動いているのか？」

偽札で身代金を用意しようと企んでいる、とは言えない。それに昨日渉からスマートフォンを借りて以降、何度か父や母に連絡をとろうとしているのだが、いっこうに繋がらないのだ。

「わからない。私、ずっとここにいるから」

「尊さんたちが余計なことをしなきゃいいんだけど。それを心配してるんだよ」

察しがいい。Ｌの一族を一番近くで見ている男だけのことはある。

「お父さんには私から伝えておくから心配しないで。それよりそっちはどうなの？　まだ追われてるの？」

「まあね。でも徐々に真相に近づいてきた気がする。北条さんのお陰だよ。おそらく今日の午前中には目途が立つんじゃないかと思ってる。そしたら華、俺はすぐに駆けつけるから」

「わかった。待ってるわ」

通話が切れた。華はスマートフォンで現在時刻を確認した。ちょうど午前七時になろうとしている。


タイムリミットまであと十七時間に迫っている。

和馬たちは品川区内にあるタワーマンションの前にいる。昨日から使用しているレンタカーの中だ。和馬が美雲に呼び出されたのは二時間以上前、朝の六時のことだった。美雲は昨夜は香のマンションに泊まったらしく、表に見張りの覆面パトカーも停まっていたようだ。それでも監視の目をかいくぐってマンションから出てくるあたり、さすが探偵の娘といったところか。

昨夜の取り調べでは林原は黙秘を貫いたらしい。おそらく今日も口を割らないはずなので、やはり林原の背後にいる黒松本人から直接事情を訊くしかない。それが美雲の達した結論のようだ。

美雲がこのタワーマンションに目をつけたのは、渉からの情報だった。昨日渉は杏救出のために民間企業の位置情報システムをハッキングし、さらに改良を加え、今では微弱な電波から端末の所在地を割り出せるまでになったという。ハッキングだけではなく、それを自分好みに改良してしまうあたり、やはりLの一族の血筋をしっかりと受け継いでいる。

居場所の特定には成功したものの、部屋番号は割り出すことができなかった。現在の技術レベルでは高低差まで明らかにすることはできないからだ。そこでこうして朝からマンションの前で見張っているというわけだ。

「北条さん、本当にここに黒松元副総監が潜んでいるのかい？」

「ええ。間違いありません」

美雲は自信たっぷりにうなずくが、和馬は今も半信半疑だった。昨日も林原の居場所を特定するなど、渉が開発した位置情報追跡システムが信用できることはわかっている。それでも本当に信じていいものかどうか、若干の迷いがあるのだ。自分が焦っているせいだという自覚もあった。

死んだ広瀬孝が警視庁の不正入札に関与し、双葉美羽もそれに関わっていた。二人が殺害されたのは不正入札絡みのトラブルであるのは明白だ。すでに自分の潔白を証明した。和馬自身はそんな風に考えているのだが、美雲の話によると、いまだに特捜本部は和馬の行方を追っているというのだから参ってしまう。

「先輩、あの人、怪しくないですか?」

美雲の言葉でマンションのエントランスに目を向ける。土曜日の朝ということもあり、それほど人の出入りは多くはない。散歩などに出かける住人がたまに出入りするだけで、今もちょうど一組の男女がエントランスから出てきたところだった。

女の方は大きめなサングラスをして、トイプードルを連れていた。男の方は白いマスクをしている。夫婦が犬の散歩に行くようにも見えるが、男の方が黒松元副総監のように見えた。

「多分そうだね」和馬は男の目元を観察しながら言った。「さすがだよ、北条さん。君と渉さんのコンビは最強だ」

「いえいえ、先輩と華さんのご夫婦だってなかなかのものですよ」

車から降りる。二人は一緒に散歩に行くものかと思っていたら、女の方だけが犬を連れて歩き始めた。男の脇には新聞が挟まれている。ポストに新聞をとりにきただけなのだろう。

エントランスの自動ドアの手前で追いついた。和馬は男の背後から声をかける。

「黒松警視監、よろしいでしょうか?」

男が立ち止まった。振り返った男の目には鋭い光が宿っている。黒松本人で間違いない。階級は警視監であり、これは上から二番目に高い階級だ。しかしその上は定員一名の警視総監なので、実質的にはほぼ頂点に位置すると言ってもいい。

「一課の桜庭です。こちらは北条。お話を聞かせていただきたく、参上いたしました」

「お前たちか」マスクの下で黒松はくぐもった声を発した。「いい加減にしてくれ。何度俺の邪魔をすれば気が済むんだ。俺はもう、とっくに終わった人間だ。帰れ」

一年前に彼が失脚した原因は、ある女性刑事の振り込め詐欺への関与だった。彼女が黒松派だったことも影響して、黒松は警視総監への道を閉ざされた。黒松は和馬らに憎悪の目を向けてくると思ってはいたが、帰れと言われるのは心外だった。和馬は前に出て、黒松の行く手を塞いだ。

「二人が命を落としています。殺人犯を逮捕するのは自分たち刑事の仕事です」

黒松は何も言わない。鋭い目をこちらに向けてくるだけだ。黒松は当然のごとく東大卒のいわゆるキャリア組だ。しかし若い頃から率先して現場に出て、特に反社会的勢力への締めつけを強化した人物として、庁内での評価も高かった。

「だったら」とようやく黒松が重い口を開いた。「証拠を捜せ。そして被疑者を特定して、逮捕状をとれ。それがお前たち刑事の仕事だろうが」

「今回の事件の背後には警視庁を巡る不正入札が絡んでいます。そのあたりの事情をお聞かせください。警視監の子飼いである林原は黙秘を続けています」

黒松は今年で五十九歳になる。あと一年で定年退職を迎え、これ以上の訴追を受けたくないという気持ちはわかる。そうでなくとも今は人事課預かりという状態だ。惜しまれつつ花道を飾る、というわけにはいかないだろう。

「俺は何も知らん。俺が不正入札に関与しているというなら、証拠を持ってこい。そのときは相手をしてやる」

黒松が自動ドアに向かって歩き始めた。すると和馬の背後に控えていた美雲が前に出た。

「警視監、お待ちください」

黒松が足を止めた。その背中に向かって美雲が言う。

「さきほどの女性、遠目だったのでよく見えなかったのですが、随分お若い方だとお見受けしました」

黒いサングラスをかけ、トイプードルを連れていた。黒松の顔に気をとられていたが、たしかに若い女性だったような気がする。

「もし私たちにお時間をいただけるなら、さきほどの女性については一切他言しないことをお約束いたします」

黒松が振り向いた。その口元には薄い笑みが浮かんでいるように見えた。黒松が言う。

「お前、俺に取引を持ちかけているのか?」

「もちろんです。警視監には奥様もいらっしゃいますよね。家庭に波風を立てたくないというのは、世の男子の共通した思いではないでしょうか」

さきほどの女性は愛人と考えていいだろう。自宅に捜査の手が伸びるのを予期し、愛人宅に逃げ込んだのだ。

「やはり北条宗太郎氏のご息女。目のつけどころが常人とは違うな」

黒松は完全に笑っていた。そして彼は口を開いた。

「いいだろう。知っていることは話してやろうじゃないか。ついてこい」

黒松が歩き出すと、それに反応して自動ドアが開いた。美雲と視線を交わし、二人同時に中に入った。


物音が聞こえ、杏は薄く目を開けた。部屋の入り口に依田が立っている。中の様子を観察しているのだ。

決行の朝を迎えていた。ここから逃げ出すのだ。少しだけ緊張していて、昨日はあまり眠れなかった。しかし体調は万全だ。さっき外にトイレに行ったとき、大岩と最終打ち合わせを済ませている。

「おい、起きてるか?」

依田がそう訊いてきたので、杏は起き上がった。今も両手と両足を縛られている。しかし大岩がかなり緩めに縛ってくれているので、実はそれほど苦ではない。

「これから朝飯を買ってくる。待ってろ」

依田がそう言った。その背後に大岩が立っている。大岩が片目を瞑《つむ》っているのが見えた。ウインクをしているつもりらしいが、あまり上手ではない。しかしそれが合図であるのを杏は察した。

「痛たたたた――」

杏はそう言って腹を押さえてベッドの上に横になる。それから足をばたつかせて、痛みに苦しんでいる演技を続けた。

「痛いよ、痛いよ、えーん、えーん」

二人が部屋に入ってくる足音が聞こえた。頭上で言葉をかけてきたのは依田だった。

「おい、どうした？　腹が痛いのか？」

「痛いよ、お腹の中に虫がいるみたいに痛いよ」

「先輩」と大岩が口を挟んでくる。「コンビニのトイレに連れていった方がいいんじゃないすか。それにコンビニだったら胃薬くらいは売ってるはずですよ」

ちょっと棒読みの感は否めないが、大岩は打ち合わせ通りの台詞を口にする。杏の様子に気をとられているせいか、依田が大岩の棒読みを怪しむことはなかった。依田は舌打ちする。

「ちっ、仕方ねえか。こいつをコンビニに連れていくぞ」

「押忍」

手足を縛られていた紐が解かれ、大岩が軽々と杏の体を持ち上げた。そのまま部屋から連れ出された。いつも大岩たちがいる部屋、通称休憩室を通り抜け、さらに広い工場内を通り過ぎ、半分開いたシャッターから外に出た。

トイレの森とは逆方向に向かうと、そこには一台の白いワンボックスカーが停まっている。その後部座席に寝かされた。大岩が運転席に、依田が助手席に座った。車のエンジンがかかる音が聞こえ、そのまま発進した。

バックミラー越しに依田がこちらを観察しているのがわかる。ずっと「痛いよ」と繰り返しているのも疲れてきたので、杏は顔をうずめて泣いている振りをすることにした。その方が楽だと気づいたのだ。

最初はガタガタと揺れていたが、そのうち揺れなくなった。アスファルトの道路の上を走っているのだとわかる。あと少しの我慢だ。そうすれば自由の身になれるのだ。

「大岩、あまり飛ばすんじゃない。慎重に運転しろ」

「押忍、先輩」

車の速度が若干落ちるのを感じる。何度か角を曲がってから、車が停まった。コンビニに着いたのかと思ったが、そうではなかった。赤信号に引っかかったのだと杏は察する。しばらくして車は発進した。

さらに何度か信号待ちをしたあと、ようやく車が完全に停まった。助手席に座る依田が声をかけてくる。

「おい、着いたぞ。歩けるな」

「……うん」

後部座席のドアが開けられた。外には大岩が立っていて、真剣な眼差しでこちらを見ている。杏は起き上がり、車から降りた。そこはコンビニの駐車場だった。ここがどこなのか、杏にはわからない。ただし道路には車もたくさん走っているし、建物もたくさんある。東京のどこかだと考えてよさそうだ。

「行くぞ」

依田がそう言って歩き始める。その後ろを杏、さらにその後ろを大岩という形で歩く。駐車場を横切り、コンビニの店舗に向かって歩いていった。大手コンビニチェーンで、馴染みのマークが見えた。その横には『綾瀬店』という文字が見えた。それがどこなのか、杏にはわからなかった。難しい漢字なので読み方もわからない。

自動ドアが開き、店内に足を踏み入れた。先頭で入った依田はレジの前を横切り、そのまま弁当コーナーに向かって歩いていく。朝食を物色するつもりらしい。後ろから背中を押され、杏は左に曲がって雑誌のコーナーの前を通り過ぎた。そのまま奥にあるトイレに向かって進んでいく。

幸いなことにトイレは空室だった。ドアの前で杏は立ち止まり、後ろを振り向いた。大岩が立っている。本当はお礼の言葉をかけたかった。そしてお別れの言葉も言いたい。しかし声を発するわけにはいかない。依田に聞かれてしまったら計画が頓挫してしまう。

ありがとね、大岩君。元気でね、大岩君。

杏は心の中でそう言った。それが伝わったのか、大岩がこちらを見てうなずいた。よし、行こう。覚悟を決めて、杏はドアを開けてトイレの中に入る。

割と広いトイレだ。手前側に洗面台があり、おむつ交換をする場所もあった。ドアにロックをかけてから、奥の便器に向かった。大岩が事前に話していた通り、壁の上の方に小さな窓がある。

便座の蓋を下げてからその上に上り、窓を開けた。外に格子がついている。大岩がネジを外しておいてくれたせいか、触るだけでグラグラと揺れた。思い切り押すと、格子は外れて下に落ちた。結構大きな音がして、杏はびっくりする。マズい、今の音を誰かに聞かれたら大変だ。

窓のサッシを摑み、そのまま頭から外に出た。落ちないように窓の縁に足をかけて下を見る。ちょうど店の裏側らしく、空のコンテナなどが積まれていた。跳べない高さではない。杏はそう判断して飛び降りた。

大岩が時間を稼いでくれるだろうが、急ぐに越したことはない。杏は走り出した。狭い路地を駆け抜けると、やがて車が走っている大通りに突き当たった。運がいいことに、ちょうどタクシーが停まっていた。しかも空車の表示が出ているではないか。杏が後部座席に近づくと、ドアが開いた。すかさず中に飛び乗った。

白いマスクをした女性運転手だった。もし怖いおじさんで、乗せてくれなかったらどうしようと思ったので、杏は胸を撫で下ろす。女性運転手が訊いてくる。

「お嬢さん、どちらまで？」

警察、と言いたいところだったが、今はとにかくできるだけ早くこの付近から離れたかった。杏は答える。

「東向島までお願いします」

「かしこまりました。東向島ですね」

タクシーが発進する。杏は安堵した。助かってよかった。とにかく早く家に帰ろう。パパとママもさぞかし心配していることだろう。大岩には感謝しないといけない。彼が考えた作戦が成功したのだから。もし将来大岩が逮捕されるようなことがあっても、彼は根っからの悪人じゃないとパパに言っておかないとな。

窓の外を見ると、工場のような建物が並んでいるのが見えた。どこに向かっているのだろうか。杏は少し不安になる。方角的に元の場所に戻っているような気がしてならなかった。

「運転手さん、あの……」

杏はそう言って前を見た。運転手は帽子を深く被っているのでその表情はわからなかった。杏はもう一度声をかけた。

「運転手さん、ええと……」

すると女性運転手が前を向いたまま、遮るように言った。

「勝手なことをしちゃ駄目ですよ、三雲杏ちゃん」

バックミラーを見る。マスクをしているので目元しか見えなかったが、女性運転手の目は笑っていた。

かなり広めのリビングだった。窓から外の景色が一望できる。美雲は和馬と並び、ソファに座った。目の前には黒松元副総監が座っている。

一年前まで次期警視総監候補と目されていたが、美雲の暴いた事件により失脚した男だ。今は人事課預かりになってしまっているが、やはり人の上に立つカリスマ性のようなものが漂っている。豪放磊落《ごうほうらいらく》な男だと噂には聞いていた。自分の失脚を招いた美雲たちをこうして部屋に招き入れるあたり、その性格が窺い知れた。

「簡単に言うと、引き継ぎ案件だった。俺が五年前に副総監に就任したとき、前任者から引き継いだんだ。それがツインリーフだ」

この件はツインリーフだから口出しするな。こっちの案件もツインリーフだ。そんな使われ方をしていたという。要するに外部の業者に内部情報を流し、不正入札をおこなう契約事項全般のことだ。

「俺は見て見ぬ振りをした。触らぬ神に祟りなしという言葉があるだろ。あれと同じだ。一応俺だって警察官、なけなしの正義感はある。しかしこういうものには触らない方がいいと判断した。俺が騒いでツインリーフの全容を暴くのは容易だ。しかしだ。歴代の副総監は皆、これに目を瞑って幾ばくかの金を懐に収めてきた。そういう諸先輩方の悪事を暴く勇気が俺にはなかった」

すでにシステムは完全に出来上がっていて、黒松は担当者として信用のおける部下の林原を指名した。あとはオートマチックに進んでいったため、黒松自身が手を汚している自覚がなかった。年に数度、ツインリーフ側から指示が届き、業者との顔合わせ的な場に顔を出すだけでよかった。

「警視監、よろしいでしょうか」和馬が質問をした。「ここ数年、印刷関係の仕事は元警察官の広瀬が経営する会社に流れていたと聞いております。警視監は広瀬と懇意にされていたようですが、そのあたりの事情をお聞かせください」

「あいつは遠い親戚だ。と言っても血縁関係はかなり薄いがな。ツインリーフ側が俺に気を利かせてくれて、あいつに仕事を回していたんだと思う。俺が奴を選んだわけではない。ここ数年、広瀬はかなり羽振りがよかったと聞いている」

ところが今年度に入り、一度もヒロセ・グラフィックは警視庁から仕事をとっていなかった。その理由もここまでの流れを考えれば想像がついた。要するにツインリーフ側の配慮がなくなったのだ。理由は黒松が副総監の椅子から下りたからに違いない。

「俺に忖度する必要がなくなったわけだ。で、広瀬の会社は干された。あいつは何度も俺のところに泣きついてきた。でもこればかりは何もできない。俺は副総監の職を辞し、同時にツインリーフとの関係も切れたんだ。何もしてやることはできなかった」

徐々に事件の輪郭が見えてきた。広瀬は仕事が激減し、かなり焦っていたはずだ。これまで友好的な関係を築いてきた双葉美羽とも連絡がとれなくなってしまった。そして広瀬は彼女の立ち回り先を訪ね、行方を追っていた。そのときに訪れた一軒が南麻布にあるコンチネンタルだったのだ。

そしてようやく、広瀬は双葉美羽とコンタクトをとることに成功した。西新宿のホテルのスイートルームで会うことになった。広瀬は強い覚悟を持ち、現地に向かった。

「この件から手を引け。俺は広瀬に何度も言ったが、奴は諦められなかったんだろうな。人間というのは一度吸った甘い蜜は忘れられないものらしい」

目に浮かぶようだ。スイートルームに入った広瀬は、仕事をくれと双葉美羽に懇願する。土下座くらいはしたのかもしれない。しかし双葉美羽は嘲笑って、広瀬の願いを一蹴した。二人は口論になる。先に拳銃を出したのは双葉美羽の方だったはず。現時点で詳細は不明だが、彼女は和馬の拳銃を入手していた。それの奪い合いになり、最終的に手にしたのは広瀬だった。広瀬は美羽を床に押し倒した。サイレンサーの代用として枕を彼女の頭に押しつけ、引き金を引いたのだ。

「俺は双葉美羽に会ったことはない。しかしそういう名前の女が取引役として暗躍していることは耳にしていた。だから一昨日、新宿で双葉美羽という女が殺害されたと聞いたとき、真っ先に頭に浮かんだのは広瀬のことだった。一方で現場から逃げ出した刑事がいると聞き、驚いたよ」

そう言って黒松が和馬の顔を見て、小さく笑った。そうなのだ。双葉美羽殺害事件は、あくまでも不正入札を巡る内紛のようなものだ。

「本来であれば」美雲は口を挟む。「殺害の翌朝、不審に思ったホテル側の人間が、床で死んでいる双葉美羽を発見していたはずです。でも実際にはそうはならなかった。遺体を発見したのは桜庭先輩だった。しかも遺体はバスルームに運ばれていた。誰かが故意にそうしたと考えるべきです」

「いったい誰がそんな真似を……」

「すべてを知っていた人物がいるんです。双葉美羽と広瀬との間にある確執を知っていて、その夜、双葉美羽が殺害されると予期した人物がいるんですよ。とてつもない情報収集能力と、とてつもない予測力を持つ人物です。その者は双葉美羽の殺害を予期し、その罪を先輩になすりつけることにした。もしかしたら単なるお遊びのつもりだったのかもしれません。いや、逆に私たちが想像もできないような狙いがあるのかも……」

「やはり北条さん、あの女か」

和馬も気づいたようだった。あの女が裏で動いている。そう考えた方が自然なのだ。和馬のことだけではない。杏の誘拐事件についても同じことが言える。

「そうですね。多分、彼女の仕業でしょう」

三雲玲。三雲華の伯母に当たる天才犯罪者だ。


「おい、お前たち、何を言ってるんだ？」

黒松が訊いてくる。自分が蚊帳の外に置かれていることに気づいたらしい。しかし三雲玲について多くを語るわけにはいかない。彼女は存在しないことになっているのだから。

「こちらの話です。すみません」

和馬が頭を下げた。美雲は考える。もしも三雲玲が絡んでいるとなると、本当に厄介なことになってくる。彼女が天才犯罪者であることはこれまでの経緯でも明らかになっているし、何より怖いのは動機が不明な点だ。彼女を突き動かしているものの正体が、いまだにわからないのである。

「コーヒーでも飲むか」

そう言って黒松が立ち上がる。壁際の棚にコーヒーメーカーが置かれている。ボタンを押すだけで抽出されたコーヒーが出てくる全自動タイプのものらしい。マグカップにコーヒーを注ぎながら黒松が訊いてくる。

「桜庭、お前が現場に到着したとき、すでに広瀬は死んでいたのか？」

「はい。殺された直後のようでした」

「報復と考えるのが妥当だろうな。双葉美羽に近しい何者かが、彼女の仇をとった。そう考えるのが妥当だ」

報復というより口封じに近いのではないか。それが美雲の推測だった。

三雲玲は――いや、まだ彼女が犯人だと決まったわけではないので、仮にXとでもしておこうか――Xは双葉美羽と広瀬孝との間にトラブルが起きることを予期し、双葉美羽殺害の罪を和馬になすりつける。問題は実際に殺人を犯した広瀬だ。彼が精神的に追い詰められていることは明らかだったし、このまま野放しにしておくわけにはいかない。そこで口を封じることに決めたのだ。しかもその罪さえも和馬に着せてしまおうという、絶妙のタイミングで広瀬を殺してみせたのだ。

「よかったら飲んでくれ」

そう言って黒松が美雲たちの前にマグカップを置く。コーヒーのいい香りが漂ってくる。ミルクと砂糖はないようだ。実は美雲はどちらとも入れないとコーヒーを飲めない。たまに渉に舌が子供だとからかわれるが、苦くて飲めないのだから仕方がない。

「警視監、今後はどうするおつもりですか？　今は林原は黙秘していますが、下手をすれば今日中にも落ちるかもしれません。そうなったら警視監も無傷ではいられませんよ」

和馬がそう言うと、黒松はコーヒーを飲みながら答える。

「そうだな。俺も覚悟はできている。しかしだ、桜庭。さっきも言った通り、ツインリーフについては歴代のＯＢも関与してきた案件だ。表に出すのは正直言ってかなり厳しい。警視庁の信用問題に関わることだ」

長年、警視庁を蝕んできた膿《うみ》のようなものだ。そういうのは一気に出し切ってしまうのが一番いいと美雲自身は感じていた。しかし警視庁というのは巨大な組織であり、そういったことを判断するのは上の人たちだ。美雲のような一介の刑事が口を出せる問題ではない。

「この一杯を飲んだら、パトカーを呼んでくれ。洗いざらいというわけにはいかんが、話せる範囲で話すつもりだ。そうすればお前の濡れ衣も晴れることだろう」

「ありがとうございます」

和馬と顔を見合わせる。黒松は和馬の無実を証明してくれるわけではないが、少なくとも今の状況から抜け出すための助けにはなってくれるはず。それには期待してよさそうだ。

「不思議なものだ」と黒松が笑みを浮かべる。「お前たちがいなければ、俺は今頃、警視総監になっていたかもしれん。しかしなぜかお前たちが憎いという気持ちが湧いてこないのだ」

そう言って黒松がマグカップをテーブルの上に置いた。飲み干したようだった。パトカーを手配しようと美雲がバッグの中からスマートフォンを出したとき、異変が発生した。突然、黒松がテーブルの上に突っ伏してしまったのだ。

「け、警視監……」

美雲は立ち上がって黒松のもとに駆け寄った。黒松は苦しそうに喘いでいる。瞼のあたりが痙攣《けいれん》し、尋常ではない量の汗が彼の額から噴き出していた。唇の端からは泡のようなものが垂れ落ちている。

毒物か。美雲は空になっているマグカップに目を向けた。あの中に入っていたのか。ということは、もしや――。

「先輩っ」

美雲は振り返る。和馬も同じように苦しげに喘いでいるのが見え、美雲はそちらに向かった。和馬もマグカップのコーヒーを半分ほど飲んだようだ。どのような薬物かわからない。しかし手をこまねいているわけにはいかない。

「先輩、失礼します」

美雲は和馬の腋の下に首を入れ、和馬の体を持ち上げる。体を引き摺るようにしてリビングから出て、廊下のドアを一つ一つ確認しながら、やっと見つけたトイレの中に和馬の体を押し込んだ。

「先輩、吐いてください。吐けますか？」

苦しげに呼吸をしながら、和馬はうなずいた。それを見て美雲はトイレから飛び出し、キッチンに向かう。食器棚からできるだけ大きなグラスをとり、それに水を注いだ。再び和馬のいるトイレに戻る。

和馬が便器に向かってえずいている。その手にグラスを持たせた。

「これを飲んで、また吐いてください。先輩は絶対に助かります」

すでに和馬の顔は土気色に変色していた。今はとにかく、毒物を体外に排出することが先決だ。どんな種類の薬物だろうが、それに勝る応急処置はない。和馬はグラスの水を飲み干し、それから口の中に指を突っ込んだ。

美雲は大慌てでリビングに戻り、スマートフォンで一一九番通報をした。現在地と患者の症状などを伝えた。二台手配する。テーブルに突っ伏している黒松の体はピクリとも動かない。

通話を切った。トイレの方から水を流す音が聞こえてきた。黒松の様子を確認したところ、残念ながら息をしていない様子だった。テーブルの上には三つのマグカップが置かれている。そのうちの一つ、美雲が座っていた場所に置いてあるマグカップは手つかずのままだ。もし自分もあれを飲んでいたら。そう考えるとぞっとする。あのコーヒーメーカーのタンクに毒が仕込まれていたと考えていい。誰が？　いったい何のために？

和馬の様子を見るため、再びトイレに向かおうとしたときだった。リビングの隅に小さなテーブルが置いてあり、その上には細々とした雑貨などが置かれていた。その中に写真立てがあった。一人の女性がトイプードルと一緒に写っている。

素手だったが、思わず美雲は写真立てを手にとっていた。写真の女性に見憶えがある。これほど美しい女性はそうはいないからだ。

美雲はまじまじと写真を見る。彼女がこの部屋の住人なのか。死んだはずの双葉美羽が、トイプードルを抱いて笑っている。

第四章　泥棒の家

　さっきまでいた廃工場に連れ戻された。敷地内に入り、タクシーが停車する。帽子を目深に被った女性がこちらを見ないで言った。

「降りなさい。逃げようなんて思わない方が身のためよ」

　もはやこれまで。杏は観念していた。本能寺で明智の奇襲を知ったときの信長のような心境だ。そのくらい、この女の人には妙な迫力があるのだった。

　女の人に背中を押されるような形で工場に入っていく。まだ依田たちは戻ってきていないらしい。間違いなく、この女の人は依田たちとグルだ。最初から杏と大岩が脱出計画を企てているのを知っていたのかもしれない。

　杏が休憩室と呼んでいる部屋に入る。さらに奥の監禁部屋に押し込められると思っていたら、意外にも女の人は笑って言った。

「そのへんに座って待ってるといいわ。あの者たちももう少しで帰ってくるから」

　女の人は別の部屋に消えていった。年齢不詳だった。ママと同じくらいの年齢のようにも見えるし、もっと年をとっているようにも見える。ただしどことなく懐かしいというか、不思議と嫌な感じがしないのだ。

杏はパイプ椅子に座った。緊張の糸が切れてしまったせいか、どっと疲れが押し寄せた。自力で脱出することはもう無理だろう。パパや警察が助けにきてくれるのを待つしか道はなさそうだ。

テレビがつけっぱなしになっていて、午前中のニュース番組が流れていた。新宿のホテルで殺人事件が起きたようで、マイクを持ったレポーターがホテルの前から中継している。現場から逃げ去った警察官がいる。警察内部からの情報が洩れたようだが、警視庁は現在捜査中であると誤魔化しているらしい。まさか警察官が人を殺したというのか。間違ってもパパではないはずだ。

足音が聞こえてくる。最初に入ってきたのは大岩だった。その後ろから入ってきたのは依田だ。依田は大岩の膝のあたりを背後から蹴った。大岩は前のめりに地面に転倒する。

「大岩君っ」

杏は大岩のもとに駆け寄った。大岩が杏を見て、申し訳なさそうに首を横に振った。頭上で依田の声が聞こえた。

「おい、ガキ。よくもやってくれたな。てめえのお陰でこっちは酷い迷惑を被ったぜ。てめえが出てこねえからトイレのドアを壊しちまった。弁償しなくちゃならねえだろ」

杏は顔を上げ、依田の視線を正面から受け止める。こんな男に怒られる筋合いはない。なぜなら――。

「私はちっとも悪くない。私は誘拐されてるんだよ。悪いのはそっちだよ」

「言ってくれるじゃねえか、このクソガキ」

依田は凶悪な笑みを浮かべた。殴られる。そう思って目を瞑ってしまったが、衝撃が襲ってくることはなかった。代わりに隣でゴツリという鈍い音が聞こえた。目を開けると大岩がうずくまっている。依田が踵で大岩の頭を蹴ったらしい。

「やめて」

杏は立ち上がり、依田に組みついた。しかしいとも簡単に依田に壁まで投げ捨てられる。さらに依田は大岩に踵を落としている。革製のブーツのため、とても痛そうだ。杏は再び依田にしがみつく。

「やめてってば」

同じだった。簡単に投げ飛ばされてしまう。すでに大岩はグロッキー状態で、されるがままになっている。しがみついては投げられる。何度かそんなことを繰り返していると、女の人の声が聞こえた。

「やめなさい、依田」

依田の動きがピタリと止まる。訓練された兵隊のようだ。女の人が部屋に入ってくる。さっきまでタクシーの運転手の姿をしていたが、黒いブラウスと黒いロングスカートに着替えていた。長い髪を後ろで縛っている。ずっとつけていたマスクは外していた。綺麗な人だった。

女の人がこちらに向かって歩いてきて、杏の前で止まった。そして片膝をついて座り、大岩の様子を眺めている。大岩の顔は無残にも腫れてしまっていて、目を開けているのも辛そうだ。

「可哀想にねえ」

女の人はそう言って、大岩のおでこのあたりを撫でた。それだけで大岩がびくりと体を震わせた。怯えているのだ。

女の人はいつのまにかナイフを手にしていた。いつ出したかわからないほどの動きだった。切れ味の鋭そうなナイフで、その切っ先は不気味な光を放っている。いったい何をするつもりなのか。そう思った瞬間、杏は信じられない光景を見た。

「グエッ」

大岩が叫び声を上げた。彼の右の太腿にナイフが突き刺さっていた。杏は目を見開き、大岩の太腿に刺さっているナイフの柄の部分を見ていた。ど、どうして、こんな真似を――。

「大岩君っ」

そう呼びかけた。そのくらいしかできなかった。大岩は痛みに顔をしかめている。女の人の声が聞こえる。

「はい、ここで問題です。ここに一枚のタオルがあります。これを使って大岩に応急処置をしてください」

女の人が白いタオルを出し、それを杏に向かって投げた。足元にひらひらとタオルが舞い落ちてくる。ごく普通のタオルだ。

「応急処置って……」

そう言って杏は顔を上げたが、女の人は冷たい微笑を浮かべているだけだ。依田も壁にもたれて腕を組んでいる。杏は大岩に目を向けた。

苦しそうに唇を噛んでいる。こういうとき、ナイフを抜いてはいけないのではないだろうか。抜いたら血がドバッと出てしまいそうだ。その証拠に今も傷から血は出ているが、驚くような量ではない。

縛るのだ。止血ってやつだ。ジジと一緒に観たルパン三世か、それともジイジと一緒に観た刑事ドラマか、どちらか忘れてしまったが、そういうシーンがあったような気がする。問題はどこを縛るかだ。体から血が出ていかないようにするわけだから、多分――。

「大岩君、足を浮かせてくれる？　縛るから」

白いタオルを大岩の太腿に回し入れた。太腿の付け根あたりでタオルを縛る。大岩が杏の意図を理解してくれたのか、手伝ってくれたお陰で、きつく縛ることができた。緩かったら意味はないだろう。

五分ほどかかり、ようやく止血が完了した。いつの間にか息が上がっていた。拍手が聞こえる。女の人が満足そうな顔つきで手を叩いている。

「上出来ね。私と同じ血が流れているだけのことはある」

同じ血が流れている。その言葉の意味がわからなかった。考えるうちに、ようやく気がついた。この人、私の――。それ以上頭が回らず、杏は呆然と女の人の顔を見上げることしかできなかった。

「私の名前は三雲玲。あなたがジジと呼んでいる三雲尊の姉よ。よろしくね、三雲杏」

女の人がそう言って笑う。見ているだけで背筋が凍ってしまうような、冷たい笑みだった。

美雲は品川区内の総合病院にいた。和馬がこの病院に運び込まれてから、四十五分あまりが経過していた。残念ながら黒松は助からなかった。現場に到着した救急隊員によって死亡が確認されたのだ。

ここは二階にある処置室だ。使用中を示す赤いランプが灯っている。廊下を走ってくる足音が聞こえた。顔を上げると、三人の男女が血相を変えてこちらに向かってくるのが見えた。美雲は立ち上がり、彼らを出迎えた。

「美雲ちゃん、和馬の容態は？」

そう訊いてきたのは桜庭典和だ。その背後には妻の美佐子、それから香の姿もある。

「今も治療が続いています。毒物を飲まされたんです。実は私たち……」

これまでの経緯を説明する。事件の鍵を握っている黒松元副総監の愛人宅を訪れ、そこで出されたコーヒーに毒物が混入されていた可能性が高いこと。黒松自身もコーヒーを飲み、現場で死亡が確認されたこと。

「桜庭先輩はコーヒーを半分ほど残していました。それにすぐに吐きました。だから何とかもっているんだと思います。本当に、本当に申し訳ありませんでした。私のせいです。私がもっとしっかりしてたら……」

言葉が続かず、美雲は頭を下げた。そのくらいしかできなかった。どれだけ自分を責めても責めきれない。敵かもしれない男に出された飲み物を口にするなど、迂闊にもほどがある。どうして止められなかったのか。

「美雲ちゃん、頭を上げてくれ。今は和馬の生命力を信じるしかない」

その言葉に顔を上げる。そしてここに駆けつけるべき人の姿が見えないことに気づき、美雲は訊いた。

「ところで華さんは？」

「華さんは誘拐犯に電話をかけるという大役があるから、自宅に待機してもらってる。あまり心配をかけたくない。だからまだ伝えていないのだ」

そういうことか。美雲は状況を察した。今、三雲・桜庭の両家は想像を絶する窮地に立たされている。和馬は殺人犯の濡れ衣を着せられて逃走し、杏は誘拐されて十億円もの身代金を要求されているのだ。そしてさらに、和馬が毒物を飲まされて病院に搬送されてしまった。華に心労をかけたくない。そう配慮する典和の気持ちもわかった。

「おっ、出てきたぞ」

香が言った。処置室のランプが消え、ドアから手術着を着た医師が姿を現した。全員で医師のもとに急いだ。若い医師が説明してくれる。

「患者さんは意識不明のままです。命に別条はないと思いますが、これぱかりは断言できません。容態が急変することもありますしね。胃洗浄もおこないましたし、やれるだけのことはしたつもりです。飲んだ毒物の分析を急がせています。それがわかり次第、内服による処置が可能になるかもしれません」

コーヒーの飲み残しを提出してある。多分ヒ素ではないか、というのが美雲の読みだが、これればかりは正式な分析が終わるのを待つしかなかった。

引き続き集中治療室で治療を続けるようだった。面会できるのはまだ先になるとの話だった。処置室に引き返していく医師を見送ってから、典和が険しい表情で訊いてくる。

「美雲ちゃん、いったいどうなってる？　和馬は殺してなんかいないんだろ？」

息子が殺人犯として追われている。しかも典和自身も現役の警察官なのだ。その複雑な胸中は理解できた。

「桜庭先輩は犯人ではありません。もう少しで真犯人の正体がわかりそうな段階です」

ツインリーフというのが組織なのか、それともシステムを意味しているのか不明だが、双葉美羽が深く関与していたことだけは確実だった。しかも彼女の背後には三雲玲の姿が見え隠れしていた。

「香先輩、私のことはどうなってますか？」

美雲は香に事情を訊いた。今朝の事情聴取もすっぽかしてしまっている。今は特捜本部の言いなりになっている場合ではないからだ。そのあたりの言い訳は香に一任した。

「お前は体調を崩して休んでることになってるよ。黒松さんまであんな目に遭ってしまったんだ。特捜本部もお前のことなんて気にしてる暇はないって」

それはそうだろう。黒松元副総監の死亡は警視庁を揺るがすほどの大事件だ。これで一連の事件での犠牲者は三人目だ。

「おい、美佐子、大丈夫か？」

典和がそう言って、美佐子の肩を支えた。そのままベンチに座らせる。

「ごめんなさい、あなた。朝から忙しかったから、ちょっと疲れたみたい」

「ここで休んでろ。おい、香。何か冷たい飲み物でも買ってきてくれ。面会が許されるまで、ここで待つことにしよう」

「わかった」

香が廊下を小走りで駆けていく。遠巻きにこちらを見ている男たちがいる。彼らはおそらく警察の人間だ。今頃警視庁は上を下への大騒ぎだろう。

美雲は処置室のドアを見て、少しだけ目を閉じる。そして心の中で語りかけた。先輩、ご無事でいてください。

「おい、美雲ちゃん、どこに行くんだ？」

歩き始めると、背後から典和に呼び止められた。振り返った美雲は答えた。

「私は刑事です。刑事にできることは捜査だけです」

和馬に殺人の濡れ衣を着せただけではなく、毒物まで盛った。そして幼い杏を捕らえ、桁外れの要求を突きつけてくる。三雲玲、あなたのやっていることは許されることじゃない。

美雲は胸に誓った。

私はあなたを逮捕する。絶対に――。

「奥さん、落ち着いてください。我々が考えた作戦ですから、心配要りません」

華は今、桜庭家の自宅の応接間にいる。あと一分で午前十一時になろうとしていた。午前十一時になったら犯人に電話し、こちら側が考案した取引方法を提示する予定になっていた。すでに一時間ほど前から、小曽根とともにシミュレーションを繰り返していた。

「あと三十秒です」

若い捜査員の声が響く。誰もが息を呑み、そのときを待っている。テーブルの上には華のスマートフォンが置かれている。端子から伸びたコードが警視庁の備品であるパソコンに繋がっている。録音するだけではなく、逆探知を試みるようだ。

「奥さん、そろそろ準備を」

小曽根がそう言いながらイヤホンを耳に挿し込んだ。華はスマートフォンを手にとった。小曽根が指を鳴らしたので、リダイヤルから『X』の番号を呼び起こし、そのまま電話をかけた。華の周囲には五人の捜査員が控えているが、誰もが息を殺してイヤホンに意識を集中していた。三度目のコール音の途中で通話は繋がった。ボイスチェンジャーを通した声が聞こえてくる。

「おはようございます。準備は整いましたか？」

「ええ」と華は答える。さきほどから何度も教えられたし、手元にはメモもある。「お金の準備が整いました。今から説明してよろしいですか？」

「どうぞ」

「用意した十億円を、十個のジュラルミンケースに入れました。一ケースには一億円が入っています。それをこちらで用意したワンボックスカーの荷台に入れてあります。車種はマツダのボンゴです。ナンバーは……」

メモを読み上げる。電話の向こうで反応はないので、華は続けて説明した。

「つまり十億円を積んだ車と考えてください。この車をそちらが指定した場所までお届けします。運転するのは当然私です。ただし私は運転技術が未熟なため、家族を一人、助手席に乗せることをお許しください。場所と時間を指定してくれれば、どこにでも向かいます。到着したら速やかにその場から立ち去るので、あとはお好きにしてくれて構いません。いかがでしょうか？」

息を殺し、犯人の声を待つ。しばらくしてXが話し出した。

「悪くないですね。上出来と言えるでしょう。ただし一つだけ確認しておきたいのですが、本当に十億円用意していただいたのでしょうか？」

「はい。用意しました」

「あなたに訊いているのではありません。そこにいる警察の方々、特殊犯罪対策課の方々に訊いているんです。小曽根主任、お答えください」

いきなり名指しされ、小曽根が目を丸くした。しかし彼はすぐに冷静な顔に戻り、メモに『盗聴器？』と記した。それを見た部下が動き始める。この家に盗聴器が仕掛けられているということなのか。

小曽根が手を差し出してきたので、スマートフォンを手渡した。スピーカー機能を使って小曽根が話し始める。

「お電話代わりました。特殊犯罪対策課の小曽根です」

「さきほどの質問にお答えください。金は全額用意してあるんですね？」

小曽根の額には大粒の汗が浮かんでいる。まさか犯人に名指しされるとは思ってもいなかったに違いない。小曽根は答えた。

「もちろんです。十億円、用意してあります」

「今、私はある映像を見ています。そこには一台のワンボックスカーが映っています。数人の男がジュラルミンケースを後部ハッチから中に運び込んでいるみたいですね」

小曽根の顔色が変わる。ほかの捜査員たちの顔色も蒼白だった。Xの冷たい声が響き渡る。

「一ケースあたり一億円。つまり百万円の札束が百束入っているはずですが、一番上と一番下だけ本物の紙幣を入れ、残りの九十八枚は紙切れでしょうね。つまり一ケースあたり二百万円です。これが十ケースあるわけなので、総額で二千万円。私が指定した十億円には遠く及びません」

小曽根は答えない。Xの言っていることは本当なのかもしれない。いくら警察でもそう簡単に十億円という大金を用意できるわけがないのだ。もしかしたら強奪されてしまう可能性もあるのだから。

「さきほど作業員らしき男が車をいじっているのが確認できました。GPS発信器をつけたんでしょう。不具合が発生した場合に備え、複数個を装着したことは間違いありません。金を車ごと引き渡し、人質を解放させる交渉を進めつつ、GPSの電波を頼りに車の行方を追跡する。それがあなた方の作戦ですね」

もはや完全にXのペースだった。特殊犯罪対策課の作戦はすべて見抜かれていたのだ。しかも警視庁の地下駐車場まで見張られているとは、やはり敵はただ者ではない。俺たちLの一族に対する挑戦なんだよ。華は父の尊が言っていたことを思い出した。やはり警察に頼っても駄目なのか。

「そういうわけで、今回のあなた方の提案は却下いたします。チャンスはあと一回です。健闘を祈ります」

通話は虚しくも切れた。周囲には重苦しい空気が漂っている。それを振り払うように小曽根が捜査員の一人に言った。

「逆探知は？」

「すみません。できませんでした」

「主任」と捜査員の一人が歩み寄ってくる。「電話機のコンセントにこんなものがついてました」男が手にしているのはライターくらいの大きさの黒いボックスだ。「おそらく盗聴器ではないかと思います」

「ほかにも仕掛けられている可能性がある。もっと探せ」

「はい」

捜査員たちが立ち上がり、部屋のあちらこちらの捜索を始めた。これで完全に振り出しに戻った格好になる。小曽根が沈痛な面持ちで言った。

「奥さん、申し訳ありません。今回は敵が一枚も二枚も上手だったようです。ただしご理解いただきたいのですが、我々も十億円という大金を用意することはできません。となると時間内に敵の正体を割り出し、人質を救出するという作戦に移行するしか術はありません」

金が用意できないなら、それしか方法はない。タイムリミットまでに杏を救出できれば、それに越したことはない。

「そういったことを含めて、上層部と協議して作戦を練り直します。どうか引き続きご協力をお願いします」

「こちらこそ、よろしくお願いします」

小曽根が応接間から出ていった。華は立ち上がり、皆にお茶でも出そうとキッチンに向かった。一時間ほど前、桜庭家の両親は慌ただしく出ていった。和馬の件で何やら進展があったようだが、詳しくは教えてくれなかった。華さんは杏ちゃんの心配だけしていればいい。そう典和に言われたのだ。

現在の時刻は午前十一時十二分。タイムリミットは今日の深夜零時だ。時間だけが刻々と過ぎていく。華は言いようのない焦りを感じていた。


美雲が品川にあるタワーマンションの一室に着いたとき、すでに黒松の遺体は運び出され、品川署の刑事による捜査が始まっていた。現職の警察官、しかも去年まで副総監という地位にいた人物が亡くなったということもあり、現場もかなりの大騒ぎだった。すでに騒ぎを嗅ぎつけたマスコミが下に押しかけているようだ。

部屋の借主は双葉麻羽《まう》という、三十四歳の女性だった。部屋に残された身分証明書などから、品川区内の総合病院に勤務する看護師であることが明らかになっていた。今朝、トイプードルを連れて外に出ていく姿がマンションの防犯カメラに映っていたが、いまだに帰宅していない。携帯番号にかけても通じないらしい。

その名前からして、新宿のホテルで遺体で発見された双葉美羽の姉妹であると思われた。生憎土曜日で官公庁が休みのため、身分照会に時間がかかるようだった。

今朝、エントランスのところで一瞬だけ目撃した、大きなサングラスをした女。まさか彼女が双葉美羽の近親者であるとは思ってもいなかった。あのときは黒松から事情を聞き出すことで頭が一杯だった。

ここにいてもやることはない。そう思って美雲は外に出た。エレベーターで一緒になったのは、トレーニングウェアを着た中年の女性だった。彼女が二階で降りたので、美雲もあとに続いた。

二階には住人専用のトレーニングジムがあった。マシンもかなり充実しており、土曜日ということもあってか、多くの人たちがトレーニングに励んでいる。さすがにジム内には捜査員の姿はない。美雲は一番近くにいた中年の女性にバッジを見せながら声をかけた。

「すみません。私は警視庁捜査一課の北条と申します。このマンションにお住まいの双葉麻羽さんをご存じですか?」

「さあ、知らないわねえ」

そんな感じで次から次へと質問をしていった。五人目に質問をした、エアロバイクを漕いでいる高齢の女性から反応が返ってきた。彼女とはたまにジムで顔を合わせ、何度か話したことがあるというのだ。

「双葉さんですが、どういう方ですか？」

「感じのいいお嬢さんよ。看護師さんをしてらっしゃるみたいで、健康面でも相談に乗ってもらったことがあるの」

「彼女のことで何か印象に残っていることはありませんか？」

「そうねえ」と女性は漕いでいたバイクの足を止めた。「二ヵ月くらい前だったかしら。エレベーターの中で彼女と会ったんだけど、ちょっと様子がおかしかったわね。私が話しかけても反応が薄いっていうか。服装もいつもより派手な感じだったし」

まるで赤の他人に話しかけてしまったような、そんな気さえしたという。後日会ったときにそのことを話すと、仕事でショックなことがあって放心状態だったと彼女は説明したようだ。

間違いない、と美雲は確信する。この女性がエレベーターの中で会ったのは双葉麻羽ではなく、美羽だろう。

「ありがとうございました」

美雲は礼を言い、聞き込みを続けた。しかしそれ以上の成果は得られなかった。

美羽と麻羽。この二人の関係が気になった。ジムを出て、一階のエントランスから外に出た。下には何台もの覆面パトカーが停車していて、カメラを持ったマスコミの人間も歩いている。しかし美雲の姿を見ても誰も声をかけてこない。捜査一課の刑事とは思わないのだろう。

マンション前の騒ぎから離れ、美雲はスマートフォンを出した。周囲に人がいないことを確認してから、ある人物に電話をかける。すぐに通話は繫がった。

「もしもし、北条ですが」

「これは珍しいな。何か用かい？」

三雲尊の声が聞こえてくる。蛇の道は蛇という諺《ことわざ》もある通り、悪党については悪党に聞いてみようと思ったのだ。尊は恋人の父親ではあるが、筋金入りの大悪党だ。俺は悪い奴から奪っているだけだから悪党じゃない、と本人は言い張るに違いないが。

「おじ様、お聞きしたいことがあります。ツインリーフという言葉に聞き憶えがありますか？」

「ああ、知ってるぜ」尊はいとも簡単に答えた。「官公庁を中心に不正入札をしている一派だ。まあ俺とは仕事が被っていないから、それほど詳しいことは知らないけどな。そういう奴らがいるというのは俺の耳にも入ってる」

やはり頼もしい。Ｌの一族の頭領だけのことはある。

「一昨日、新宿のホテルで一人の女性が殺されました。名前は双葉美羽」

「その件なら耳に挟んだ。和馬君が濡れ衣を着せられたってやつだろ」

「そうです。双葉美羽こそがツインリーフそのもの、首謀者だと思われます。殺された理由も不正入札絡みです。彼女には麻羽という名前の姉か妹がいるようですが、おじ様、ご存じありませんか」

「美雲ちゃん、もう気づいているんだろ」

「双子ですか」

「その通りだ。ツインリーフ。葉っぱは二枚あるってことさ」

二人は一卵性双生児だった。双子という特性を活かし、若い頃から美人局《つつもたせ》などで荒稼ぎしていた姉妹で、裏の世界では有名だったらしい。ただし妹の方は何年か前に業界から姿を消し、姉の美羽だけが一人で仕事を続けていたという。さきほどタワーマンションの住人から聞いた話を思い出す。双葉麻羽は看護師をしていたというが、それは本当の話だろう。

「いずれにしても一筋縄ではいかない女だぜ。美雲ちゃん、絡むんだったらせいぜい気をつけることだ」

「ご忠告ありがとうございます」

「俺はしばらく潜《もぐ》る。あとは頼んだぜ」

潜る、という言葉の意味がわからなかった。今、桜庭家も、三雲家も危機的状況にある。それを無視して彼はいったん姿を消すという意味か。思わず美雲は声を発していた。

「おじ様、それはあまりに無責任では……」

通話は一方的に切られてしまう。彼はLの一族の頭領であり、世間にその存在を知られることを一番恐れている。こういう危機に陥ったら真っ先に逃げ出す。それが彼のやり方なのかもしれなかった。だからこそ、これまで警察に捕まらずにやってこられたのかもしれない。しかしそれでは、華さんや先輩が……。

もう一度尊に電話をかけてみたが、すでに電源が切られてしまったようで繋がらない。本当に潜ってしまったらしい。有言実行という言葉が彼ほど似合う男はそうはいない。

気をとり直す。得られた情報は大きい。双葉美羽、麻羽は一卵性双生児だった。それがわかっただけでも大きな収穫だ。となると、ここで大きな疑問が出てくるのだ。新宿のホテルで殺されたのは、果たして本当に双葉美羽だったのか。

大岩は眠っている。眠っているというより、意識が朦朧としているのだろう。杏は監禁部屋の床に座り、ベッドに横たわる大岩の様子を見つめている。

太腿にはナイフが突き刺さったままの状態だ。止血してあるとはいえ、血は少しずつ流れている。痛みもあることだろう。大岩の額には大粒の汗が浮かんでいる。杏はその汗をタオルで拭いている。

「大岩君、大丈夫?」

「……あ、ああ」

大岩はかすれた声で答えた。時計がないのでわからないが、刺されてから二、三時間くらいは経過しているのではないだろうか。本当にこのまま病院に連れていかないで平気なのだろうか。そんな不安がこみ上げてくる。

ドアが開き、依田が入ってくる。持っていた袋を床に置いた。

「飯だ。食べろ」

食欲なんてない。それでも杏は袋の中を見て、入っていたミネラルウォーターのペットボトルを出した。キャップを開けて、大岩の口元に持っていく。喉が渇いていたらしく、大岩は結構な量の水を飲んだ。

「ねえ、大岩君を助けてあげてよ。病院に運んでよ、お願いだから」

依田は耳を貸そうとせず、ニヤニヤと笑っているだけだ。プロレス時代の先輩だと聞いていた。そもそも大岩を悪の道に引き摺り込んだのはこの男だ。こいつがいなかったら、大岩君は……。

「まだ生きてるようね」

その言葉とともに部屋に入ってきたのは三雲玲と名乗った女の人だった。ジジのお姉ちゃんに当たる人らしい。それが本当なら六十歳を超えているはずだが、まだまだ全然若々しい。どことなくママに通じる面影がある。ジジのお姉ちゃんであるなら、ママとも血が繋がっているのだ。だからママに似ているのかもしれなかった。

玲がこちらに向かって歩いてきた。手に持っている小瓶を、大岩の傷口に向かって逆さにした。零れ落ちた液体がナイフを伝って傷口を濡らすと、大岩が痛みで悲鳴を上げた。

「何するのよっ」

「アルコールで消毒しただけ。さすが元プロレスラーだけあって、結構耐えてるわね。でも今日中に病院に連れていかないと大変ね。傷口が化膿して、最悪の場合、歩行困難などの後遺症が残る可能性があるわ」

「病院に連れてって。お願いだから、大岩君を……」

「杏、よく聞きなさい」

玲にそう言われ、杏は黙った。声もママに似ているが、どこか冷たい感じがした。口元に浮かぶ微笑も、氷のような冷たさだ。全部が温かいママとは真逆だった。

「私の言うことに従えば、大岩を病院に連れていってあげてもいい」

「な、何をすればいいの？」

「杏、知ってるわよね？　私たちがLの一族であるということを」

戸惑いつつも、杏はうなずいた。ママたち三雲家は泥棒一家である。そんな驚愕の事実を知ったのは去年のことだ。しかもパパたちは警察一家というのが、さらに事情をややこしくさせていた。最初のうちはあれこれと思い悩んだりしたものだが、今ではこういうのも面白いなと思っている。

「杏、あなたにも泥棒の血が流れている。それも私が見た限り、極めて優秀な泥棒の血がね」

ごくりと唾を呑む。たしかに私は運動神経が優れている。体育の授業はいつも独壇場だ。ジジはママには内緒でいつも褒めてくれる。さすがだな、杏ちゃんには俺たちLの一族の血が流れているんだな。

「あなたには泥棒をやってもらう。成功すれば、大岩を病院に連れていってあげてもいいわ」

「泥棒って、そんなのやったことないよ」

「だからやるの。簡単なことよ。あなたをある店に連れていくから、店の従業員の目を盗んで、好きなものを盗めばいい」

万引きしろ。そう言っているのか。万引きというのは犯罪だ。窃盗罪という罪に当たることくらい、杏でも知っている。

「別に店の金を盗めとか、財布を盗めとか言ってるわけじゃないのよ。チョコ一枚でも、飴玉一個でも構わない。とにかく店の商品を一つ、バレないように盗むこと。それが大岩を病院に連れていく条件ね」

簡単なことのように言うが、飴玉一個でも犯罪は犯罪だ。万引きに手を染めれば、私は犯罪者になってしまう。

「私はちょっと用事があるから、席を外すわ。覚悟が決まったら依田に言いなさい。期限を決めるわ。一時間以内にやるかやらないか、決めるように」

依田が前に出て、手に巻いていた腕時計を投げてきた。杏はそれをキャッチする。時刻はちょうど午後一時だった。

「杏、よく聞いて。これはテストよ。あなたにLの一族の血が流れているかどうか、それを試すテストなの。大岩を生かすも殺すも、それはその小さな手にかかっている。あなたに私と同じ血が流れていることを、あなた自身の手で証明してみせなさい」

玲と依田は監禁部屋から出ていった。杏は大岩の様子を見る。半ば昏睡状態にあるようで、さきほどから目を閉じたまま動かなくなっていた。鍛えられた胸が上下に動いている。呼吸に力強さがなくなってきているように感じた。本当にこのままで大丈夫だろうか。

依田から渡された時計を見る。秒針は着実に時を刻んでいる。

杏は思い悩む。

大岩君を助けるためには、私が万引きをするしかないのだろうか。私にLの一族の血が流れていることを、自分で証明するしかないのだろうか。

「華さん、そっちの様子はどうだ？」

午後一時過ぎ、典和から電話がかかってきた。取引の提案が却下されたことを伝えると、電話の向こうから落胆したような吐息が聞こえた。

「そうか。実は俺もこうなることを半ば予期していたんだ。一筋縄ではいかないだろうなと。敵はきっと華さんたちの素性を知ったうえで、勝負を挑んできているんだ。手強い相手だと思っていたが、これほどとはな」

自分の孫に泥棒一家の血が流れていることを、誰よりも危惧していたのが典和だった。孫に刑事ドラマを見せていたのも、彼なりに孫の将来を心配してのことだったのだ。その気持ちは素直に嬉しい。

「ところでお義父さん、和君はどうなりました？　何か進展があったんじゃないんですか？」

午前中、和馬の身辺に動きがあったといい、典和らは家から出ていったのだ。華には誘拐犯に電話をするという役目があったので、ここに残ったという経緯がある。

「特には進展はなさそうだ。あいつもあいつなりに頑張っているはずだ。だから華さん、あんたも頑張るんだ」

娘が誘拐された。そんな一大事に駆けつけることができない。和馬の胸中は痛いほど理解できた。たとえ殺人の濡れ衣を着せられようが、彼には美雲もついている。きっとこの危機を乗り越えてくれるはず。今はそう信じるしかない。

「きっと杏ちゃんは助かる。助かるぞ」

電話の向こうの典和の声が震えているような気がした。何かを堪えているかのようでもあった。いったいどうしてしまったのか。華は呼びかけた。

「お義父さん、大丈夫ですか？　何かあったんですか？」

「何でもない。ちょっと感情的になってしまっただけだ。また何かわかったら連絡する。華さん、またな」

通話は切れた。華は応接間を覗いてみる。捜査員たちが情報収集をしているようだ。小曽根は警視庁に戻っていった。幹部と協議すると言っていた。正直手詰まりの感は否めなかった。午前中に提案した取引がいとも簡単に却下され、しかも犯人は警視庁の地下駐車場も監視していたのだ。

空いている湯呑みなどを下げ、キッチンに向かった。洗いものをしようとすると、インターホンが鳴った。玄関に向かうと宅配便の配達人のようだった。

「三雲華さんにお届けものです」

「ご苦労様です」

鉢植えの花だった。一人では持てないほどの豪華な鉢植えだ。花に紛れるように封筒が差し込まれていて、『三雲華様へ』と書かれているのが見えた。どうして私がここにいることがわかったのか。そんな疑問を覚えつつ、捜査員たちがやってくる前に華は素早くその封筒をとり上げ、ズボンのポケットに入れた。

「どうしました？　花ですか」

「そうみたいですね」

捜査員たちがやってきて、届いた鉢植えのチェックを始めた。華はそそくさとその場を離れてキッチンに向かった。封筒を開けてみる。

中から出てきたのは一枚の写真だ。大きな柱が写っており、柱には文字のようなものが刻まれているが、文字を読みとることはできなかった。しかしなぜか、無性に懐かしかった。幼い頃、これと同じものを見たことがある。そう思った。

どこかの家の中を撮った写真だが、家の場所も想像がついた。昨日、渉とともに忍び込んだ渋谷の高級住宅街の中にある屋敷だ。二階の洋室に入ったとき、なぜか幻聴にも似た笑い声が聞こえたのだ。あれは多分、私の記憶ではないのか。つまり、私はあの屋敷を知っているのだ。でもいったい、なぜ――。

もう一度写真を見る。これを送りつけてきたのは何者なのか。誘拐事件と無関係とは思えなかった。渉の調べによると、あの屋敷から犯人側の携帯電話の電波が発せられていたという。

写真の裏には文字が書かれていた。

『WHO　ARE　YOU？』

あなたは誰？――。

あなたというのは、私に向けられた言葉だろうか。私は三雲華だ。それ以外に答えは思いつかない。私は間違いなく、三雲華だ。

焦燥感が募っていた。警察の捜査も行き詰まっており、ここで待っているだけでは杏は助からないのではないか、という思いもあった。それに和馬のこともある。父親である彼が動けないのであれば、母親の私が動くしかないのではないか。

もう一度写真を見る。これは犯人側から華に送られたメッセージだろう。どういう意図が隠されているかわからないが、この場所に足を運べば何かわかるかもしれない。

華はエプロンを外して、キッチンから出た。足音を忍ばせ、裏口に向かって廊下を歩いた。


「……ですから、西新宿で見つかった遺体は双葉美羽のものではない可能性が高いんです。……だからさっきから何度も説明してるじゃないですか。美羽には双子の妹がいたんです。その妹の部屋で黒松警視監は殺害されたんです」

美雲は電話で説明に追われている。さきほど捜査一課の管理官から電話がかかってきて、説明を要求されたのだ。

「……今ですか？　新宿の病院に来てます。双葉美羽の遺体を調べるためです。……了解です。何かわかったら連絡します」

通話を切った。ここは新宿区内にある大学病院だ。新宿署の監察医に指定されており、双葉美羽の遺体もここに安置されているのだった。さきほど確認したが、まだ美羽の遺体は保管されていた。病院側も遺体の引きとり先を決めるために、身内を探していたところらしい。

「刑事さん」そう言いながら白衣を着た監察医が近づいてくる。「新宿署の方と連絡がとれました。亡くなった被害者の財布の中に、彼女名義の歯科クリニックのカードが入っていたので、そのクリニックを教えてもらいました」

この遺体は本当に双葉美羽なのか。美雲はそう疑っている。さきほど監察医にそれを話し、捜査に協力してもらっているのだ。

本来であれば事情聴取に応じ、昨日の行動の釈明をしなければならないのだが、今もこうして自由に動けている。さきほどの電話でも管理官は美雲に対して何も言ってこなかった。いまだに特捜本部の混乱が続いている証拠だ。

「これからカルテを送ってもらいます。それが届き次第、遺体の歯型を鑑定してみようかと思ってます」

「そうですか。よろしくお願いします」

鑑定の結果を待つまでもなく、新宿のホテルで殺害されたのは妹の麻羽だろうという確信に近いものが生まれつつある。今日の朝、トイプードルを連れてマンションから出てきて、優雅に歩き去ったサングラスの女性。あの堂々とした立ち振る舞い。おそらく彼女こそが姉の双葉美羽だ。

時刻は午後一時三十分を回っている。さきほど桜庭典和から電話がかかってきて、和馬の処置が終わり、あとは彼の回復力次第だと教えられた。その知らせを聞き、美雲は和馬の無事を祈った。美雲にとって彼は大切な存在だ。絶対に死んではいけない人だ。

次はどう動くか。美雲は思案する。こういうときは止まったら駄目だ。止まらずに、考え続けること。それが美雲の信条だ。父や祖父から教わったことでもある。

スマートフォンに着信が入る。渉からだった。何の用だろうか。そう思って電話に出ると、開口一番渉が言った。

「美雲ちゃん、お腹空いてない？」

「えっ？　お腹ですか。まあ、空いてないこともないですけど」

実は朝から何も食べていない。朝も早かったし、さらに和馬が病院に運ばれてしまうなどで、食事をしている時間などなかったのだ。

「しっかりご飯食べないと。ブドウ糖が不足すると脳の働きも鈍くなるんだよ。一緒に食べよう」

「渉さん、どこにいるんですか？」

「美雲ちゃんがいる病院の前」

慌てて廊下を走る。病院から出ると本当にいた。正面玄関を出たところに紙袋を抱えた渉が立っている。渉のもとに駆け寄って美雲は訊く。

「どうしてここに私がいるってわかったんですか？」

「ＧＰＳだよ」

病院前が広場になっていたので、そこのベンチに並んで座る。渉が買ってきたのはベーグルサンドとカフェオレだ。それを食べながら話をする。渉は杏の誘拐に関する最新情報を教えてくれた。

午前中、警察が考案した取引方法を伝えたのだが、犯人側はあっさりとそれを拒否したという。警察側の情報が筒抜けになっており、今は暗礁に乗り上げてしまっているらしい。かなり狡猾な犯人だ。

「それで渉さん、犯人側の電波を拾うことはできたんですか？」

今朝、双葉麻羽のマンションの前で張り込み中、和馬から教えられていた。渉が開発した位置情報追跡システムはかなりの精度を誇っていて、犯人の居所を摑むと張り切っていたという。

「敵が一枚上手だったよ」と渉は肩を落とした。「向こうもかなり警戒した様子で、位置情報を特定されないように妨害電波を出してたみたい。でも中継ポイントの感じからして、都内の北東部じゃないかと思う。少なくとも荒川よりも東側だね」

それだけではまだ広い。スモークサーモンとクリームチーズのベーグルサンドを食べながら、美雲は渉に言った。

「それだけじゃありませんよね、渉さん」

「バレたか」

そう言って渉は笑う。ここに私に会いに来たということは、何か伝えたいことがあるのではないかと思ったのだ。一緒に昼食を食べることだけが目的ではないはずだ。

「これを見てほしい」

そう言って渉がバッグから出したのはタブレット端末だった。それを操作してから、こちらに向けて見せた。ＳＮＳ上にアップされた投稿動画だ。

ドアに向かって体当たりをしている男がいた。肩から思い切りドアにぶつかっている。三度目の体当たりでドアが開いた。開いたというより、壊れたのだ。動画はそこで終わっている。

「これ、何ですか？」

「場所はコンビニだね。男がタックルしてトイレのドアを壊したみたい。綾瀬にあるコンビニで、男は元プロレスラーだ。名前は依田竜司」

投稿者の記した本文を読む。そこにはこう書かれていた。〈綾瀬のコンビニで元レスラーの依田に遭遇。なぜかトイレのドアにタックルしてた。超怖いんだけど（笑）〉

「なるほど。北千住で発見された盗難車ですね」

これも和馬から聞いていたことだ。北千住の駐車場に停車していた盗難車を調べたところ、二人の前科者の名前が浮上したという。依田竜司と大岩晃。どちらも十年以上前に違法カジノに出入りしたところを現行犯逮捕された元プロレスラーだった。

「その通り。いろんな単語でリアルタイム検索をかけてたら、たまたま発見できたってわけ」

「綾瀬ですか。場所的にも合ってますね」

荒川より東側で、都内北東部。渉が割り出した犯人の居場所とも合致する。ここからでは少々距離があるが、足を運んでみる価値はありそうだ。すでにベーグルサンドは食べ終えている。カフェオレ片手に美雲は立ち上がった。

「私は綾瀬に向かいます。渉さんは？」

「華のことが気になるから、ちょっと様子を見てこようと思ってる」

「そうですか。じゃあ何かわかったら連絡しますね」

美雲は歩き出した。少しずつではあるが、確実に敵の足元に近づいている、そんな気がしていた。

「いいか、あの角にある店だ。見えるだろ」

杏は助手席に座っている。運転席に座る依田が指をさす先には一軒の商店があった。酒屋らしく、店の前には何台もの自動販売機が並んでいた。かなり年季の入った店だった。

「コンビニとかは防犯カメラがついてて仕事がやりにくい。その点、あの店は安全だ。カメラなんてついてねえし、働いてる店主もヨボヨボのジジイだ。最悪お前が失敗した場合でも、走って逃げればどうにでもなる」

大岩を病院に連れていかなければならない。杏は覚悟を決め、泥棒をすることを宣言し、ここまで連れてこられたのだ。玲の姿は見えないが、依田が見届け人になるらしい。大岩は今も監禁部屋のベッドの上で苦しんでいることだろう。

「逃げようなんて考えるんじゃねえぞ。お前が逃げたら、大岩の野郎は間違いなくあの世行きだぞ」

逃げたりなんかするものか。杏は依田の顔を睨みつける。

「怖い顔するんじゃねえよ。あとはお前のタイミングに任せる。俺はここで待ってるから、覚悟が決まったら行ってこい」

緊張する。こんなに緊張するのは生まれて初めてかもしれない。それは当然だ。運動会のリレーや学芸会の発表とは一味も二味も違う。これから私が手を染めようとしているのは、紛れもなく犯罪行為だ。

こういうとき、どうすればいいんだっけ？　杏はジジが昔教えてくれたことを思い出す。手の平に字を書いて、それを三回飲み込めばいいらしいが、何という字を書けばいいのか忘れてしまった。とりあえず自分の名前である漢字の杏を書いて、それを飲み込んでみる。三回繰り返した。少しだけ心が落ち着いたような気がする。

よし、行こう。

杏はドアを開け、助手席から降り立った。店まで二十メートルくらい離れている。杏はゆっくりと歩き出した。どうしても顔が下に向いてしまう。あまり通行人に顔を見られたくない。

店の前に辿り着く。一面ガラス張りの店で、〇〇入荷しましたという紙があちらこちらに貼られている。〇〇というのは日本酒の銘柄だと思うのだが、難しい漢字ばかりで杏には読めなかった。

大きく深呼吸をしてから、自動ドアから店内に入る。入ってすぐのところにレジがあり、高齢の店主らしき男が「いらっしゃい」と杏を出迎えた。白髪で、鼻の下に生えている髭も真っ白だった。完全におじいちゃんだ。

店内を歩く。やはり酒屋だけあり、売っているのは酒ばかりだ。店の奥には冷蔵ケースがあり、そこにはビールやジュースなどが冷えている。まずはぐるりと店内を回ってみる。日用品や菓子類なども置かれていた。

「お嬢ちゃん、お使いで来たのかい？」

いきなり声をかけられ、思わずビクンとした。振り返ると白髪の店主がこちらを見ている。

杏は笑みを浮かべて答えた。

「はい、そうです」

「そうかいそうかい。それは感心だね」

白髪の店主はそう言って下を向いた。新聞を読んでいるみたいだった。杏は店内を見回る振りをしながら、菓子類が並んでいる陳列棚の前に立つ。

おつまみ系のしょっぱい菓子が多いが、甘い菓子も置いてあった。杏が目をつけたのは、ちょうど腰の高さほどの台にあるチョコレート菓子だった。食べきりサイズの大きさなので、あれならかさばらずに済みそうだ。

レジにいる白髪の店主を見る。新聞を読んでいて、こちらを気にしているようには見えない。

杏はゴクリと唾を呑む。今がチャンスだ。菓子の袋を摑み、ポケットにしまうだけでいい。簡単なことだ。それで大岩が助かるのだから。

心の中で、別の声が聞こえてきた。本当にそれでいいのか。泥棒になってしまっていいのだろうか。ジジたちLの一族は悪い人からしか盗まないらしく、それを信条としているそうだ。だがあの白髪の店主は多分悪い人ではないだろう。

だが――。杏は首を何度か振った。私は好きで泥棒をやるんじゃない。大岩君を助けるために万引きをするのだ。仕方ないじゃないか。

もう一度、白髪の店主の様子を確認した。夢中で新聞を読んでいるみたいだった。今だ。

杏は手を伸ばし、一番手前にあるチョコレート菓子の袋を摑んだ。その次の瞬間には袋はポケットの中に入っていた。自分がこれほどまで速く動けるとは思ってもいなかった。目にも止まらぬ早業。自分でも驚くほどだ。

あとは何食わぬ顔をして店から出るだけだ。落ち着け、私。陳列棚から離れ、レジの前を避けるように迂回して店の入り口に向かう。自動ドアから外に出ようとしたところ、突然背後から声をかけられる。

「お嬢ちゃん、探しものは見つからなかったのかい？」

ギクリとして立ち止まる。振り返ると白髪の店主が顔を上げ、こちらを見ていた。杏はぎこちなく笑って答えた。

「お、お財布、忘れてきちゃったみたい」

「そうかいそうかい。それは仕方ないね。またおいで」

こめかみのあたりに汗をかいていた。杏は愛想笑いを浮かべてお辞儀をしたあと、そのまま自動ドアから外に出る。走り出したい気持ちを抑える。まだ白髪の店主が見ているかもしれない。とにかく最後まで落ち着いて行動する。それが一番だ。

下を向いて五メートルほど歩く。そろそろいいだろう。杏は走り出した。ポケットの中には盗んだチョコレート菓子の袋が入っている。

ああ、遂にやってしまった。私は本物の泥棒になってしまったのだ。

不意に罪悪感がこみ上げてくる。泣きたい気持ちだった。涙を何とかこらえ、杏は車に向かって懸命にひた走った。

住宅街は静まり返っている。華は渋谷の高級住宅街の中にある空き家の敷地内を歩いている。昨日は板塀を飛び越えて侵入したが、今日は正門から中に入った。まるで華の来訪を待ち構えていたかのように、鉄製の門が開いていたのだ。

空き家であるはずなのに、秋のバラが見頃を迎えていた。鳥のさえずりが聞こえてくる。心地よい午後のひとときのようだが、華の心境は穏やかではなかった。いったい、この屋敷は何なのか。昨日は暗かったのでわからなかったが、やはりどこか見憶えがあるような気がしてならない。

玄関のドアの鍵も開いていた。ご丁寧にスリッパまで置かれている。それに履き替えて中に入る。ほかに人がいるような気配は感じられない。

さきほど送られてきた写真に写っていた、あの大きな柱。柱がある場所も何となくわかっていた。一階にあるリビングとキッチンの間に、その柱はあった。五十センチほどの太さで、ちょうどリビングは吹き抜けになっているため、その柱は屋根まで伸びている。大黒柱というものかもしれない。

見つけた。柱に刻まれている文字だ。華は膝をついた。そうでもしなければ見えない位置に、それらの文字は刻まれていた。同じような高さに三つの傷がほぼ横一線に並んでいる。三人の子供が背比べをした結果だ。それぞれの傷跡の近くに黒いマジックで名前が書かれている。かなりの年月が経っているようだが、まだ辛うじてその字は読みとれる。

一番右にある傷跡が、三つの中では少しだけ高い位置にあった。その傷の横には平仮名で『はな』と書かれている。私だろうか。その傷の高さからして、おそらく三歳くらいかと思われた。

その隣は『みう』で、一番左側は『まう』と書かれている。そういう名前の友人に心当たりはない。多分私が幼い頃、父や母に連れられて出入りしていた屋敷なのだろう。だから少しだけ記憶が残っているのだ。昨夜、二階の洋室で聞こえた女の子たちの笑い声は、ここで昔遊んでいた頃の記憶の一部かもしれない。きっとそうだ。それだけのことに違いない。

「思い出したかしら?」

その声に振り向いた。リビングに一人の女性が入ってくるところだった。かなりの美人だ。タイトな赤いドレスを身にまとっている。スリットから覗く足が綺麗だった。

「元気そうね、華」

女性はそう言って笑みを浮かべる。多分ここにある名前、『みう』か『まう』のどちらかだ。しかしそれ以前の問題として、華はある事実に気づいていた。

昨日のことだ。桜庭の実家に和馬の上司である永田という刑事が部下とともに訪ねてきて、事情を訊かれた。そのときに二枚の写真を見せられた。一昨日、遺体となって発見された二人の男女だった。そのうちの一枚に写っていたのが、目の前にいる女性だ。

昨日見た写真は隠し撮りされた写真だったが、実物の方が数倍美しい。しかし問題は彼女の美貌ではない。その名前だ。たしか双葉美羽。それが殺害された女性の名前だ。美羽。みう。

どうして彼女が、ここに――。死んだのではなかったのか。

「それは私たちが三歳だった頃ね」謎の女性は柱の傷を見て懐かしそうに言った。「あなたがここを去る半年くらい前だったかしら。まあ私もあまり憶えてないんだけどね。でもあなたがここを去ってからも、私たちはずっとあなたのことを話してた。華、元気にしてるかな。華、来月は誕生日ね。麻羽とそんな風に話してたものよ」

話が読めない。私はここで暮らしていたということか。この美羽という子と、そしてもう一人の麻羽という子と一緒に。

昨夜と同じく、また笑い声が聞こえてくる。ただ、その声は昨夜よりも鮮明だった。くっきりと、話し声も聞こえてくる。

華、こっちにおいで。

待ってよ、美羽。私を置いていかないで。

麻羽が泣いちゃった。ねえ、ママ、麻羽が泣いちゃったよ。

お揃いの洋服を着た三人の女の子が、バラに囲まれた庭で遊んでいる。それを優しい表情で見つめる一人の女性がいる。母の悦子ではなかった。ともすれば病弱にも見えるほどの、か弱そうな女性だ。

「今思えば、華と過ごしていた頃が一番いい時代だったわね。だから華がいなくなったあとも、私たちはずっと華との思い出を大事にしていたんだと思うわ」

「ちょ、ちょっと待ってください」ようやく華は口を開いた。口の中が渇いている。「どういうことなのか、わかりません。私はここに、この屋敷で、あなたたちと暮らしていたってことですか？」

双葉美羽という女性が近づいてくる。ブランドはわからなかったが、香水のいい匂いがした。美羽は手を伸ばし、華の髪を撫でながら言った。

「敬語なんてやめて。私とあなたの仲じゃないの。もしかして本当に私たちのことを憶えてないの？」

華は答えなかった。何だか悪い予感がする。私は、開けてはいけない秘密の箱を開けようとしているのかもしれない。そう、パンドラの箱を。

しかしもう遅い。ここで引き返すわけにはいかなかった。おそらく全部繋がっているような気がした。杏が誘拐されたのも、和馬が殺人犯に仕立てられたのも、すべて一本の線で繋がっている。そしてその線の先には、封印された私の記憶があるはずだ。

「これを見れば思い出すかしら」

美羽から数枚の写真を渡される。最初の一枚は三人の赤ん坊がベッドの上に並んで横たわっている写真だ。顔立ちがよく似た、三人の可愛らしい女の子。その他の写真も三人の女の子が写っていた。徐々に成長していき、可愛らしいポーズをとるようにまでなっていた。

最後の写真にその女性が写っていた。三人の女児に囲まれ、控え目な笑みを浮かべている。そう、私はこの人を知っている。ママ。たしかそんな風に呼んでいたはずだった。

「……いきなり大きな音が聞こえて、最初何が起こったのかわからなかったんですよ。それで見にいったら、男がドアに体当たりをしてたんです。驚きましたよ」

美雲は綾瀬にあるコンビニエンスストアにいた。店の奥にあるトイレのドアは外れてしまっていて、外れたドアが壁に立てかけてある。当然のごとくトイレは使用中止になっており、その旨が書かれた紙が壁に貼られていた。

「一応、本部の人には報告しました。被害届に関しては本部の判断になります。僕は雇われ店長なので、そのあたりの判断はちょっと……。警察にも通報したので、さっきまでお巡りさんがいました」

現場に到着してすぐ、店長に話を聞いていた。すでに防犯カメラも見せてもらっている。今朝の午前八時過ぎのことだった。店に二人の男性と、一人の女児が入店した。女の子は杏で、あとの二人は例の巨漢だった。杏がトイレに入ったあと、しばらくして異変が起きた。店長が話した通り、男の一人が肩でタックルをして強引にトイレのドアを破ったのである。

何が起きたのか。トイレの中を見て、美雲は大体のことを察した。便器の上に窓があり、そこから杏が逃げたと考えて間違いない。ただしいまだに杏が発見されたという知らせが入っていないということは、杏の逃亡計画が失敗したことを意味している。

防犯カメラに映っている男の二人組は、依田竜司と大岩晃という、元プロレスラーの二人組だ。北千住で発見された逃走車両からも二人の指紋は検出されており、彼らがこの誘拐事件の犯人一味であることは明らかだった。だが首謀者が別にいるはずだ。天才犯罪者である、あの女だ。

店長に礼を述べて外に出た。時刻は午後二時三十分になろうとしている。外で待たせてあったタクシーに乗り込み、ここから一番近い交番へと向かってもらった。スマートフォンに着信があったので、すぐにかけ直してみる。さきほどまでいた新宿の大学病院に繋がった。電話の向こうで監察医が言った。

「おっしゃっていた通りです。歯の治療痕は一致しませんでした。つまりご遺体は双葉美羽ではありません」

「そうですか」

予期していたことなので驚きはない。新宿のホテルで発見された遺体は双葉麻羽、美羽の双子の妹なのだ。

「さきほど新宿署の担当の方にも伝えておきました。かなり驚いていました」

「ありがとうございます。また何かわかりましたら、教えてください」

通話を切った。双葉美羽。ツインリーフと呼ばれている、警視庁を舞台とした不正入札システムを運営している張本人だ。そして三雲玲。Lの一族が生んだ天才犯罪者。ようやく尻尾が見えつつある。そんな気がしていた。

どちらも厄介な相手だ。本来であれば二人同時には相手にしたくない。しかし今はそんな悠長なことは言っていられなかった。最悪の事態を想定して動くこと。それは祖父から教えられた探偵の心構えだ。

「お嬢さん、そろそろ着くよ」

運転手がそう言った。お嬢さんと呼ばれる年齢ではないのだが、童顔なので若く見られる。

この前も捜査で渋谷のセンター街を歩いていたら、アイドルにならないかとスカウトされた。警察手帳を見せたらスカウトの男は血相を変えて逃げていった。

タクシーが停車する。料金を支払ってからタクシーを降りる。交番の中には二名の制服警察官がいた。美雲は警察手帳を見せてから説明する。

「警視庁捜査一課の北条と申します。ある誘拐事件の捜査でお邪魔しました。この付近に犯人一味の潜伏先があるかと思います。その一味はこの先のコンビニのトイレを破壊したと思われます。どうかご協力ください」

若い警察官はポカンとした顔で美雲を見ている。しかしもう片方のベテランの警察官は予想外の動きを見せる。いきなり立ち上がり、美雲に向かって言った。

「そのコンビニでしたら、さっきまで事情聴取をしていましたが……。ん？　もしや、北条宗真先生のお孫さんでいらっしゃいますか？」

「そ、そうですけど」

「いやいや、これは嬉しい。二十年ほど前でしょうか。都内で発生した銀行強盗立て籠もり事件において、宗真先生にご協力いただいたことがあります。まさに快刀乱麻を断つとはあのことでしょう。あ、お喋りが過ぎたようですな。何なりとお申しつけください」

「あ、ありがとうございます。それでは……」

住宅地図を見せてもらい、さきほどのコンビニの位置を確認する。そこに印をつけてから美雲は説明した。

「犯人一味はここのトイレを使用しています。潜伏先からもっとも近いコンビニがこの店である可能性は高いです。実行犯は男の二人組で、かなりの巨漢です。コンビニから半径三キロ圏内に捜索範囲を絞って、潜伏先として最適な建物、施設などをピックアップしてくださると助かります」

「お任せください」とベテラン警察官が胸を叩いた。「防犯上の観点から、そういった場所には目星をつけてあります。すぐにリストを用意しましょう。我々もお手伝いします。手分けをすればそう時間はかからないはずだ」

「お願いします。助かります」

協力的な姿勢に感謝するとともに、亡き祖父の威光を改めて実感する。同時に杏のことを思った。

警察一家と泥棒一家の遺伝子を受け継ぐハイブリッドな子だ。トイレの窓から逃げ出そうとするなんて、無茶をするにもほどがある。大変なことにならなければいいのだけど。美雲は胸騒ぎがしてならなかった。

「あなたは私の妹。そう信じて疑うことはなかった。だって物心ついたときからあなたが一緒だったから。私と麻羽、それからあなたの三人でいつも一緒に遊んでた。それをママが遠くから優しい眼差しで見てた。それが私の一番古くて、一番楽しかった頃の思い出よ」

双葉美羽は遠くを見るような目で話している。彼女の話を聞いているうちに、徐々に記憶が蘇ってくるような気がした。

泣いている女の子がいる。その子の指先には血が滲んでいる。バラをうっかり触ってしまったらしい。この女の子は美羽か、それとも麻羽なのか。

別のシーンでは、幼い華がピアノを弾いている。鍵盤の上を六つの小さい手が動き回っている。三人の女の子が好き勝手に曲を弾いているのだった。

「パパはほとんど家に寄りつかなかった。多分あの頃から夫婦仲は冷え切っていたんだと思う。ねえ、華。あなたはパパのことは憶えてないでしょう?」

まったく記憶にない。ママと呼んでいた人の記憶がかすかに残っているだけだ。

「ママはね、今は施設に入ってるの。いろんなことがわからなくなる病気になっちゃって、今では私がお見舞いに行っても、誰かわからないくらい。でもあれはあれで幸せだと思うのよ。華がここを出ていってから、いろいろあったからね、私たち」

美羽は口元に笑みを浮かべているが、目だけは笑っていなかった。その目には得体の知れない何かが秘められている。

「華がいなくなる前、パパが蒸発したの。パパは輸入関係の仕事をしてた。何を輸入してたかって? 麻薬に決まってるでしょうに。大きな取引があった日、その稼ぎを持ってパパがいなくなったの。前からかなりの借金があったようだった。そして華までいなくなって、私たち姉妹とママだけが残された。三人で生きていけるわけがない。それでママは悪い人の愛人になった。ママは若かったし、見てくれも悪くなかったしね」

屋敷は引き払い、都内にあるアパートに引っ越した。狭いアパートだった。そこで美羽たち三人は暮らした。

「ママが捨てられたのは私が小学六年生になる頃だった。簡単に言うと若い女に乗り換えられたのよ。それで収入が激減した。これまで働きに出たことなんてなかったママが、近くの薬局でバイトを始めた。でも全然お金が足りなかった。私たちが稼ぐしかなかった」

美羽も麻羽も大人びており、さらに男どもを惹きつけるに十分な美貌を有していた。これを利用しない手はなかった。

「出会い系のサイトを使って男に接近して、金をむしりとった。特に金持ちの男を見つけたときは、二人で協力したわ。片方が騙される振りをしてホテルに行き、もう片方がその様子を写真で撮るのよ」

あとでその写真を見せ、金を要求するのだ。多いときには月に数百万円の稼ぎになった。それまで住んでいたアパートを出て、マンションに引っ越した。男を騙した金が生活費だった。

「中学を卒業して、麻羽は高校に進学した。その頃から麻羽は将来看護師になりたいと言っていた。看護師になれば医者と近づける。そういう目論見があってのことだろうと私は思っていたけど、麻羽はどうやら本気で看護師になるつもりだったみたい。でも私は違った。とにかく男を騙して金を奪いとることだけが生き甲斐だった」

面白いように男は引っかかった。男を美貌で釣るのが美羽の仕事で、麻羽はサポート役だった。しかし何事にも落とし穴というのがある。二十代半ばの頃、騙した相手がやり手の弁護士で、スキャンダルを恐れずに被害届を出されてしまったのである。彼は人脈を活かし、美羽たちを捜そうと躍起になった。逃げ切ることはできなかった。美羽は警察に捕まったが、あくまでも単独犯であると主張した。証拠不十分ということもあり、起訴されたのは美羽だけだった。

「初犯だったから執行猶予がついたわ。ちょうどその頃ね、麻羽が堅気になりたいと言い始めたのは。あの子は意気地なしだったから、私も了承してあげたわ。私は釈放後も一人で仕事を続けた。男から金を騙しとるだけじゃなくて、最近ではもっと効率的に金を稼ぐやり方を考案し、実行に移したの」

順調に進んでいた。美貌で男を釣り、利用するだけ利用した。一度弱みを握ってしまえばあとは簡単だった。特に役人は警戒心が強い分、一度こちら側に取り込んでしまうと、非常に大きな利益を生み出した。私腹を肥やしたいという一心で、むしろ役人側が積極的に動いてくれることもあった。そして半年前、ローンではあるが、この屋敷を買い戻すことに成功した。この屋敷を買い戻すことは美羽の悲願だった。ローンを組んでくれた銀行の副頭取は、用済みになったので交通事故に見せかけて始末した。

「あ、そうそう。あれは三、四年ほど前だったかしら。実は偶然あなたを見かけたことがあるわ。あなたはご主人と娘さんの三人で、楽しそうに歩いていたっけ。あんなに複雑怪奇な生い立ちがあるっていうのに、あなたはごく普通の幸せを摑んだような顔をしてた。その顔を見て、私は思ったものよ。盗まれた子のくせして、なに幸せそうな顔をしてんのよって」

盗まれた子。その言葉の意味がよくわからなかった。私は盗まれたのか。

「私は、盗まれたの？　いったい誰に……」

「決まってるじゃない。あなたを盗んでいったのはLの一族よ。でもあなたにLの一族の血が流れていることは疑いようのない事実だから、お門違いってわけでもないんだけどね」

つまりこういうことか。私は生まれてすぐにこの屋敷に預けられた。理由はわからない。とにかく私がここで暮らしていたことは事実だった。そして三歳のとき、尊たちの手によってここから連れ出されたということになる。

盗まれた、という表現は正確ではない。むしろ本来の形に戻ったというべきではないか。尊たちは私を盗んだのではなく、我が子を奪還しただけだ。

「華、まだわからないの？　本当におめでたい子ね」

美羽がそう言ってケラケラと笑う。心底こちらを見下したような笑みだった。美羽が続けて訊いてきた。

「プリズン・ベイビーって言葉、知ってる？」

プリズンは刑務所、ベイビーは赤ん坊だ。

「刑務所で生まれた赤ん坊のことをそう呼ぶの。女性受刑者が入所後に妊娠が発覚した場合、仕方ないから刑務所内で出産するのね。海外ではよくあることだけど、日本でも例がないわけでもないのよ」

背筋に冷たいものが流れた。この人は何を話しているんだろうか。

「その昔ね、国内の某刑務所内で生まれた女の子がいた。引きとり先を探すため、刑務所内にある病室で彼女は育てられていた。ようやく引きとり先が見つかって、赤ん坊は外に連れ出された。その隙を突いて私のパパとママが盗んだのよ。あなたの本当のママに頼まれてね」

華は頭を抱える。刑務所で生まれた赤ん坊を盗む。こんな話、到底信じられるわけがない。

絶対に信じてたまるものか。

「あなたは二度も盗まれた哀れな子。あなたは、あなたが思っているような三雲華じゃないの。ようやく真実を知る日が来たのよ」

廊下の方から足音が聞こえてくる。足音が近づいてくると、急に鼓動が高まった。

華は振り返った。現れたのは一人の女性だった。全身に黒をまとった女性だった。その顔には見憶えがある。底知れない恐怖を感じる一方、わずかではあるが言いようのない懐かしさを感じていた。

「華、久し振りね。私があなたの本当の母親よ」

三雲玲は満足げな表情で、そう言った。


その工場跡地は金網のフェンスで囲まれていた。もう長いこと放置されているのは見ただけでわかった。美雲は交番から借りてきた住宅地図に目を落とす。かつて自動車部品の工場だったようだが、今は使用されていないらしい。かなり老朽化が進んでいるようで、建物のほとんどの窓が割れてしまっている。

交番の警察官と手分けして捜索しているところだ。交番で待機しているように言われたのだが、居ても立ってもいられなくなり、飛び出してきたのだ。この工場跡地は依田らの姿が目撃されたコンビニから距離にして三キロほど離れている。

地図に書かれたメモ書きによると、ここは夏には肝試しをする若者が訪れることもあるようだった。たしかに肝試しにはもってこいのロケーションでもある。中には茂みもあり、鬱蒼とした森のようになっていた。今もカラスの鳴き声が聞こえてくる。

フェンスに沿って歩きながら、中を観察する。しばらく歩いていくと、フェンスが破れている箇所を見つけた。肝試しをする若者たちはここから中に入っているのかもしれない。美雲はそこから中に入ってみることにした。何かあったらすぐに連絡できるよう、右手にはスマートフォンを持っている。

敷地内に侵入する。耳を澄ましてみたが、カラスの鳴き声と木々の葉がこすれ合う音しか聞こえない。鬱蒼とした茂みを迂回するように、奥へと進んでいく。いくつかの建物があるようだ。稼働していた頃はかなり大規模な工場だったとわかる。

美雲は足を止めた。視界の先に不審なものが見えたからだ。木陰に隠れ、顔だけ出して前方の様子を窺う。白いワンボックスタイプの車が停まっていた。誰も乗っていないようだ。しばらく様子を窺い、車の周囲に誰もいないことを確認してから、ゆっくりと接近した。

車内を観察する。特にめぼしいものは置かれていなかった。一応ナンバーをメモする。一番近くにある建物のシャッターが半分ほど開いているのが見えた。

中を調べてみる価値はありそうだ。しかし一人では危険過ぎる。応援を呼ぶためにスマートフォンを操作しようとすると、いきなり背後から声が聞こえた。

「お嬢」

振り返るとそこには助手の猿彦が屈んでいる。美雲は思わず悲鳴を上げそうになったが、何とか耐えて小声で言った。

「猿彦、どうして？　どうしてここがわかったの？　それより病院は？　入院してるんじゃなかったの？」

「この場所は交番から拝借した地図で知りました。お嬢ならこのあたりに目をつけるのではないかと推察した次第です。体調は問題ございません。この一大事に入院などしていられませんからな」

そう言って猿彦は笑う。血色もよさそうだ。猿彦は半分開いているシャッターを見て、うなずきながら言う。

「おそらく当たりでしょうな。杏殿が心配です。行きましょう」

「ちょっと待ちなさい、猿彦」

美雲の制止を無視して、猿彦はすたすたと歩いていってしまう。やけに積極的だ。今回の一連の事件において、猿彦は活躍したとは言い難い。一昨日、和馬に助力をしたと聞いてはいるが、そのくらいだ。ここで挽回しようと張り切っているのかもしれない。

シャッターをくぐって建物内に入る。中は広かった。剝き出しのコンクリの上に、割れた石膏ボードの破片などが転がっている。

「お嬢、あちらです」

猿彦が小声で言う。彼の視線の先にはドアが見え、中からかすかな音が洩れ聞こえてくる。ゲームか何かの音のようだ。足音を忍ばせて、そのドアの方に向かった。近づくにつれ、その音ははっきりと聞こえてきた。中に誰かいると考えて間違いない。ここは応援を呼ぶべきだ。

そう思ってスマートフォンを操作しようとすると、いきなりそれをとり上げられた。

いつの間にか、背後に男が立っていた。物陰に隠れていたようだ。さきほどコンビニの防犯カメラで目にした男だ。

「てめえら、何者だ?」

男は首の骨を鳴らすようにこちらを見ている。依田という名前の元プロレスラーだ。

「ここは私にお任せを」

そう言って猿彦が前に出た。一応猿彦は柔道三段の腕前を誇り、祖父や父に仕えてさまざまに危機をくぐり抜けてきた歴戦の猛者だ。

猿彦が声を上げ、依田に摑みかかる。しかし依田はびくともしない。猿彦が背負い投げをかけようとしているのだが、依田は平然と立っている。

「それで終わりか、ジジイ」

依田が猿彦の体を軽々と持ち上げ、床に叩き落とす。さらにもう一度、猿彦を持ち上げて、今度は壁に叩きつけた。背中から壁に激突した猿彦は、そのまま頭から床に落ちてしまう。

「猿彦っ」

依田が壁際まで歩いていき、上から猿彦の様子を覗き込む。「しぶといジジイだな」と言いながら、依田は猿彦の右手首に手錠をかけ、もう片方を近くにあるパイプにとりつけた。猿彦はぐったりとしている。気を失っているだけならいいのだが。

「さて、次はお嬢さんだな」

依田がそう言ってこちらを見た。拳銃も持っておらず、勝てる要素はゼロに等しい。向こうもそれを知っているのか、余裕の笑みを浮かべている。

「つけろ」

依田が手錠を投げてくる。手錠を摑んだ。ここは言う通りにするしかないのか。美雲は両手に手錠を嵌めた。依田が近づいてくる。抵抗虚しく、気づくと抱え上げられていた。

「やめてっ、離してよ」

ドアから部屋の中に入る。ずっとここに潜伏していたのか、弁当の容器やペットボトルなどが散乱している。パソコンの画面があり、そこには工場内の様子が映し出されていた。どこかに隠しカメラが仕掛けられていたのだ。だから美雲たちが侵入したのも察知できたというわけだ。

「下ろして、ねえ、下ろしてったら」

美雲は体をばたつかせるが、依田は動じなかった。奥にもう一部屋あるらしく、そちらに向かって運ばれていく。


部屋の外がやけに騒々しい。女の人の悲鳴が聞こえたような気がした。誰か来たのだろうか。そう思って杏が耳を澄ましていると、突然ドアが開いた。立っていたのは依田だ。肩に担いでいた人間を投げつけてくる。女の人の体が地面に落ちてきた。

「美雲ちゃんっ」

思わず杏は駆け寄っていた。パパの友達の北条美雲だ。子供の頃から遊んでもらっているのでよく知っている。杏が知っている女の人の中でも、可愛いランキングナンバーワンだ。しかも可愛いだけじゃなく、刑事としての能力も一流らしい。まさに女の鑑《かがみ》のような人なのだ。

「美雲ちゃん、大丈夫?」

「私は大丈夫」美雲が返事をした。落ちた際に膝を打ってしまったらしく、顔をしかめている。両手に手錠をかけられていた。「それより杏ちゃん、無事でよかった。怪我はない?」

「うん。私なら大丈夫」

すでに依田の姿はなく、ドアは閉ざされてしまっている。

「そう、よかった。……あの男は、誰?」

美雲の視線の先には大岩の姿がある。大岩はベッドの上で横たわったまま動かない。太腿にはナイフが刺さったまま、さきほどから眠っている。おでこを触ってみたら熱っぽかった。

「あれは大岩君だよ。ええとね、どういうことかというと……」

これまでの経緯を説明する。大岩と仲良くなり、彼が杏を救うために脱出計画を立ててくれたこと。それが最初からバレてしまっていて、大岩が玲という女性に刺されてしまったこと。全部美雲に話そうとしたが、さきほど万引きしたことだけはどうしても言えなかった。美雲は刑事だ。悪い泥棒を逮捕するのが仕事なのだ。

「そういうわけだったのね」

美雲が立ち上がり、大岩の方に向かって歩いていく。容態を確認しているようだ。しばらくして美雲が顔を上げた。

「出血の具合からして、動脈は傷つけられてはいないみたい。それでも早めに病院に連れて行った方がよさそうね」

あの女に言われた通り、私は物を盗んだ。盗んだチョコレート菓子は依田に見せた。だから大岩を病院に連れていってくれるはずだ。しかし今のところ、あの玲という女の人が現れる様子はなかった。

「ねえ美雲ちゃん、本当にあの玲って女の人、ジジのお姉ちゃんなの？」

杏が訊くと、美雲は曖昧に笑った。その笑みを見て、やっぱりそうなんだと実感した。あの人もLの一族なのだ。しかもジジやババよりも何かが濃い感じがした。何が濃いのか、それはわからない。とにかく濃いのだ、あの女の人は。

美雲は立ち上がり、部屋の中を見回っていた。脱出できる場所がないか探しているようだが、生憎この部屋には窓がない。美雲が諦めたように首を横に振った。

「駄目みたいね。ねえ、杏ちゃん、もう一度教えて。杏ちゃんが見たのは大岩と依田、それと三雲玲という女の三人ね」

「そうだよ。最初はずっと男の二人組だったんだけど、今日になって初めて玲っていうおばさんが来たの」

うめき声が聞こえた。大岩がうなされているようだ。様子を見に行くと、ちょうど大岩が目を覚ましたところだった。薄目を開けた大岩が美雲を見て、警戒するような目つきをした。起き上がろうとしたが、杏はそれを制した。

「大岩君は寝てなきゃ駄目。このお姉ちゃんは私の友達の刑事さんなんだよ」

「杏ちゃんから話は聞きました」美雲が身を乗り出した。「私は警視庁捜査一課の者です。大岩晃さんで間違いないですね？」

大岩がうなずく。意識はしっかりしているようだ。

「あなたは依田竜司にそそのかされ、今回の一件に手を染めたのだと私は考えています。そもそもあなた方は従犯に過ぎず、主犯格がいるものと考えています。あなたたちが関与することになった経緯を教えてください」

「五年くらい前だったかな」かすれ気味の声で大岩が答えた。「ある女からボディガードの仕事を頼まれたんだ」

騙した男に逆恨みをされ、命を狙われているという話だった。依田がある筋から紹介された依頼で、依田と大岩はその話に飛びついた。

「依頼してきたのは双葉美羽という女だった。それ以来、俺たちは彼女と組むようになった」

双葉美羽。杏は知らない名前だったが、美雲は心当たりがあるらしく、うなずいていた。大岩が続けて言う。

「今回もそうだ。美羽が持ってきた話だった。俺は嫌だったけど、先輩がどうしても金が欲しいって言い出して、仕方なく話に乗った。それに誘拐といっても必ず女の子は無事に帰すという約束だったから」

「本当だよ、美雲ちゃん」杏は言わずにはいられなかった。「大岩君は悪くないの。だって私を助けようとしてくれたんだから。大岩君は悪くないの。ねえ、信じて、美雲ちゃん」

頭を撫でられる。両手に手錠が嵌められているため窮屈そうだ。それでも美雲は優しい目をして言った。

「うん、信じるよ」

よかった。杏は安心して胸を撫で下ろした。話し疲れてしまったのか、大岩が再び目を閉じていた。

「ねえ、美雲ちゃん。私たち助かるよね。パパが助けてくれるよね」

「大丈夫よ。心配要らない。杏ちゃんのパパが必ず助けに来てくれるから」

美雲はそう言ってくれたが、一瞬だけ目を逸らされたような気がして、それが少しだけ気になった。


その女性は真っ直ぐこちらに向かって歩いてくる。三雲玲。伯母に当たる女性だと思っていた。いったいどういうことだ。続けざまに明かされる真実を前にして、華は呆然と立ち尽くしていた。

「本当よ、華。あなたは私が産んだ子なのよ。三十五年前、刑務所に入ってすぐにあなたは生まれたの」

嘘だ。そう叫びたかったが、舌が上あごに貼りついてしまったかのようで声が出ない。

「妊娠がわかったのは裁判の公判中だった。急に気持ちが悪くなったの。赤ちゃんができたんだな。そう察したわ」

いつの間にか双葉美羽は姿を消しており、玲と二人きりになっていた。玲は話し続けている。腹立たしいことに、なぜか彼女の声は耳にすうっと入ってくる。

「私に下された刑は無期懲役刑だった。妊婦が無期懲役刑になるのは異例のことだったけど、妊娠を理由に判決が覆ることもなかった。警官殺しの罪が重いのは当然よね。私はお腹が大きいまま入所した」

逮捕時、玲は巨大詐欺グループのリーダーを務めていたが、身分を偽って若手警察官と交際していた。詐欺グループのアジトが摘発された際、玲は最後に恋人と落ち合った。別れを告げるつもりだったらしい。そのときに居合わせた別の警察官と撃ち合いになり、玲の恋人は命を落とすことになった。

「名前をつけたのは私よ。華のある人生を送ってほしい。そういう願いを込めてつけた名前。生まれた赤ん坊は施設に預けられることになった。だから双葉に頼んだのよ。双葉というのは私が率いていた詐欺グループの幹部で、辛うじて摘発から逃れてたの。その妻だったのが双葉美麻《みま》。美羽と麻羽の母親ね」

施設に預けられるために刑務所から連れ出されたタイミングを狙い、双葉夫妻は赤ん坊を盗み、自分たちの子として育てた。たまたま同じ年に双葉美麻は双子の女児を出産していた。三人の女の子は珠のように可愛く、近所でも有名な三人姉妹だった。

「双葉は私が逮捕されたあとも、詐欺グループの残党たちと一緒に仕事をしていたみたいだった。でも焼きが回ったのね。ブツを持ち逃げしてしまったの。残されたのは妻と三人の娘。そこで登場したのが私の可愛い弟の尊よ」

自分にとって姪に当たる女の子が、不幸になっていくのを黙ってみていられる男ではなかった。尊はその娘を奪う決心をする。ある日の夜、尊は双葉家に侵入する。そしてベッドの上で安らかに眠っている幼子を抱き上げたのだ。

「もともと血が繋がっているわけだし、母親は警官殺しの罪で無期懲役刑になっている。我が子として育てるという、尊の選択は当然と言えば当然だった。私は刑務所の中からあなたの成長を見守ることが唯一の楽しみだった」

玲は刑務官を意のままに操り、受刑囚にしては破格の待遇を受けていたというのは和馬からも聞いていた。写真を撮ってきてもらうなどして、刑務所の中から娘の成長を気にかけていたということだ。

五年ほど前の仮釈放後――その仮釈放も実は玲の陰謀によるものだった――玲は行方をくらましたが、ことあるごとに華に対して接触を図ってきた。それも今になって思えば、娘のことを気にかける母親としての行動のように見えなくもない。

「華、そういうわけよ。あなたは私の娘なの」

膝をついた。もはや立っていることさえできなかった。それほどまでに打ちのめされていた。

玲の言っていることは真実だろう。そんな確信があった。何より容姿がそれを物語っている。私が年をとればきっとこういう感じになるのではないか。そう自然に思ってしまうほど、三雲玲の面立ちには自分に通じるものがある。

しかし、何より悲しかったのは、自分が三雲尊と三雲悦子の子供ではないという事実だ。あの二人のことを、お父さん、お母さんと呼ぶことはもうできないのか。そう考えるとショックで仕方がない。

私は三雲尊と三雲悦子の娘。信じる信じないの問題ではなく、それが当たり前だった。泥棒一家の娘に生まれてしまい、この境遇を呪ったことも一度や二度のことではない。しかし両親を恨んだことは一度もなかった。たまに口喧嘩をすることはあったが、二人のことを愛していたし、愛されていたと思っていた。それなのに――。

「あなたが捜査一課の刑事と一緒になるって聞いたとき、やっぱり私の娘なんだなと実感したわ。泥棒一家の血を引きながら、警察官と恋に落ちてしまう。遺伝以外の何物でもないわ。私の娘は世界中にただ一人、あなたしかいないのよ、華」

玲がこちらに近づいてきて、膝をついて手を伸ばしていた。玲の手が華の頬に当てられる。その手はゾッとするほど冷たい。

「あなたはよくやった。私に孫の顔まで見せてくれたんだから」

華は玲の手を振り払った。そして言う。

「杏を返して。あなたなんでしょ？　杏を連れ去ったのは」

玲が姿を現してから、頭の隅で漠然とそんな風に思い始めていた。そうでなければ私をこんなところにおびき出したりしないはずだ。

「そうよ」玲はあっさりと認め、涼しい顔で続けた。「ところで十億円は用意できたのかしら？　タイムリミットまであと九時間を切ってるわよ。無能な警察に相談してる暇があったら、自分の頭で考えなさい。あなた、杏の母親なんでしょう？」

そう言われると言葉が出ない。たしかに私は杏の心配をするだけで、自分の力で杏を助けようとはしてこなかった。

「華、思い出してみることね。犯人が、いえ、私が最初にあなたに要求したことを」

一昨日、かかってきた電話だ。現金で十億円を要求された。いや違う。正確には十億円相当の品物でもいいと犯人は言っていた。高価な美術品などでも可という意味だと思っていたが、まさか――。

「やっと気づいたわね。そうよ、あなたが私のもとに来るのであれば、杏は無事に解放してあげるわ。あなたには十億円の、いえ、それ以上の価値がある」

そういうことか。華はようやく気がついた。この人の狙いは最初から私だったのか。

「私は三十年近く刑務所にいた。出所したら何をしたいか、ずっと考えていた。今、それを少しずつ計画に移してるところよ。お陰様ですべて順調に進んでる。日本の警察は本当に間抜けよね」

根っからの犯罪者だと聞いている。十代で麻薬の売買に手を染めて、それがきっかけとなって華の祖父である三雲巌に勘当され。それ以降はLの一族との関係を断っていた。出所後もモリアーティと名乗って完全犯罪の計画をネットで売るなどしていたようだ。どんな悪事に手を染めていても驚きはないが、今は若干の後ろめたさを感じる。私の実の母親なのだから。

「でもこんな私でも年齢には勝てない。昔ほどの体力がなくなったわ。だからパートナーが必要なの。私が立てた計画を寸分の狂いもなく実行できるパートナーがね」

「無理。私にはできない」

「できるわ、華。あなたならできる。今は善良な一般人の仮面を被っているだけなんでしょう。でもあなたにだってLの一族の血が流れてるのは疑いようのない事実。あの三雲巌が逸材と称したほど、優秀な血がね」

私に犯罪者になれ。この人はそう言っているのだ。そんなのは絶対に無理だ。私は刑事の妻なのだから。

「泥棒一家の娘が一般人として生きていくには限界がある。あなただってとっくにそれに気づいているはずよ。特にあなたの場合、選んだ男が刑事だった。警察一家の息子と泥棒一家の娘。それは相容れない水と油のようなもの。この先、絶対にあなたたち家族は破綻する。私が断言してもいい」

「そんなこと、あなたに言われたく……」

「私だから言えるの。私もあなたと同じく、警察官を愛した過去があるから。今はまだいい。でもこの先、杏が大きくなってごらんなさい。きっと分岐点が訪れるはず。あなたはそのときに選ばなくてはならない。桜庭家を選ぶか、それとも三雲家を選ぶのか。その難しい選択を前にして、苦悩するあなたの顔が目に浮かぶわ」

私だって馬鹿ではない。そういったことはこれまで何度も考えてきた。とうの昔に結論は導き出している。どちらかを選ばなければならない局面になったら、私は何の迷いもなく桜庭家を選ぶだろう。杏を泥棒にするわけにはいかないからだ。

「無理ね」華の思いを踏みにじるように玲は断言する。「あなたは桜庭家の一員にはなれない。なぜなら泥棒の血が流れているから。あなたは所詮、三雲家の人間であって、一生堅気にはなれないの」

名前を変えることはできるし、顔だって整形手術で変えられる。しかし私の体の中に流れるLの一族の血だけは、絶対に変えられないということか。

「どうせいつか破綻するのが目に見えているのだから、今のうちから私のところに来ればいいのよ、華。簡単なことよ。きっと楽しいに決まっている。親子二人で暮らすの。世界中を旅しながら」

「もし私が断ったら？」

「決まってるでしょう。杏は私がいただくわ。あなたが来てくれないなら、あの子を代わりに連れていくしかないじゃない。あの子は私の孫。まだ小さいし、育て甲斐がありそうね。きっと私の跡を継いでくれるはず。それにあの子は今頃は」

玲が笑いをこらえるように、口を押さえた。何を笑っているのだ、この人は。

「駄目よ。杏は絶対に渡さないから」

「決まりね。あなたが来るしかないってことよ」

玲は立ち上がり、笑みを浮かべた。勝ち誇ったような顔つきだった。

今は言いなりになるしかない。華はそう覚悟を決めた。しかしチャンスはまだある。きっと和君が私を助けてくれるはずだ。

「そういえば」と玲が芝居がかった口調で言った。「あなたの最愛の夫だけど、今は病院に入院してるわ。美羽に薬を飲まされてね」

一瞬、頭の中が真っ白になった。玲が何を言っているか、意味がわからなかった。和馬が入院している。この人はそう言ったのか。

「ちょ、ちょっと待ってください。どういうことですか？　和君が、うちの主人が入院しているって……」

「そのままの意味よ。真相に近づき過ぎてしまったのね。美羽が仕込んだ薬を飲んで、病院に運ばれたみたいね。意識不明の重体らしいわ。助かればいいけど、こればかりはね」

さきほど家にいるとき、義父の典和から電話がかかってきた。今思うとあのときの典和の様子がおかしかったような気がする。和馬の容態を知ったうえで、電話をかけてきたのかもしれない。私に余計な心配をかけぬよう、何も言わなかったのか。

「まったく美羽には困ったものね。殺せなんて一言も言ってないのに。ちなみに美羽とは長い付き合いなの。あの子、私が服役中もしょっちゅう面会に来てくれたわ。義理の娘みたいなものかしら」

もはや玲の言葉は耳に入ってこない。素通りしていくだけだ。玲に肩を摑まれ、強引に立たされた。しかし足に力が入らない。和君は、本当に――。

「そろそろ時間ね。行くわよ、華」

信じない。信じたくない。私の母親は、本当にこの女なのか。

「杏を迎えに行きましょう。最後に会わせてあげるから」

抗うことができない、不思議な感覚だった。これが本当の親子というものなのかもしれない。見えない絆で結ばれてしまっているということか。

玲に寄り添われ、華は歩き出した。その足元は覚束ない。まるで雲の上を歩いているかのようでもあった。夢だったら覚めてほしい。心の底からそう思った。


美雲が閉じ込められているのは、八畳ほどのコンクリ剝き出しの部屋だった。一台の古びたベッドが置かれていて、その上には大岩という名の男が横たわっている。右の大腿部にナイフが突き刺さっていた。

ここに閉じ込められて、かれこれ一時間以上が経過している。時刻は午後四時を過ぎていた。窓がない部屋で、出入り口のドアは外から施錠されていた。かつては倉庫として使用されていたのではないか。それが美雲の推測だった。あれこれ調べているのだが、通気口なども見当たらず、外に脱出するのは不可能に思われた。

タイムリミットまであと八時間を切っている。あの交番で会った警察官たちが周辺地域を捜索してくれているはず。彼らがここに辿り着いてくれるのが一番だが、そこに期待してはいけない。何とかして自力でこの状況から抜け出せないか。美雲はさきほどからそればかり考えていた。

杏に尋ねたところ、トイレはこの工場の外の茂みの中でしていたらしい。可哀想に、と美雲は杏に同情した。まだ小学三年生の女の子なのだ。

しかしそれを利用しない手はない。トイレに行きたいと申し出て、その隙を窺えないものか。相手は依田という元プロレスラー一人だけ。うまくいけば私と杏だけなら逃げ切れるかもしれない。しかしその場合、この大岩という男はここに置いていくしかなさそうだ。この状態では連れていくには足手まといだ。

「ねえ、杏ちゃん」

美雲は杏を呼んだ。杏は大岩の前にずっと座っている。杏がこちらを振り返った。

「あのね、杏ちゃん。トイレに行く振りをして、ここから逃げようと考えてるの。もしそれができなかった場合でも、外の様子を観察することは決して無駄にはならない。でもね、杏ちゃん。その大岩というお兄さんは連れていくことはできない」

杏は黙って美雲の言葉に耳を傾けている。

「もしここから脱出できたら、すぐに警察に行って、それから救急車を呼んでもらうの。そうすればそのお兄さんは絶対に助かる。見捨てるわけじゃないのよ。そのお兄さんを助けるためにも私たちはここから逃げ出す必要があるの」

杏は返事をしようとしない。普段はもっと活発というか、行動力のある女の子だ。どこか元気がないような気がしてならなかった。

「杏ちゃん、どうしたの？　具合が悪いのかな」

拘束されて三日目だ。体調に異変があっても何ら不思議ではなかった。しかし杏は首を横に振って答える。

「違うの、美雲ちゃん。そうじゃないの。私ね……」

杏がそう言いながらズボンのポケットに手を入れた。中から出したのはチョコレート菓子の袋だ。食べきりサイズのもので、美雲もコンビニなどで購入してバッグの中に入れておくことがある。杏は菓子の袋を握り締めて言った。

「これね、私が盗んだの。お店で、盗んでしまったものなの」

「どういうこと?」

「何か一個でも盗めば、大岩君を病院に連れていってくれるって、そう言われたの。だから私は……」

つまりこの菓子を杏自身が万引きしたということか。いや、正確には万引きさせられたと言うべきだが、それにしても——。

「誰にそんなことを言われたの?」

「おばさん。三雲玲っていうおばさんがそう言った」

やはりあの女か。それにしても酷い。怪我をした友達を助けたい。そういう杏の優しい気持ちにつけ込んで悪事を働かせるなんて残酷にもほどがある。こんなに酷いやり方は絶対に許せない。

「美雲ちゃん、私、逮捕されちゃうの? お縄を頂戴することになっちゃうの?」

杏はポロポロと大粒の涙を零している。罪悪感にさいなまれているのだろう。美雲は杏の肩に手を置いて言った。

「杏ちゃんは悪くないわ。悪いのは犯人たちよ。私が必ず逮捕する。だから泣かないで、杏ちゃん」

なかなか杏は泣きやんでくれない。こういう純粋な涙を久し振りに見たような気がして、美雲は心を打たれた。こんないたいけな子を泣かすなんて、三雲玲を許すわけにはいかない。

ドアの外で物音が聞こえた。杏を守るように背後に隠す。ドアが開いた。最初に入ってきたのは依田だった。その後ろから入ってきたのは赤いドレスを着た女だ。

「初めまして。探偵さん。本当に可愛い顔してるのね。お人形さんみたい」

女が言う。小馬鹿にしたような顔つきだ。美雲は女の顔を見上げて言った。

「生きていたのね、双葉美羽」

女は妖艶な雰囲気を醸し出している。こんな廃工場の中にいても、彼女だけはきらびやかな夜の世界から抜け出してきたようだ。男を騙すことに長けているらしいが、それもうなずけるほどの美貌だった。むせるような色香とはこのことだ。

「さすがね、探偵さん。もう知ってるのね」

「新宿のホテルで発見された遺体はあなたの双子の妹、双葉麻羽ですね。発端はあなたが官公庁を舞台におこなっていた不正入札システムです。あなたはツインリーフと名乗り、それに関与していたんです」

幹部との密な交際を経て、美羽は入札情報を事前に入手し、それを売るなどして金を稼いでいた。長年、警視庁では歴代の副総監がツインリーフとの関係を築いていたが、黒松副総監が昨年失脚したことが、今回の一連の事件の発端となった。

「黒松に忖度して、あなたは彼のかつての部下である広瀬に仕事を回していた。しかし黒松の失脚により、彼を気遣う必要はなくなった。干されてしまった広瀬はあなたに対して強い憤りを抱くことになり、やがてそれは殺意に変わった。そこであなたは一計を講じる。自分に向けられた怒りを利用して、邪魔になりつつあった妹の麻羽を消すことにした」

「よく調べてあるわね。この短期間で」美羽が話し出した。赤いドレスがよく似合っている。口紅も真っ赤だった。「麻羽は昔から真面目な子だった。これまでもたまに私の手伝いをしてもらっていたんだけど、最近になって情緒不安定になっていた。一緒に警察に自首しようなんて言い出す始末。こうなったら消えてもらうしかなかった。ちょうどそのとき、広瀬が私をつけ狙っているのを知ったの」

広瀬の殺意を利用して、妹の麻羽を消してしまおう。まさに卑劣極まりない策略とも言える。美羽の目論見通り、広瀬が麻羽を殺害したところまではよかったのだが……。

「でもあなたの計画は失敗した。広瀬は気づいてしまったんですね。自分が殺害したのが姉の美羽ではないということに」

「どうしてそう思うの？」

美羽が訊いてくる。会話を楽しんでいる様子が窺える。自分が絶対的優位にいることに揺らぎはないという、そんな優越感に浸っているのだ。依田が腕を組み、こちらを見張っている。たしかに腕力では勝ち目がない。

「最初にあなたの、いえ新宿のホテルで発見された遺体の写真を見せられたとき、頭の隅で思ったんです。なぜ遺体は全裸だったのか、と」

遺体は服を脱がされ、バスタブの中に寝かされていた。しかし彼女は入浴中に撃たれたわけではなく、客間で撃たれてからバスルームに運ばれ、そこで服を脱がされたのだ。いったいなぜそんなことになったのか。そういう疑問がよぎったのだ。

「本当に自分が殺したのは双葉美羽なのか。広瀬自身もそんな疑問を感じて、遺体の服を脱がしたんです。姉だけにある身体的特徴を確認するのが目的です」

一卵性双生児であれば、容姿が似通っているのは当然だ。だとしたら考えられるのは、後天的な要素による身体的特徴だ。

「タトゥーではないか。私はそう考えています。当然、広瀬も双子の妹の存在は知っていた。この遺体は本当に姉のものなのか。広瀬は元刑事ですし、そのくらい疑っても不思議はありません。そこで姉だけにあるタトゥーを確かめようとした。しかし体のどの部位に入っているかは広瀬も知らず、全裸にして確認するしかなかった」

美羽はスカートをたくし上げる。太腿の上、腿の付け根あたりに真っ赤な蝶のタトゥーが見えた。

「ご名答。これは麻羽にはなくて、私だけのもの。まさか広瀬がこのタトゥーの存在を知っているとは思ってもいなかったわ」

あのホテルでは別の作戦も同時進行していた。和馬を眠らせ、遺体のある現場に運ぶという作戦だ。最上階にあるバーに部下を潜入させ、和馬が睡眠薬を飲むように仕向けた。あとは簡単だ。廊下の防犯カメラに細工をしてから、部屋まで和馬を運ぶだけでいい。

これは杏の誘拐と同様に、三雲玲考案によるシナリオだと推察された。その根本的な動機は定かではないが、和馬に濡れ衣を着せることにより、三雲・桜庭の両家を一時的に麻痺させることがその狙いだろう。実際、広瀬が麻羽を殺害したときに使った凶器は、和馬の所持していた拳銃だった。おそらく玲の策略によるものだが、今は杏も聞き耳を立てているので、あまり和馬の件について詳しく話すべきではない。ただでさえ杏の心は深く傷ついている。

「だからあなたはみずからの手で広瀬を始末するしかなかった。広瀬を殺害したのはあなたですね」

「どうかしら」と美羽は曖昧に答える。否定をしないということは、きっと彼女の仕業に違いない。

広瀬は犯人を自宅に招き入れている。事前に美羽は彼に連絡をして、これまで通り仕事を回すなどと嘘をつき、彼の自宅に入ったのではないか。もちろん、和馬の犯行への関与を匂わせるため、時間も十分に計算したのだ。美羽に指示を与えたのはあの女に違いない。

即興と計算。この二つのバランスが敵ながら完璧だ。この三日間、最初から私たちは三雲玲の手の平の上で踊らされていただけだ。

「思っていた以上に切れ者ね、探偵さん」

「私は探偵じゃありません。刑事です」

「どっちも似たようなものよ。とにかく推理ごっこはこれで終わり。ついてきなさい」

ここから連れ出されるということか。警察がこの近辺を捜索していることに気づいているのだ。そうでなければアジトを放棄するわけがない。

「ねえ、大岩君はどうなっちゃうの？　ここに置いていくわけにはいかないよ」

杏が半分泣き顔で言った。外に出ようとした美羽が立ち止まり、引き返してくる。そして杏の頭を撫でて言った。

「大岩は私の大切な部下よ。見殺しにするわけないじゃない。救急車がもうすぐ着くわ」

「本当に？」

「もちろん。私は生まれてこのかた嘘なんてついたことないんだから」

聞いて呆れる。この女は百戦錬磨の女詐欺師なのだ。しかしここで下手に刺激して杏を不安がらせても仕方がない。美雲はベッドに横たわる大岩を見た。止血もしっかりしてあるし、夜くらいまでなら何とかなるだろう。

「二人とも、早く出ろ」

依田に言われ、美雲は杏と一緒に外に出た。散らかった部屋を横切り、広い作業スペースに出る。壁際には猿彦が背中を向けて横たわっている。まだ気を失ったままらしい。美羽は猿彦のことは気にも留めていない様子だったので安堵する。

このまま連れ出され、別のアジトに連れていかれるのだろう。そしてそこにはあの女がいるに違いない。すべてを仕組んだ、あの女が。

「お前、誰だ？」

先頭を歩く依田が足を止めた。前から男が歩いてくる。白髪の老人だった。ここに迷い込んでしまったのか。そう思ってしまうほど場違いな老人だ。老人は杖をついてこちらに向かって歩いてくる。

手を握られる感触があった。隣を見ると、杏が美雲の手を握ったまま、謎の闖入者に対して真剣な視線を送っている。

間違いない。酒屋のレジに立っていたあのおじいさんだ。杏は目を見開き、こちらに向かってくるおじいさんを見つめていた。知らぬうちに隣にいる美雲の手を握っていた。そうしないと不安で仕方がなかった。

「どうしたの？　杏ちゃん」

美雲がそう訊いてくるが、杏は答えることができなかった。おじいさんを凝視していた。まさかあのおじいさん、私を捕まえに来たのではないだろうか。

「それ以上近づくなよ」

ドスの利いた声で依田が言ったが、おじいさんはその忠告を無視して歩いてくる。遂には依田の前まで来てしまった。おじいさんはようやく立ち止まり、依田を見上げて言った。

「こんにちは。ご機嫌いかがかな」

「ふざけんじゃねえぞ、おい」

「そちらのお嬢さんに用があるんだよ。お嬢さんが間違ってうちの商品を持っていってしまったようでな」

「訳わからねえこと言ってんじゃねえよ。お前、あの店のジジイだな」

依田も老人の正体を知っているはずだ。依田は後ろを振り向き、美羽という女性に目を向けた。指示を仰いでいるようだ。美羽はあごを突き出すような仕草をする。それを見て依田は残忍な顔つきでうなずいた。

「悪いな、ジジイ」

依田は太い右腕を振り回した。しかしおじいさんには当たらない。さらに左腕を振り回したが、おじいさんはそれをよけて、気がつくと杏の目の前に立っている。

「お嬢さん、返してもらおうかな」

差し出された右手を見て、杏はズボンのポケットからチョコレート菓子の袋を出した。それをおじいさんに渡しながら杏は頭を下げる。

「ごめんなさい。もうしません」

「いい子だ」

おじいさんは満足そうにうなずいた。でもどうして私がここにいることを知っていたのだろうか。隣を見ると、美雲も首を傾げている。

「ジジイ、ふざけんじゃねえぞ」

そう言いながら依田が後ろから殴りかかってくる。しかしおじいさんは背中に目がついているかのように、後ろを見ずにそのパンチをかわして、持っていた杖で依田の手の甲をピシャリと叩いた。

「てめえ……」

依田が唸るように言い、パンチやキックなどの攻撃を繰り返すのだが、一発もおじいさんに当たらない。それどころかおじいさんは手にした杖で反撃をして、そのたびに鋭い音が鳴った。いつの間にか依田は鼻血を流している。

しかしおじいさんの優勢も長くは続かなかった。依田に襟首を摑まれてしまったのだ。依田は元プロレスラーで、しかもアマチュアレスリングの猛者だったと聞いている。依田はおじいさんの体を一気に引き寄せ、そのまま背負い投げで投げ捨てようとした。

危ない、おじいさん。

ところがだ。空中で一回転して、おじいさんは綺麗に着地をする。しかし異変が起きていた。白髪だったはずのおじいさんの髪の毛が黒くなっているのだ。見ると依田の手には白髪のかつらが握られている。

「ここまでか」

おじいさんはそう言ってあごのあたりから顔を剝ぐようにして変装を解いた。思わず飛び上がって杏は叫んでいた。

「ジジっ」

「杏ちゃん、待たせたな」

ジジは杖を投げ捨てた。さっきあの店にいたのはジジということか。つまりジジはあの店に杏が来ることを知っていて、変装して店番をしていたということだ。本当にジジは凄い。Lの一族を率いているだけのことはある。

「三雲尊。わざわざそっちから来てくれるとは有り難いわ」

美羽という女の人が言った。何だかこの人は好きではない。着ている服はチャイナドレスに似たドレスだ。色はまるで戦隊ヒーローもののレッドのように真っ赤だったが、少しも正義のヒーローっぽくなかった。むしろ毒々しく、悪役のようだ。

美羽と依田が、同時にジジに向かって距離を詰めていく。二人でジジを倒してしまおうという魂胆なのだ。それでもジジは余裕の笑みを浮かべたままだ。依田のキックをよけて、美羽の突き出した右手をかわす。いつの間にか美羽の手には黒っぽいものが握られている。スタンガンだ。

最初のうちは互角に戦っているようにも見えていたのだが、やはり二人同時に相手にするのは分が悪いのか、依田たちの攻撃が徐々に当たるようになってきた。それでもジジは反撃の姿勢を崩さず、隙を狙ってキックやパンチを繰り出していた。

そのとき、背後で足音が聞こえた。振り返ると大岩がいた。足を引き摺るようにしてこちらに向かって歩いてきた。それに気づいた美羽が言う。

「大岩、いいところに来たわ。加勢しなさい」

「オーケー、ボス」と大岩は従順にうなずいた。三対一になってしまったら、ジジに勝ち目はなくなってしまう。それにしても大岩は大丈夫なのだろうか。右太腿にはナイフが刺さったままになっている。

大岩が雄叫びを上げた。右足に刺さっていたナイフを引き抜いて、投げ捨てる。傷口から血が噴き出した。それに構わずに大岩は勢いよくジジに向かって突き進んでいく。ジジ、危ない。杏がそう思った瞬間、大岩が唐突に角度を変えて、依田に向かって体当たりをかました。依田は何とか大岩の巨体を受け止めた。

「やりやがったな、大岩」

その場で二人の殴り合いが始まった。奇襲が成功して最初のうちは優勢だったが、すぐに依田の攻撃が目立つようになった。やはり怪我の影響もあってか、体が思うように動かないのかもしれない。それでも大岩は諦めようとはせず、殴られても殴られても依田に立ち向かっていく。顔は無残にもさらに腫れ上がっている。

「もう、やめ……」

そう言いかけた杏だったが、言葉を飲み込んだ。違うのではないか。大岩はプロレスラーだ。リング上で声援を受けて闘うプロレスラーなのだ。だとしたら彼に向かってかける言葉は、きっと――。

「頑張れ、大岩君」

その言葉に大岩が息を吹き返したようだった。依田のパンチを敢えて前に出て額で受け止める。拳を痛めてしまったらしく、依田が顔をしかめて右手を押さえる。大岩はその隙を逃さず、何度も頭突きをした。たまらず依田はダウンする。

大岩が近くにあった工作機械の上によじ上った。そして両手を合わせて拝むような仕草をする。大岩の得意技、ダイビング・ヘッドバットだ。

「大岩君、やっちまえ」

大岩が飛んだ。そのまま依田の胸板のあたりに頭から落下する。その衝撃は杏の足元にまで響いてくるかのようだった。依田はピクリとも動かない。技を決めた大岩も大の字に倒れている。スリーカウントを数えるレフェリーは不在だが、大岩の勝利は揺るぎない。

杏は思わず大岩のもとに駆け寄っていた。「大丈夫？」と声をかけながら、大岩の顔を覗き込む。大岩は荒々しく呼吸をしていた。

「俺、勝ったのか……」

大岩がそう言ったので、杏は答えた。

「うん、大岩君。勝ったよ」

「そうか」

大岩は満足そうな笑みを浮かべてから目を閉じた。「杏ちゃん」と呼ばれ、振り向くと美雲が立っていた。美雲の腰のベルトに小型のケースがついていて、中には未使用の手錠があった。これで依田を拘束しろという意味だと解釈し、杏は両手を使えない美雲の代わりに、気絶している依田に手錠をかけた。

そうだ、ジジはどうなったのだろう？

別のところでジジと美羽が戦っていた。かなりジジが優勢らしく、美羽が肩で息をしているのが見えた。やっぱりジジは強い。苦し紛れに美羽が突き出したスタンガンをかわし、その手首を持って捻り上げた。そのまま美羽の腹部にスタンガンを押し当てる。美羽はビクンと痙攣してから、その場に倒れ込んだ。

「てこずらせやがって。たいした女だぜ」

ジジはそう言って美羽を見下ろしてから、こちらに向かって歩いてくる。助かったのだ。そう思うと一気に疲れが押し寄せたが、それ以上に喜びが勝っていた。

「杏ちゃん、怪我はないか」

「うん、私は大丈夫だよ」

「強い子だな、杏ちゃんは」

そう言いながら近づいてきたジジに、杏が抱きつこうとしたときだった。シュッという空気を切り裂くような音が聞こえ、次の瞬間、ジジが倒れていた。右膝を押さえている。

「尊、久し振りね」

三雲玲が立っていた。その手には拳銃のようなものが握られている。それ以上に驚かされたのは、何と玲の隣にはママが立っているではないか。しかしママはいつものママではなかった。杏から視線を逸らすように、あらぬ方向に目を向けていた。


遂に現れたか、三雲玲。

美雲は膝をつき、立ち上がった。依田は手錠で拘束してあるし、大岩の刺し傷の止血帯も締め直したところだ。美羽もスタンガンで気を失っていた。しばらくは起き上がることはないだろう。

「ふ、ふざけやがって」

尊がそう言いながら立ち上がろうとしたが、玲は手にしていた銃を躊躇なく撃つ。再び空気を切り裂くような音が聞こえ、尊は反対側の足を押さえた。不思議そうな顔つきで尊は自分の両足を見つめている。

「これは私が開発した麻酔銃よ。医療用の局所麻酔が仕込まれているの。撃たれた部位は一時的に麻痺して、しばらく動くことはできない。使い方によっては人を殺すことも可能。こうやってね」玲は座り込んでいる尊の胸に銃口を向けた。「心臓を狙えばいいだけよ。心臓に局所麻酔がかかればどうなるか。賢い探偵さんならおわかりよね」

玲は愉快そうに笑っている。尊の姉なので年齢は六十を超えているはずだが、見た目は四十代でも通用するほどに若々しい。黒いロングスカートに黒いブラウスという格好だ。玲の隣には華がいるのだが、その様子が気になった。心ここにあらずというか、放心状態にあるようだ。誘拐されていた娘と会えたのだから、一言くらい声をかけてやってもいいと思うのだが、杏と視線を合わせようともしない。母の異変に気づいているようで、杏も困惑気味に立ち尽くしている。

「華、自分の娘にお別れの言葉をかけてあげなさい」

どういう意味だろうか。華は俯いてしまっている。尊が声を絞り出す。その顔には憤怒の表情が浮かんでいる。彼がこういう顔を見せるのは珍しい。

「姉貴、お前、まさか華にあのことを……」

「ええ、話したわ。華が本当はあなたの子ではなく、私の子供であるということをね。華も戸惑っていたみたいだけど、話してわかってくれた」

ちょっと待って。美雲は自分が混乱していることに気づいた。今、玲は華は自分の子であると言ったのか。

尊の表情から美雲は察した。玲の言葉が真実であることを。かつて三雲家に、Lの一族に何があったのか、それはわからない。玲の言葉を信じるのであれば、玲が産んだ子供を尊が自分の娘として育ててきたということになる。

降って湧いたような話ではあるが、美雲は信じてもいいような気がしていた。その理由は玲と華の容姿にある。着ている服や髪型などは異なるものの、その顔の輪郭や目鼻立ちなど、二人は驚くほどに似ているのだ。

「華は私と行くことになったのよ。最後に娘の顔を見せてやろうと思ってね」

玲が言った。その言葉の意味がわからない。華は杏を置いてどこかに行ったりしないはずだ。そう信じたい気持ちだったが、華の顔つきを見ていると、不安がさざ波のように押し寄せてくる。自分の出生に関する秘密を告げられる。その精神的ショックは計り知れないほど大きいだろう。

「ママ、どっか行っちゃうの？」

杏がそう問いかけたが、華は答えようとしなかった。

「ママ、杏を置いてどっかに行ったりしないよね。ママは迎えに来てくれたんだよね」

ようやく華は声を発する。涙をこらえているのか、語尾が震えていた。

「ごねんね、杏……」

そう言ったきり、華は下を向いてしまった。杏が華のもとに向かって歩き出そうとするが、美雲は咄嗟に杏の肩に手を置き、それを止めた。華の隣には玲が立っている。彼女は犯罪者だ。しかもLの一族特有の義侠心など持ち合わせておらず、自分の利益だけを優先するタイプの犯罪者だ。彼女に近づくのは危険だ。杏もそれを察したのか、それ以上近づこうとはしなかった。

「姉貴、憶えてるか。昔よく将棋をやったろ」

突然、尊が玲に向けて言った。両足に局所麻酔が効いているのか、まだ立ち上がることができないらしい。座ったまま尊が語り始める。

「俺に将棋を教えてくれたのは姉貴だったよな。忘れたとは言わせねえぜ。時間があると二人で将棋をして遊んだものだったよな。俺たち姉弟には特別なルールがあっただろ。獲った駒は相手に見せなくてもいいという特別ルールだ。相手がどんな駒を持っているのか。それを見越したうえで勝負に挑まなければならなかった」

終盤に差しかかると、互いに王手を繰り出し、勝ちをもぎとろうとする。そのときにどれだけの持ち駒を隠し持っているか、それが勝敗の行方を分ける。

「とっておきの持ち駒は最後の最後まで見せない。それを俺は姉貴から教わった気がするよ」

ふと、壁の方で物音が聞こえた。猿彦が起き上がったのだ。さきほど依田に投げ飛ばされ、ずっと気を失っていたのだった。手錠でパイプに繋がれていたはずだが、いつの間にか外されている。猿彦は手首をクルクルと回しながら、その場で何度か高々とジャンプをした。六十を過ぎた老人の動きではない。美雲は思わずつぶやいていた。

「猿彦、あなたはいったい……」

軽快な足どりで猿彦が近づいてくる。危機感を抱いたのか、玲が手にしていた麻酔銃の銃口を猿彦に向けた。ところが次の瞬間、玲の手から麻酔銃が弾き飛ばされた。尊がボタンのようなものを投げ、彼女の手の甲に当てたのだとわかる。麻酔銃は美雲の五メートル前に転がってきた。

間に合うか──。

美雲は駆け出した。玲もこちらに走ってくる。玲より一瞬だけ早く麻酔銃を遠くに蹴り飛ばすことに成功した。

「邪魔するんじゃない」

玲の平手打ちを受け、美雲は転倒した。杏が「美雲ちゃんっ」と駆け寄ってくる。すでに猿彦は玲の前まで接近していた。いきなり猿彦は回転し、アクロバティックな蹴りを放つ。何度も何度も続けざまに蹴りが繰り出される。

光るものが見える。玲は両手にナイフを握り、それを振り回していた。玲の動きもただ者ではないとわかった。どこかで訓練を積んだ者の動きだった。ただしそれ以上に驚かされるのが猿彦だ。舞うように蹴りを放っている。あの蹴りは、きっと――。

「いい加減に顔を見せな」

苛立ったように玲が言うと、猿彦が軽快なフットワークを止めた。そしてあごに手をやり、顔を剥ぐようにして変装を解く。やはりそうか、と美雲は納得した。猿彦だったはずの男が声高らかに言う。

「三雲玲。君は昔、みずからをモリアーティと名乗っていたこともあったそうじゃないか。ならば君を退治するのは、ホームズである僕の役目だ」

父だった。平成のホームズと謳われた名探偵、北条宗太郎その人がそこには立っている。

「なるほど。北条宗太郎か。相手にとって不足はないよ」

玲が不敵な笑みを浮かべた。宗太郎も同じく笑みを浮かべている。二人は再び対峙して、互いの隙を窺うようにじりじりと間合いを詰めていた。

美雲は二人の戦いを見守りながらも、近くにいた三雲尊のもとに駆け寄った。

「おじ様、大丈夫ですか？」

「俺なら心配要らん。でもよかったぜ。万が一のときに備えてお前の親父さんに援軍を頼んでおいて正解だった」

「もしかして最初から？」

「当然だ。杏ちゃんが誘拐されたと知ったとき、こいつは姉貴の仕業じゃないかと思った。もし姉貴が絡んでいるとなると厄介だ。幾重にも罠が張り巡らされているということだからな。そこで俺はお前の親父さんに助っ人を依頼したのさ」

予想通り、いや予想以上に、三雲玲は周到な罠を仕掛けてきた。杏を誘拐して、十億円という法外な身代金を要求した。さらに和馬に殺人犯の濡れ衣を着せて、その動きを封じた。そして仕上げが華だ。彼女に対して出生の秘密を打ち明けたのだ。三雲家も、そして桜庭家も半ば崩壊状態に陥ったと言ってもいい。

「日本広しといえども、姉貴と互角に渡り合えるのは俺以外にはお前の親父さんくらいしか思い浮かばなかったぜ。だがその気紛れぶりには苦労したけどな」

入院中の猿彦の変装をしたのも意味不明だし、この三日間で姿を消していた時間も多くある。何をしていたのか、それを父に訊くのは野暮な質問と言えよう。最後の最後でこうして三雲玲を敵に回して、互角以上に渡り合っている。それだけで十分だ。

「手を出しな」

尊にそう言われ、美雲は両手を彼の前に差し出した。安全ピンのようなものを使い、彼は美雲の手に嵌まっていた手錠の鍵を解除した。

「ありがとうございます」

「お安い御用だ。それよりお前の親父さん、強いじゃねえか」

宗太郎が優勢だった。左右両足から放たれる変幻自在な蹴りに対し、玲はかなり手こずっている様子だった。今も左手に持っていた玲のナイフが弾き飛ばされたところだった。

「テコンドーです。父は国内トップクラスの実力者です」

韓国の国技であり、足技が主体の格闘技だ。探偵に必須である護身術を習う際、柔道や剣道や空手ではなく、テコンドーを選ぶあたりがマニアックな父らしい。正式種目になるのがあと五年早ければオリンピックで金メダルが獲れていた。本人はそう言っている。

宗太郎が高く飛び、そのまま踵を真下に落とす。ネリチャギと呼ばれる、派手な技だ。踵をまともに食らうと脳震盪《のうしんとう》を起こすこともある。玲は何とか落ちてくる踵をかわしたようだが、その技自体が宗太郎のフェイントだった。本当の狙いである右手の甲に、宗太郎が前蹴りを放つ。

ナイフが真上に跳び、そのまま勢いよく天井に突き刺さった。これで玲の武器はなくなった形となる。

「まだ続けるかい？　僕に挑戦するのは二百年早かったね」

「降参はしない。絶対にね。あんたに私を殺せるわけがない」

玲が拳を振り回す。宗太郎が華麗なバックステップでそれをよけ、後ろ回し蹴りを放った。

見事に玲の腹部に当たり、彼女は壁際まで吹っ飛んだ。しかし宗太郎は油断しない。彼女のもとに向かい、片足を高く上げた。

「女性に足を上げるのは僕の流儀じゃないが、君は特別だ。少しの間、眠ってくれ」

そのまま宗太郎は踵を落とそうとした。が、そのとき、異変が起きた。急に宗太郎がバランスを崩し、その場に倒れてしまったのだ。

「お、お前……」

尊が声を上げた。いつの間にか華が立っている。その手には玲が手にしていた麻酔銃が握られている。華が宗太郎を撃ったのだ。

「お父さんっ」

美雲は父のもとに駆け寄った。父は左膝のあたりを押さえていた。針のようなものが刺さっているのが見えた。美雲はそれを抜いた。一時的に膝の感覚がなくなったのか、珍しく父が呆然とした顔つきで自分の左膝を見つめている。

「華、それを寄越しなさい」

玲がそう言うと、華は大人しくそれに従った。麻酔銃を手にした玲は、その残弾を確認するように弾倉を見てから、今度はそれを美雲に向けてきた。今、ここにいる者の中で、幼い杏を除けば、動けるのは私だけだ。父も、そして三雲尊も麻酔で動きを封じられてしまっている。

「探偵さん、動かないでね。もうこれ以上撃ちたくないの」

手も足も出なかった。私では勝ち目がなかった。頭脳戦ならまだしも、こうなってしまうとどうにもならない。自分の未熟さを痛感する。

尊が用意していた隠し駒の、さらにその上を行ったのだ。この最終局面において、華という隠し駒が作動したのだった。ぐうの音も出ない。完全に玲の勝ちだ。

「さあ華、そろそろ行くわよ。杏ちゃんに最後の挨拶を」

華が最後に選んだのは、実の母親である三雲玲。そういうことなのか。それではあまりに悲し過ぎる。

「ママ、行かないで。お願いだから私を置いていかないで」

杏が叫んだ。華は俯いたまま、消え入るような声で言った。

「杏、さよなら。元気でね」

「ママ……」

玲に肩を抱かれるようにして、華が歩き出した。杏はその場で立ち尽くしている。美雲は杏のもとに向かい、その小さい体を抱き寄せた。その体はブルブルと震えている。声には出さず、全身を使って泣いているのだった。美雲はさらに強く、杏の体を抱き締めた。


三雲玲は工場内を歩いていた。その隣には実の娘である華の姿もある。こうして娘と並んで歩ける日が来ようとは、まさに今日という日は記念すべき一日だ。

玲が華を産んだのは、刑務所内にある狭い医務室だった。

刑務所の中で妊婦が出産するというのは、その刑務所では前例がなかった。急遽外部から呼ばれた初老の産婦人科医が、赤ん坊をとり上げた。生まれたばかりのその子は元気よく泣いていた。

可愛い女の子ですよ。

同行していた看護師がそう声をかけてきた。そして玲の胸の上に赤ん坊を置いてくれた。とても小さく、そして温かかった。その温もりが玲の胸にも沁み込んでくるような気がしたが、それは一瞬の出来事だった。中に入ってきた刑務官が赤ん坊をとり上げ、別室に連れ去ってしまったからだ。

授乳することだけは許された。ただし必ず二人の刑務官が立ち合い、赤ん坊に声をかけることさえ許されなかった。刑務官らの無遠慮な視線の中、玲は我が子に母乳を与えた。屈辱的な怒りよりも、子供に会える喜びが勝った。

最後の授乳のとき、刑務官に訊かれた。この子につけたい名前があるか、と。玲は一瞬だけ考えた末、華という名前にしたいと告げた。それ以来、娘とは会えなかった。

華が生まれて半年ほど経った頃、玲のもとに面会に来た者がいた。双葉という男だった。玲が率いていた詐欺グループの幹部候補生で、玲も目にかけていた男だった。双葉は玲が刑務所内で出産していたことも知っており、近々華が刑務所から出され、施設に預けられるという情報も摑んでいた。口に出さずとも、玲の気持ちは双葉に伝わったようだった。それからしばらくして双葉が再び面会に訪れた。お嬢さんは私が責任を持って育てます。双葉はそう言ってくれた。

いつか刑務所を出て、華に会いにいく。それだけが玲の心の拠りどころだった。夜は我が子の写真を見て過ごした。この子と暮らせる日がきっと来る。そう信じていた。

その後、信頼していた双葉が失踪してしまうハプニングもあったが、弟の尊が華を盗み出したのを知り、それは好都合だと思った。三雲家で育ててくれるなら、それはそれで安心だ。しかも華に盗みの技術を授けてくれたら、もっと都合がいい。いつか出所したら華と二人で世界中を旅しながら、ゆく先々で盗みをする。それが玲の夢だった。

そんな長年見続けた夢が、ようやく叶おうとしているのだ。今、玲の隣には娘の華が歩いている。

華の心は壊れかけている。無理もない。自分の出生の秘密を知り、さらには夫が意識不明の重体であることを知らされたのだ。この三日間、気が休まる暇がなかったことだろう。可哀想な華。すべて自分が仕組んだこととはいえ、玲はわずかに心が痛んだ。

「華、大丈夫？　しっかり歩きなさい」

そう言って玲は華に寄り添った。足元が覚束ないようだ。我が子の肩に手を回し、半分開いているシャッターから外に出た。太陽の光が眩しかった。お天道様の下を、華と歩ける日が来るとは、まさに夢のようだった。

しかし油断は禁物だ。まだすべてが終わったわけではない。めぼしい敵はすべて片づけたつもりだった。あと気になる存在は両親である巌とマツくらいか。しかしあの二人もすっかり高齢になっており、仮に今、目の前に現れても三十秒以内に倒せる自信がある。

黒いカイエンが停まっていた。昨日手に入れたばかりの盗難車だ。玲はドアロックを解除し、助手席のドアを開けた。まずは華を助手席に座らせる。特に抵抗することはなく、華は従った。もう抵抗する気力さえ残っていないらしい。

玲は運転席に回り、シートに座った。そして華に語りかける。

「華、このまま成田《なりた》に向かうわよ。最初の行き先はシンガポールね。お気に入りのホテルがあるから、そこに泊まるのよ。行きつけの美顔マッサージがあるから、あなたにも紹介してあげる。あとはショッピングね」

楽しい旅になりそうだ。玲は修学旅行を前にした子供のようにワクワクしていた。

「華、パスポートの心配は要らない。全部私が用意してあるから……」

そのとき、玲は異変を感じとった。最初に感じたのは匂いだ。どこか馴染みのない匂いが鼻先を掠めたのだ。さらにもう一つ、車に乗ったときの微妙な感覚のズレに気がついた。重心がわずかに後ろにあるような気がするのだ。これはつまり――。

バックミラーを見る。同時にこめかみのあたりに冷たいものを押し当てられる感覚があった。思わず玲は声に出していた。

「お、お前は……」

桜庭和馬だった。病院に入院しているはずの桜庭和馬が、拳銃の銃口を玲のこめかみに押し当てている。


「華、しっかりしろ」

その声は遠くで聞こえた。華は放心状態だった。もはや自分が自分ではなくなっているみたいな、そんな感覚だ。渋谷の屋敷からここに来るまでの車中で、玲から散々言われていた。

華、私が絶体絶命の窮地に陥ったら、私を助けるのがあなたの役割よ。これはあなたしかできないの。もしあなたが私を助けなかったら、どうなるかを想像してみなさい。一時的には平和な日常が戻ってくるかもしれない。でもそれが長く続くことは決してないの。私は意のままに操ることができる部下がたくさんいる。その部下たちがあなたの娘の命を狙うわよ。永久に逃げることなんてできないのよ。

杏を守りたい。その一心で麻酔銃を手にして、北条宗太郎を撃ってしまった。自分がいけないことをしてしまったという自覚はある。もう後戻りできない場所まで来てしまったように思う。

なぜ玲の言いなりになったのか。実の母親だからという理由ではない。彼女は災厄のような存在であり、彼女が生きている限り、それは変わらないように思えて仕方がなかった。それならば私一人が犠牲になればいいのではないか。そう思うようになったのだ。その瞬間から、華は考えることを放棄してしまっている。

「華、しっかりするんだ」

「和君……」

再びその声が聞こえ、華は後ろを振り返った。そこには夫、和馬の姿がある。華は声を絞り出した。

「華、大丈夫か？　怪我はないか？」

ようやく意識がはっきりと戻りつつあった。和馬で間違いなかった。あの和馬が目の前にいるのだ。

毒物を飲まされ、意識不明の重体だと聞いていた。しかしこうして和馬はここにいる。多少顔色は悪いようだが、口調もはっきりしているし、問題なく動けているようで安心した。本当に助かってよかった。

華はうなずいた。うなずくことしかできなかった。その仕草を見て、和馬も同じように首を縦に振った。そして玲を見て言った。

「動かないでください。ゆっくり窓を開けて。それから懐に入っている麻酔銃を外に投げ捨ててください」

玲はさきほど一瞬だけ虚を突かれたような顔を見せたが、今はもとの表情に戻っている。

「あなたに私が撃てるかしら?」

「余計な心配はしないように。今の俺は機嫌がよくありません」

玲は肩をすくめてから窓を少し開け、そこから麻酔銃を投げ捨てた。玲が前を向いたまま言う。

「意識不明の重体と聞いていたけど、そうでもないみたいね」

「お陰様で」と和馬は答えた。「応急処置がよかったのか、それほど大事にならずに済みました。しかし意図的に重篤な状態にあるという情報を流したんです。看護師に変装したお義母さんから指示を受けました」

尊の命を受け、母の悦子が和馬が入院する病院に潜入したというのだった。和馬が今日の昼過ぎに目を覚ました際、看護師に扮した悦子が点滴を交換しに病室に入ってきた。そこで尊からの伝言を伝えられたという。

「最後の切り札になってくれ。それが俺への伝言でした」

さきほど父は将棋の話をしていた。最後に多くの隠し駒を持っていた方が勝利に近づくと言っていた。まさに和馬は父の最後の隠し駒となり、ここに潜んでいたのである。これはさすがの玲も予想していなかったに違いない。

玲が笑い始めた。最初のうちは肩を震わせて笑いを堪えているようだったが、最終的に高笑いになり、車内に彼女の笑い声が響き渡った。和馬は気を引き締めた様子で、さらに険しい顔をして拳銃のグリップを握っている。ひとしきり笑ったあと、指で涙を拭きながら玲が言う。

「楽しいわね。これだから勝負はやめられない。まさか尊に裏をかかれるとは想像もしていなかったわ」

パトカーのサイレンが聞こえてくる。ここに向かって近づいてきているのは明らかだった。玲は満足げにうなずき、さらに続けて言った。

「さて、和馬君。私をどうするの？　私を逮捕してもいいけど、私は必ずあなたたちの前に現れるわよ。断言してもいい。また刑務所から出て、再びあなたたちの前に現れることを」

いまだに彼女に心酔する部下も多数いるはずだ。どうせ捕まえても脱獄してしまうかもしれない。だが和馬は硬い口調で言った。

「俺は取引には応じません。今日ここで、あなたを逮捕します。脱獄したかったら好きにすればいい。あなたが十回脱獄したら、俺はあなたを十回逮捕します。五十回脱獄したら、五十回逮捕します。それが刑事の仕事です。同時に華の夫としての使命です。あなたを華に近づけるわけにはいきません」

和馬は澄んだ目をしている。同時に刑事としての迫力もあった。自分の夫がここまでの迫力を備えた刑事であることを華は初めて実感した。

「降りてください。あなたに手錠をかける刑事が外で待ってます」

運転席の外に北条美雲が立っているのが見えた。いつか二人で三雲玲を逮捕しよう。かつてそう誓い合ったと聞いている。今、それが実現しようとしているのだ。

観念したように息を大きく吐き、玲が車から降りていった。華もドアを開け、助手席から降りた。車の外で待っていた美雲が玲の前に立った。和馬も車から降りて玲の後頭部に拳銃を向けている。

美雲が厳かな口調で言った。

「三雲玲。あなたを誘拐及び傷害、その他諸々の容疑で逮捕します」

美雲が玲の手首に手錠をかけた。玲は無表情だった。さきほどまでの余裕の笑みもなく、完全に心を閉ざしてしまったかのようだ。私の本当の母親で、その正体は天才犯罪者。その彼女が逮捕されてしまう瞬間は、華にとっても複雑なものだった。

すでにパトカーが到着しており、数名の警察官が遠巻きにこちらを見ている。美雲と和馬に連れられ、玲はパトカーの方に向かって歩いていく。これでようやく、終わったのか……。

急に疲れが押し寄せた。立っているのもやっとだった。しかし今は疲労よりも、もっと大きなものが胸の中にしこりとして残っている。

「華」

その声に振り向いた。尊が杖をつき、足を引き摺りながら歩いてくる。思わず『お父さん』と言いそうになってしまったが、その言葉を何とか飲み込んだ。この人は私の実の父親ではないのだ。

「華、悦子から伝言がある。『今まで騙していてごめん』と、悦子はそう言っていた」

お母さん――。悦子からすれば自分は母親だと偽っていた罪悪感があるのかもしれない。しかし私をここまで育ててくれたのは、紛れもなく彼女だった。

「いいか、華」尊が淋しげな笑みを浮かべて言った。「お前が真実を知ってしまった以上、それはしょうがないことだと思っている。俺はお前の父親でもないし、悦子はお前の母親でもない。お前にとっちゃ俺は親戚の叔父さんで、悦子は単なる知り合いのおばさんだ。だがな……だけどな、華……」

尊はすでに泣いていた。その顔が霞んで見える。自分もまた、涙していることに華は気づいた。尊は洟を啜ってから続けた。

「お前がどうしても……どうしてもだぞ。俺たちのことを『お父さん』や『お母さん』と呼びたいんだったら、それはそれで俺たちは構わない。お前の好きにするがいい」

幼い頃の思い出が脳裏をよぎる。どうして私は泥棒一家の娘に生まれてしまったのか。そんな悩みが自然とストレスとなり、両親に歯向かってしまったことも一度や二度のことではない。だが華にとって、三雲尊は立派な父親だったし、三雲悦子は優しい母親だった。それだけは疑いようのない事実だ。

「じゃあな、華」

尊が立ち去っていった。華は涙ながらにその背中を見送ることしかできなかった。

「華」

そう呼ばれて振り向くと、今度は和馬が立っている。その傍には杏がいた。

「和君……杏……」

「ママ」と言いながら杏が華の腰のあたりに抱きついてくる。近づいてきた和馬が言った。

「華、大丈夫か？」

「うん、何とか」

本当は大丈夫ではない。心の整理がついたとは言い難かった。今も心が引き裂かれたような思いだった。

「聞いたよ、華。大変だったな。というか、俺自身も困惑してる」

和馬の顔が間近にある。これほど近くで彼の顔を見たのは久し振りのような気がする。特にこの激動の三日間、電話で話しただけで顔を合わせたことはなかった。少し頬のあたりがやつれていた。

「でもね、華。君が誰の子だろうと、俺の気持ちはまったく変わらない。君を愛してるよ、華」

和馬に抱き寄せられる。彼の胸元は温かい。

ありがとう。その言葉がどうしても出てこない。私は一度は和馬と杏を捨てて、実の母親と一緒に行こうとしたのだ。それが強烈な罪悪感となり、心の中にしこりとなって残っていた。

一度は裏切ろうとした私を、この二人は本当に許してくれるのか。いや、それ以前に私自身が、私を許せるのか。

杏が大粒の涙を流して泣いている。華はその頭を優しく撫でた。

「杏ちゃん、バイバイ、また明日」

「うん、バイバイ。また明日ね」

杏は手を振って帰っていく友達を見送った。毎日通っている学童保育クラブだ。時刻は午後七時を過ぎており、まだお迎えが来ていない児童は杏を含めて三人ほどだ。この時間になるとほとんどの子供が帰宅しており、残っている子供の大半が決まったメンバーだ。

宿題を再開する。算数のドリルをやっていると、玄関のドアが開き、一人の男性が中に入ってきた。

「杏、ごめんな。今日も遅くなっちゃって」

パパだった。ドリルや筆記道具をランドセルにしまい、それを背負って残っている子たちにバイバイをしてから、杏は靴を履いて外に出た。パパと並んで家路に就く。

「パパ、今日も捜査だったの？」

「そうだよ。パパは今日も捜査だったよ」

「どんな捜査？　張り込み？　聞き込み？　それとも取り調べ？」

「うーん、今日は聞き込みが中心だったかな」

最近、お迎えはパパのことが多い。パパが来られないときは桜庭家のバアバが来ることもある。ママがいなくなってもう二週間が経過している。誘拐事件が解決した翌日、朝起きたらママがいなくなっていたのだ。手紙を残していたらしいが、パパはその手紙の内容を教えてくれない。パパはこう言った。いろいろなことがあり過ぎて、ママはちょっと大変になっちゃったんだ。元気になったら戻ってくるさ。だから杏、ママが帰ってくるまでいい子にしてるんだぞ。

たしかにあの三日間は目まぐるしい時間だった。あれは夢だったのではないか。今でもそう思うことがあるくらいだ。

「パパ、今日も出前？」

「そのつもりだけど、出前、嫌か？」

「ううん、嫌じゃないよ。私ね、私ね、今日は五目焼きソバにする」

「お、いいなあ。じゃあパパは何にしようかな」

「パパはカツ丼にしなさい。刑事なんだから」

「もうカツ丼は勘弁してくれ。被疑者じゃないんだぞ、パパは」

パパはよくやってくれている。夕飯は出前になることが多いけど、洗濯や掃除もやるし、朝食も作ってくれる。ただしちょっと抜けているというか、たとえばパンに塗るマーガリンがなくなっていたり、靴下が片方どっかにいってしまったりと、まあ許せる範囲ではあるがそういう些細なミスはある。

いなくなって初めてママの偉大さに気づいた。今はまだ出前もいいが、これが一生続くと考えるとゾッとしてしまう。ママの料理はどれも美味しかった。葉っぱだけご飯は勘弁してほしいけれど。

「そうだ、杏。今日少しだけ大岩君と話すことができたぞ」

「本当？　大岩君、何だって？」

「元気そうだった。刺された傷も全然問題ないらしい。杏によろしくって言ってたぞ」

大岩は逮捕されてしまった。しかしパパの話によると、杏を助けようとした行動が評価され、彼はそれほど重い罪にならない可能性があるという。それにかつての先輩レスラーが身元引受人として名乗りを上げてくれており、罪を償ったら再デビューも検討してくれているらしい。それを聞いたときは嬉しくて杏は飛び上がった。彼は再びリングに立てるかもしれないのだ。大岩君は私の友達だ。

「パパ、今日アイス買っていい？」

「仕方ないな、一本だけだぞ」

「やったあ」

五十メートルほど向こうにコンビニの看板がある。いつも帰りに寄るコンビニだ。店の前に人影を見つけ、杏は立ち止まった。それに気づいたパパが振り返って言った。

「杏、どうした？」

思わず走り出していた。パパが何やら言っていたが、それを無視して杏は走る。あの人影、きっとそうだ。見間違えるはずがない。あれはきっと——。

「ママっ」

コンビニの前に立っていたのはママだった。ママが膝をつき、両手を広げている。杏はその胸に飛び込んでいく。

「杏、ごめんね。本当にごめんね」

ママは泣いている。気づくと杏も泣いていた。世の中には大まかに分けて悲しい涙と嬉しい涙があるのだが、これは嬉しい涙だった。ママもきっとそうだろうと思った。

「華」

そう言いながらパパが近づいてきた。ママが立ち上がり、パパに向かって言った。

「ごめん、和君。心配かけて」

「もう、いいのか?」

「うん。大丈夫。私はもう大丈夫だから」

ママがうなずいている。ママはすっかりいつものママに戻っていた。それがたまらなく嬉しかった。

杏は右手でパパの手を持ち、左手でママの手を摑んだ。そして二人を引っ張るように歩き始める。「アイスはいいのか」とパパに言われたが、今はこうして三人で家に帰りたいと思った。

三人で並んで歩く。捜査一課の刑事と、Lの一族の娘と、そして小学三年生の私。

やっぱりいい。杏は実感する。私の家族は最高だ。

本書は書き下ろしです。

横関 大（よこぜき・だい）
1975年静岡県生まれ。武蔵大学人文学部卒。2010年『再会』で第56回江戸川乱歩賞を受賞。2019年に連続ドラマ化された『ルパンの娘』が大ヒット。翌2020年には続編も放送。さらに同年『K2　池袋署刑事課 神崎・黒木』も連続ドラマ化され話題となる。いま最も注目される新時代のエンターテインメント作家の一人。他の著書に『沈黙のエール』『チェインギャングは忘れない』『炎上チャンピオン』『罪の因果性』『ゴースト・ポリス・ストーリー』。2021年秋には映画「劇場版ルパンの娘」が公開。

ルパンの絆《きずな》

第1刷発行　2021年10月6日

著者　横関《よこぜき》 大《だい》
発行者　鈴木章一
発行所　株式会社講談社
東京都文京区音羽2-12-21
郵便番号　112-8001
電話　出版　03-5395-3505
販売　03-5395-5817
業務　03-5395-3615

印刷所／豊国印刷株式会社
製本所／株式会社国宝社

定価はカバーに表示してあります。落丁本・乱丁本は
購入書店名を明記のうえ、小社業務宛にお送りください。
送料小社負担にてお取り替えいたします。
なお、この本についてのお問い合わせは、
文芸第二出版部宛にお願いいたします。
本書のコピー、スキャン、デジタル化等の無断複製は著作権法上での例外を除き禁じられています。本書を代行業者等の第三者に依頼してスキャンやデジタル化することはたとえ個人や家庭内の利用でも著作権法違反です。

©Dai Yokozeki 2021, Printed in Japan

N. D. C. 913 356p 20cm
ISBN 978-4-06-524997-0

KODANSHA

ルパンの娘

泥棒一家の娘・三雲華は、警察一家の長男・桜庭和馬と素性を隠して交際していた。ある日、華の祖父・巌が顔を潰された遺体で見つかり、華は独自に犯人を捜す。和馬は華に婚約指輪を贈るが、殺人事件を捜査する中で華が伝説のスリ師・巌の孫だと知り悩む。事件の真相と二人の恋の行方は？　著者会心の長編ミステリー！

講談社文庫　定価：924円（税込）

ルパンの帰還

警視庁捜査一課で活躍する桜庭和馬。部下に配属された、別嬪の新人刑事は京都の老舗探偵事務所に生まれた北条美雲、23歳。ドジで愛嬌のある天才肌。バディを組んだ二人が直面したのは、和馬の妻子が巻き込まれたバスジャック事件だった。連続ドラマ化で話題沸騰の人気シリーズ新展開！

講談社文庫　定価：814円（税込）

ホームズの娘

運命的な出会いののち、急速に恋心が育つ若き女性刑事・北条美雲。それは「禁断の恋」だった⁉ 一方で、和馬と華に不気味な挑戦状を送る、もう一人の「Lの一族」。三雲家を恨んで敵に回す、その理由とは——連続テレビドラマ化で話題沸騰の「ルパンの娘」シリーズ、超ハイスピードの第3弾！

講談社文庫　定価：814円（税込）

ルパンの星

Lの一族の娘・三雲華は、刑事で夫の桜庭和馬とともに娘・杏の育児に追われていた。一方、北条美雲は失恋の痛手を負い所轄でくすぶる日々。ある日、美雲の管内で元警察官が殺され久しぶりに和馬とタッグを組むと、捜査は意外な方向へ。シリーズ待望の第4弾。

講談社文庫　定価：814円（税込）